誘拐犯 上

シャルロッテ・リンク

JN042517

ロンドン警視庁の孤独な刑事、ケイト・リンヴィルは、敏腕警部だった父の惨殺現場となった生家を貸し家にしていたが、家の処分を決意。宿を取った近くのＢ＆Ｂの14歳の娘アメリーが行方不明になる。捜査にあたるのは、ケイトの父の事件の時と同じ地元警察のケイレブ・ヘイル警部だった。その頃、１年前に失踪した少女の遺体が発見された。これは同一犯による誘拐なのか？　しかし、アメリーは奇妙な状況下で発見される。防波堤から海に落ちかけていたところを男たちに助けられたのだ！　何があったのか？　ケイトは管轄外の事件に再び巻き込まれる。

登場人物

ケイト・リンヴィル……………ロンドン警視庁巡査部長
ケイレブ・ヘイル………………スカボロー警察署警部
ロバート・スチュワート………同署巡査部長
キティ・ウェントワース………同署巡査
ジャック・オドネル……………同右
ジェイソン・ゴールズビー……医師
デボラ・ゴールズビー…………その妻、B&Bを経営
アメリー・ゴールズビー………その娘
ヘレン・ベネット………………スカボロー署巡査部長、心理カウンセラー
ライアン・キャスウェル………清掃会社勤務
ハナ・キャスウェル……………その娘
リンダ・キャスウェル…………ライアンの元妻

シェイラ……………………ハナの友人
ケヴィン・ベント…………少女たちの憧れの青年
マーヴィン・ベント………その兄
マーロン・アラード………無職の男
パツィ・アラード…………その妻
マンディ・アラード………その娘
リン・アラード……………同右、マンディの姉
サスキア・モリス…………一年前に行方不明になった少女
アレックス・バーンズ……アメリーを助けた青年
デイヴィッド・チャップランド…アレックスのアメリー救出を手伝った男
キャット……………………廃墟に猫と住む男
ブレンダン・ソーンダース…自称作家
コリン・ブレア……………ケイトがマッチングサイトで知り合った男

誘拐犯 上

シャルロッテ・リンク
浅井晶子 訳

創元推理文庫

DIE SUCHE

by

Charlotte Link

誘拐犯　上

二〇一三年十一月

1

暗い。寒い。おまけにスカボロー行きの列車が目の前を走り去っていった。あの列車に乗るとお父さんに約束したのに。絶対に間に合うからと言い張ったのに。

「もし本当なら、おまえは初めて時間を守ることになるな」と、父のライアンは言った。「おまえをひとりでハルまで行かせるなんて、どうだかな」

「でも、おばあちゃんが来てほしいって言うんだもん。おばあちゃんのお誕生日なんだよ！」

「おまえとおばあちゃんの絆ときたら！　まったく理解できんよ……」そこから先の言葉を、ライアンは口に出さなかった。「おばあちゃん」はライアンの母で、ライアンとはずっと仲が悪い。ハナはそれがどうしてなのかは知らなかったが、そもそも父のライアンと仲がいい人間などいないことを考えれば、きっと祖母との不仲も父の態度や行動のせいだろうと思っていた。ライアンはたいていいつも機嫌が悪いし、他人に対してぶっきらぼうで、ひどい態度を取る。ライアンの妻も夫に耐えられなかった。ハナが四歳のとき、母は家を出ていってしまったのだ。

ライアンは、この十一月の雨の土曜日に、祖母の誕生日を祝うために、十四歳の娘がひとりで列車に乗ってキングストン・アポン・ハルまで行くことを、考慮するそぶりは見せたものの、内心では反対していることを隠さなかった。

「おまえはいつもぼんやりしてるからな。それに時間にルーズだ。なにひとつまともにできない。本当にちゃんとハルまで行って帰ってこられるのか、心もとない」

父に能無しとみなされていることはわかっていた。だがハナは、今回ばかりは引き下がらなかった。哀願し、駄々をこね、ついに許可を勝ち取った。そして父とふたりで、スカボロー―ハル間の往復の列車を検索した。帰りはライアンがハナをスカボロー駅まで車で迎えに行き、一緒に家まで戻ることになっていた。ふたりが暮らしているステイントンデールはとても小さな町で、交通手段も不便なバスが通っているだけだ。

列車は行ってしまった。もう取り返しがつかない。ハナはプラットホームに立ち尽くし、涙をこらえた。どうしてこんなことになっちゃったんだろう？　父をがっかりさせたりしない、自分は信頼のおける自立した人間で、もうかなりの大人なのだと、絶対に証明するつもりだったのに。結局、父の思い込みを助長するだけの結果になってしまった。

ハナは涙をぬぐった。泣いてもどうにもならない。しかたがない。駅員に尋ねると、スカボロー行きの次の列車はほぼ二時間後だということだった。ハナはバッグから携帯電話を取り出すと、父に電話をかけた。父はビル清掃会社で働いていて、土曜日の今日、ハナを迎えに来るためにわざわざ仕事を入れていた。思ったとおり、父はひどく怒りだした。

「七時十五分に迎えに行くつもりだったんだぞ！　あと二時間もここでどうしろっていうんだ？　仕事は七時で終わりなんだからな！　まったく、ハナ、どうしていつもそうなんだ？

一度くらい時間を守るのが、どうしてそんなに難しい？」

ハナは言葉を飲み込んだ。なにが言えるというんだろう？　最後の瞬間におばあちゃんから、洗濯機から洗濯物を取り出して籠《かご》に入れるよう頼まれた。あれが最後の決定的な二分間だったのかもしれない。それでも結局のところは、ハナが時間に充分余裕をもった計画を立てなかったという事実が残るだけだ。いつもそうだ。

「いつもそうだ！」父がちょうど説教を終えるところだった。内容はハナの耳を素通りしていた。「いいか、家まではひとりで戻ってこい！　おまえがいつも予定を台無しにするたびに、こっちが都合をつけるのはもうまっぴらだからな！」そう言うと、父は怒ったまま電話を切ってしまった。

ハナはこれからどうしようかと考えた。ゆっくりとプラットホームを離れて駅舎を突っ切り、〈パンプキン・カフェ〉の前まで来たところで、ためらった。お金なら少し持っている。カフェに入って、コーラとマフィンを頼んで、時間をつぶす……すごく大人っぽい。だがそこで父の厳しい声を思い出して、ハナの目にまたもや涙が浮かんだ。おばあちゃんのところに戻ろう。おばあちゃんの腕のなかで慰めてもらおう。

駅前の広場に出た。目の前にのびる四車線のフェレンスウェイを、たくさんの車が疾走していく。いまは土曜日の夕方だが、平日とそれほど変わらない交通量だ。すでに暗くなり始めていて、細かな霧雨が寒空から落ちてくる。ハナは震えながら肩をすくめた。

悲惨なのは、この失敗が父を勢いづけるだろうことだった。ハナは自分がもう馬鹿な小さい子供ではないことをどうしても父に納得させることができず、それが辛くてたまらなかった。父は常にハナの粗《あら》を探しては文句を言い、非難する。ハナはよく、もし母がまだ家にいたなら自分はどんな生活を送っていただろうと考えた。母のことはよく憶えていないが、写真で見る彼女は若くて美しい。それに笑顔がとても素敵だ。だからなんとなく、母が父ライアンのような夫と別れたことは、理解できる気がした。でもだからといって、どうしてうんと遠くに行かねばならなかったんだろう。

「たぶんオーストラリアだ」何年か前、母はどこへ行ったのかとおずおず尋ねたハナに、父はうなるようにそう答えた。「あっちに親戚がいるんだ」

それ以来、母からの連絡は一度もない。

ハナはスマートフォンのイヤホンを耳に挿した。ベースが轟いて、交通騒音も人の声も、すべてをかき消した。いまだにハナの頭のなかでこだましていた父ライアンの声さえも。ハナはほとんどいつもイヤフォンをしている。もちろん父はそれにも文句を言う。けれど音楽に浸っていると、人生のどんな悩みも困難も忘れることができた。少なくとも、しばらくのあいだは。残念ながら、悩みや困難が消えてなくなることはない。音楽が終われば、いつも必ず戻ってくる。

そのとき、誰かに肩をつんつんとつつかれて、ハナは驚いて飛び上がった。振り向きざまにイヤフォンを外した。

目の前に若い男の黒い瞳があった。

「ハナ?」男が訊いた。「ハナ・キャスウェル?」

「はい?」男はフードを目深にかぶっていて、おまけに濡れた髪が目に垂れていたので、すぐには誰だかわからなかった。

「ごめん、驚かすつもりはなかったんだ」と、男は言った。「声をかけたんだけど、聞こえてなかったみたいでさ」

ようやく誰だかわかった。ケヴィン・ベントだ。ハナの家からほんの数マイル先にあるステイントンデールの元農場に、母親と兄と一緒に暮らしている。父親はもういないが、彼がどうなったのか、はっきりしたことは誰も知らなかった。ハナの父ライアンは、ベント家のことを語るときは常に深い軽蔑の念を隠さず、ハナにはベント家のふたりの息子とのつき合いを厳しく禁じていた。ハナには、父の拒絶反応が理解できなかった。ミセス・ベントはとても親切な人だ。多発性硬化症を患っていて、車椅子でしか動けず、そのために農場を廃業するしかなかったのは、彼女のせいではない。ベント家は生活保護を受けて暮らしているが、それを母親やふたりの息子の罪だと見なすことはできないはずだ。

「こんにちは、ケヴィン」ハナは言った。頰の涙の痕が見えませんようにと祈りながら。なんといっても、ケヴィンはもう十九歳だ。めそめそ泣く小さな女の子だと思われたくはない。

「ひとりなのか?」ケヴィンが訊いた。

ハナはうなずいた。「うん。列車に乗り遅れちゃって」

すると、ケヴィンは車のキーを振ってみせた。「乗せてってやるよ。スカボローまででよければ。俺はクロプトンの友達の家に行かなきゃならないから。でも、親父さんがスカボローまで迎えに来てくれるんじゃないか」

ハナは考えた。いまケヴィンの車に乗せてもらえれば、もともとの約束の時間にほとんど違《たが》わずスカボローに着くだろう。もちろん、よりによってケヴィン・ベントの車で来たと父に打ち明けるわけにはいかない。けれど、なにかいい言い訳を思いつくかもしれない。もしかしたら、ハナが列車を逃したにもかかわらず、ほぼ時間どおりに帰ってこられたことで、父は感心してくれるかもしれない。

「でも、それだとかなり回り道させちゃうよね」ハナは言った。「ここからクロプトンまでなら、スカボローに寄らないで行くほうがずっと早いでしょ」

ケヴィンは肩をすくめた。「十五分くらいの違いだろ。たいしたことないよ」

十五分どころではないだろうと思ったが、あえて反論はしなかった。ちょっぴり舞い上がっていた。イケメンのケヴィン・ベントが、自分のために時間を割《さ》いてくれる。しかもそれを嫌だとは思っていないみたいだ。もしかして、私と一緒にいたいとか？　とても想像できなかった。私なんて。目立たない地味な子供なんだから。男の子に興味を持ってもらったことなんて、一度もないんだから。

「で、乗ってくのか、乗ってかないのか？」ケヴィンが訊いた。

ハナは勇気をかき集めた。不安でいっぱいだったけれど、いま断わればあとから自分に腹を立てることになると、よくわかっていた。

「乗ってく。親切にありがとう」ハナは言った。

ふたりは並んで道路を渡り、車でいっぱいの広い駐車場に着いた。ケヴィンが駐車券を取り出して、自動支払機で支払いを済ませたあと、ふたりで駐車場を歩いた。やがてケヴィンが、少しへこみはあるもののピカピカに磨き上げられた小型のフィアットの前で立ち止まった。ケヴィンがドアを開けてくれて、ハナは助手席に乗り込んだ。困った状況を抜け出すことができて、ほっとしながら。ケヴィン・ベントに送ってもらったなどと、父には絶対知られてはならないことは、承知していた。どういうわけか父は、ベント一家は全員が危険な犯罪者であり、怠け者の役立たず、仕事をしようともしないろくでなしだと決めつけている。それだけでなく、一家は泥棒で、ペテン師で、場合によってはそれ以上の悪人だとも思っている。実際、ケヴィンの兄は八年前、警察に疑われたことがあった。十五歳の少女が学校から帰る途中で、少年たちのグループに誘い出された挙句《あげく》に、廃業した工場跡で何時間にもわたって性的暴行を受けた事件の捜査過程で。ケヴィンの兄は当時十六歳で、事件には関わっていないと一貫して主張したし、彼の犯行を裏付ける証拠は結局なにひとつ発見されなかった。だがもちろん、父ライアンにとってはそんなものは無意味だった。「あいつも仲間だったに決まってる」と、父は言った。「警察が理由もなく目をつけるわけがないだろ。残念ながら証拠が見つからなかっただけだ。ああいう奴らは全員刑務所にぶち込むべきなんだ」

ケヴィンがエンジンをかけ、車は駐車場を出て、フェレンスウェイの激しい車の流れに合流した。

「最初、誰だかわからなかったよ」ケヴィンが言った。「大きくなったなあ」

喜びのあまり、ハナは赤くなった。「えっと、私……」ああ神様、私、どうして気の利いたことが言えないの？「来年の四月で十五歳になるから」

「へええ！」ケヴィンが言った。ハナは素早く隣に視線を走らせた。ケヴィンはにやにや笑っている。そりゃそうよね。誕生日が来るのを指折り数えて待っている馬鹿な小さい女の子みたい。

やめなさい、ハナ、と、自分に言い聞かせた。ケヴィンを感心させようとするのはやめなさい。ケヴィンはただ親切なだけ、だからあんたを送ってくれるの。だからって、あんたのことをどうこう思ったりしてないんだから。それに、あんたがそんなふうだったら、これからもどうこう思ったりはしてくれないんだからね！

ふたりは町を出て、ハルからスカボローへ続くA165号線に乗るまで、もうなにも話さなかった。ときどき海に近づく道路の両脇には、強風のせいで荒れたのっぺりした藪が続いている。だがいまは暗闇のせいでなにも見えない。道はいまだに混んでいて、ふたりの車も延々と続く流れのなかにいる。反対車線もやはり混んでいる。これではたぶん一時間半はかかるだろう。車のなかは暖かくて快適だったが、ハナは緊張のあまり、いまではやはり次の列車を待てばよかったと思っていた。狭い空間に、スカボローの若い男たちのなかでも一番カッコいい部類の男と一緒にいる。ハナは、ケヴィンをイケメンだと思うのが自分ひとりではないことを知っていた。ケヴィンのことは、みんながよく噂する。学校でも、ハナや周りの女の子たちの交流手段であるSNSでも。どの子も、ケヴィンとデートするためなら、どんなものでも差し出すだろう。ケヴィンはかなり頻繁につき合う相手を変える。そしていま現在は彼女なしということになっている。もちろん、だからといって、どこかで誰かと関係を持っていないことにはならない。

いまの自分のこの状況を誰もが羨《うらや》むであろうことを、ハナはよくわかっていた。みんな猛烈に羨ましがるだろう。だが同時に、自分がこのチャンスを台無しにするだろうことも、よくわかっていた。自分はほかの女の子に比べて、あまり魅力があるとは言えないと思っていた。お腹まわりには肉が付きすぎだし、ほっぺたがふっくらした子供っぽい顔だし、服もダサい。着るものは父が決めていて、買ってくるのも父だ。キャスウェル家は常に金欠《きんけつ》なので、父が服を選ぶ際の唯一の基準は、値段ができる限り安いことだ。そして、そういう服は実際にそのとおりの品質なのだ。安くて、デザインなどないに等しく、何度か洗っただけでヨレヨレになってしまう。それに、いつもワンサイズ大きい。背が伸びても当分着られて、すぐに新しいものを買う必要がないように。

ハナはため息をついた。

「ハルでなにしてたんだ?」唐突に、ケヴィンが訊いた。「家からはかなり遠いのに」

「おばあちゃんちに行ってたの。ハルに住んでるの」

「親父さん、ひとりで行かせてくれたんだ?」ライアン・キャスウェルが非常に厳しい父親で、娘の一挙手一投足を監視していることは、ステイントンデールではよく知られていた。ライアンは、娘が機会さえあれば十年前のキャスウェル夫人同様にオーストラリアへ逃げ出すに違いないと考えているんじゃないか、かわいそうなハナは父親に見張られずには息も吸えないくらいだ、と。

「簡単じゃなかったけど」と、ハナは認めた。「反対されたよ。きっとまた最後にはなにかやらかすって言われた。最悪なのは……」

「本当に列車を逃しちゃったことか」ケヴィンが、口ごもったハナの言葉を引き取った。

ハナはうなずいた。「そうなの。お父さんはまた、やっぱり自分が正しかったたって思ってる」

「思うんだけどさ、君がへまをやらかしちまうのは、親父さんにずっと、やらかすぞって言われ続けてるからじゃないかな」ケヴィンが言った。「自分自身に対する信頼を失わせることって、実際できるんだよ。そうなると、いろんなことが本当にうまく行かなくなる。な、ハナ、自分を信じてみろよ。そうすれば全部うまく行くようになるから」

ハナは考えた。「自分を信じるなんて、難しいよ」と言う。「もし……」

「もし君の親父さんみたいなのが、父親だったら?」

「お父さんのことだけじゃないの。なんていうか……やっぱり、私なんて……」

そこでハナは口をつぐんだ。ケヴィンに見つめられているのがわかった。「私なんて、なんだよ?」

口に出すのは愚かな真似だった。とはいえ、口に出したところでいまさら失うものもない。「私、ほかの子たちとは違うから。みんなみたいに……クールじゃないっていうか」本当は

「かわいくない」という言葉が出かかったが、幸いなことに、直前で飲み込むことができた。もちろん、ハナが「かわいくない」のは、ケヴィンが自分の目で見ればわかることだ。だが、それをはっきり口に出して、わざわざケヴィンに意識させる必要はない。

「どうしてみんながクールじゃなきゃいけないんだよ？」ケヴィンが訊いた。「君にはどこか特別なところがあるよ、ハナ。ほかの子たちとは違う。俺はそのほうがずっと面白いと思うけどな」

ハナは息を呑んだ。本気で言ってる？

こういうときには、なんて返せばいい？

ほかのみんななら知ってるのに、と、絶望的な思いでハナは考えた。ほかのみんななら知ってるのに！

再び沈黙が降りた。いつの間にかいくつもの町を通り過ぎていて、車の多くもどこかの出口で降りたあとで、道路は先ほどより空いていた。窓から外を見ると、野原が地平線まで広がっているのが感じられるような気がした。その向こうのどこかに海がある。

自由ってこんな感じなんだ——唐突に、ハナは思った。夜。ケヴィン。お父さんは私がどこにいるかを知らない。

なにか話さなければという気がして、ハナは訊いた。「ケヴィンはハルでなにしてたの？」

「友達がハルでパブを開くんだ。だから今日は家具を組み立てて配置するのを手伝ってた。明日も行くんだ」

「へえ。すごい……親切だね！」

「ずっと昔からの友達だからさ。十二月初めに開店祝いがあるんだけど、もしよければ招待状を送るよ」

まさか。「私……でも……」

「コーラなら飲んでも大丈夫だろ、たぶん」

「もちろん。行きたい、ありがとう」父は決して許してくれないだろう。ハルのパブだなんて。しかもケヴィン・ベントの友達が経営しているなんて。絶望的だ。でも、なにか別の口実をひねり出したらどうだろう。ハナにはシェイラという名の友達がいた。ときどき、ほんとうにときどきだけれど、父はシェイラの家に泊まるのを許してくれる。シェイラの家に泊まると言って、ハルに行ったらどうだろう？

「連れてってくれる？」ハナは訊いた。「その開店祝いに、だけど」

「もちろん。親父さん、許してくれると思うか？」

「思わない。でも内緒にしとけばいい」いまのは絶対クールな響きだった、とハナは思った。

ケヴィンが再びにやりと笑った。「オーケイ。なんとかできるんなら」

道路を走る車はいまやわずかだった。ケヴィンがカーラジオのスイッチをひねった。アリアナ・グランデ。

「この曲、好き？」ケヴィンが訊いた。

「うん。すっごく好き」

ふたりとも口を閉じた。音楽は大音量で車内を埋め尽くした。窓の外を暗闇が走り過ぎていく。

もしかして、とハナは思った。もしかして、ここから私の新しい人生が始まるのかもしれない。どんなふうにかはわからないけれど。

2

スカボローに着いたのは、七時を少し過ぎた頃だった。ケヴィンがハナを駅まで送ってくれた。ドライブ中に、親父さんに電話して思ったより早く戻ってきたと知らせなくていいのかと訊かれたが、ハナはなるべく軽い調子を装いながら、お父さんはまだ清掃会社の事務室にいるし、私もこれからそっちへ向かうから、と答えた。もちろん、車のなかから父に電話するなど論外だ。誰の車に乗っているのかと即座に訊かれるだろうし、たとえケヴィン・ベントの名前を出さなくても、怒られることだろう。絶対に、絶対に人の車に乗ったりしてはならないと、日頃きつく言われているのだから。もちろん相手がよく知っている人なら話は別だが、知り合いの車に乗せてもらったと言うことはできない。父がその知り合いに直接確かめる可能性があるからだ。ライアン・キャスウェルという人間は、神も世界も信用していない。

いまの最大の問題は、父になんと言い訳するか、だ。ハナはさんざん脳みそを絞って考えたが、意外にも突然、運命が味方についてくれた。というのも、もともと乗るつもりだった列車とほぼ同時に駅に着いたのだ。ということは、最後の瞬間に列車に飛び乗れたと言うことができる。それならどうしてそう知らせないのかと父は文句を言うだろうが、それくらいなら受け流せる。最良の解決策だ。

「その会社って、どこ？」ケヴィンが訊いた。「そこまで送ってってやるよ」

「いいの、駅で大丈夫。やっぱり列車で来たって、お父さんに言うから」

「オーケイ」ケヴィンが車を停めた。そして、「本当に行くんだよな？」と確認した。「親父さんのところに」

「うん、もちろん」父はきっともう家に帰っているだろう。だがケヴィンにそこまで知らせる必要はない。電話をかければ、父はまたスカボローに戻らなきゃならないと怒り、ときには頭を使ってものを考えることができないのかと罵《ののし》るだろうが、それでも結局は迎えに来てくれるだろう。

車を降りると、震えが来た。湿った冷たい空気は、暖かい車に乗ってきたあとだと余計に不快に感じられる。ケヴィンが助手席越しに体を乗り出した。「開店祝いのこと、今度打ち合わせよう、な？」

「うん、絶対だよ！」

「ステイントンデールまでヒッチハイクしようなんて思うなよ、約束できるか？　危ないからな！」

「わかってる」

「よし、じゃあまたな、ハナ。気をつけて」

ハナは助手席のドアを閉めて、ケヴィンの車を見送った。

嘘みたい、夢じゃないんだろうか？　ある意味、ケヴィン・ベントとデートの約束をしたようなものだ。開店祝いに行くのだから、ふたりきりのロマンティックなデートではないが、それでもデートはデートだ。一緒に出かけるのだから。男の人に一緒にどこかに行かないかと訊かれたのは、生まれて初めてだった。その初めてがケヴィンだなんて！　興奮冷めやらないいま、ハナはジーンズのポケットからスマートフォンを取り出した。いますぐシェイラにこの話をしなければ、体が爆発してしまう。

手を切り落としでもしない限り携帯と離れられないシェイラは、すぐに電話に出た。

「ハイ！　なんかあった？」

「あのね、いまスカボロー駅にいるの。ハルから帰ってきたとこ。ねえ、どうやって戻ってきたか、当ててみて」

「電車でしょ」シェイラはどこか退屈そうに、そう答えた。

「違うの。ハルでとある人に会って、その人の車に乗せてもらっちゃったんだ」

「誰よ？」シェイラの声には苛立ちがにじんでいた。

ハナはこの瞬間を味わった。「ケヴィン」

シェイラは一瞬、黙り込んだ。それから、わけがわからないといった様子で尋ねた。「ベント？　ケヴィン・ベント？」

「そう、ケヴィン・ベント」

「ひゃあぁ。ケヴィン・ベントが車で送ってくれたの？　どんな手を使ったわけ？」

「なんの手も使ってないよ。たまたま会って、乗っていくかって訊いてくれたの」

「すっごいラッキーじゃん！」シェイラは嫉妬を隠し切れないようだった。「で、ケヴィンはどうだった？　ハナのほうは？　まさか、また恥ずかしがってなにも話せなかったんじゃないよね」

　まさにハナが恐れていた質問だった。

「えっと、私……」

「ケヴィンは退屈したりしなかった？」シェイラが訊いた。

一番の友達としてはあんまりな言い方、とハナは思った。シェイラにこんなことを言わせるのは、嫉妬心なのかもしれない。残念なことに、シェイラはハナの弱点を知りすぎるほどよく知っていて、そこを正確に狙ってくる。

ハナは次のカードを出すことにした。「うーん、ケヴィンが退屈したとは思えないな。だって会う約束したもん。十二月の初めに」

「え？」

「パーティーに行くの」パブの開店祝いよりはパーティーのほうが響きがいいと思った。「一緒に行かないかって訊かれた」

「ケヴィン・ベントがあんたと一緒にパーティーに行くの？」シェイラの口調はとても信じら

れないと言わんばかりで、ハナはまたしても傷ついた。

「そうだよ」

「信じられない。マジで！　ケヴィンがあんたと……」

「ただ、問題はお父さんなんだよね」ハナは言った。「きっと許してくれないから」

「そりゃ絶対そうね」シェイラはほとんど安堵したような声で言った。

「それで、お父さんにはシェイラの家に泊まるって言おうと思うんだけど。どうかな？　話合わせてくれる？」

「うーん」シェイラがこの件での自分の役割を気に入らないのは、その声からも明らかだった。ハナがケヴィン・ベントと――このあたりで一番カッコいい男と――パーティーに行く。それなのに自分は家にいて、ハナにアリバイを提供するだけの役目とは。シェイラは、自分はハナよりもかわいくてイケてると思っている。ハナよりタフで、頭もいいと。それにハナよりずっと素敵な服を持っている。いったいケヴィンの目はどこに付いてるわけ？

そんなシェイラの思いを読んだかのように、ハナは訊いた。「それに服も貸してくれない？　知ってると思うけど、ほら、私の服って……」

「確かに、あんな服じゃあ出かけられないよね。あり得ないくらいダサいもん。ケヴィンが今日、気にならなかったのが不思議なくらい。だって、ケヴィンの一番最近の元カノ、すごくきれいだったし、ほんとお洒落《しゃれ》で……」

シェイラの一語一語がハナにとっては平手打ち同然だった。それでもハナは、それをシェイラに気づかれまいと頑張った。「で、協力してくれるの、くれないの?」

ひどい友達だと思われたくなければ選択肢などないことを、シェイラは悟ったようだった。さらに、協力すればハナから直接情報を得られるのも確実だ。

「オーケイ」シェイラは渋々ながらもそう言った。

「ありがと。やっぱり親友ね!」

「でも、どうしてケヴィン、ステイントンデールまで送ってくれなかったの? ケヴィンの家だってそこじゃん」

「クロプトンまで行くところだったの。友達のところに。それに——お父さんにどう説明するわけ? スカボロー駅までなら列車で来たって言えるけど」

それにはシェイラも納得した。それからふたりは、さらに少しおしゃべりをした。シェイラが、ケヴィンとのドライブと会話のすべてを細部にいたるまで知りたがったからだ。シェイラとの通話を終えると、ハナは父の番号にかけた。まずは父の携帯電話に。けれど出なかったので、次に家にかけてみた。だが、父はやはり出ない。どちらも留守番電話につながったが、ハナはメッセージを残さなかった。

二度目、三度目、四度目でも同じだった。父は出ない。

ハナはこれからどうしようかと考えた。父は怒りのあまりわざと電話に出ないのだろうか? それとも、どこか電波の届かないところにいるのだろうか?

堂々たる丸屋根のついた背の高い時計塔があるレンガ造りの駅舎の前に立っていると、霧と細かい小雨の混じった不快な空気に、どんどん体が冷えてくるのがわかった。土曜の夕方のいま、駅にいる人はわずかだったし、駅前広場もほぼ無人だった。外に出る必要のない人は皆、家の暖炉の前で快適に過ごしているのだ。この二時間の興奮と喜びにもかかわらず、疲れと心細さが忍び寄ってきた。父は、ハナが帰ってくるのはずっとあとだと思っている。それまで連絡がつかなかったら、どうすればいい？

駅舎のなかに入って待つこともできる。少なくとも寒さと雨とはしのぐことができる。それに、ここにも〈パンプキン・カフェ〉はある。それでも九時近くまでカフェに座って待つというアイディアは、魅力的とは言い難かった。

もう一度電話をかけてみたが、やはり空振りだった。

途方に暮れたまま、ハナは通りを少し歩いてみた。すると、隣に一台の車が停まった。サイドウィンドーが下りた。

「ハナ！」

ハナは立ち止まった。

3

ロンドンのキングス・クロス駅からスカボローまでの列車で車掌を務めたダスティン・ウォーカーは、列車が予定どおり九時半に到着したのを喜んだ。そして速足でプラットホームを歩いていた。できるだけ早く家に帰りたかった。長い一日だった。乗客の二人に一人は風邪を引いていて、ダスティンはずっと他人の咳と鼻水にさらされていた。家に帰ったらすぐにビタミン剤を飲まなければ。もううつされたあとでなければいいが。

そのとき、ひとりの男が目の前にぬっと現われた。ダスティンは避けようとしたが、男も同じ方向へ一歩動く。ダスティンは苛立ちつつ、立ち止まった。

「なんです?」と訊いた。

「ハルからの列車はもうとっくに着いたよな」男が言った。顔が青ざめている。目は大きく見開かれ、落ち着かない。「時間どおりに。四十五分前に」

「かもしれませんね。私はちょうどロンドンから来たところなんで」と、ダスティンは言った。

「娘がその列車に乗ってたはずなんだ。でもいない!」

「私にはどうにもできませんよ。いま言ったとおり、ちょうどロンドンから……」

「誰もどうにもしてくれん!」男が叫んだ。パニック寸前に見える。「案内所にはもう誰もいない。〈ヘルプ・ポイント〉の緊急呼び出しボタンを押したのに、そっちもやっぱりなんにも知らないと言いやがる。誰が担当かもわからん!」

ダスティンも担当ではなかったが、なんだか男が気の毒になった。

「娘さんはハルから乗ってくる予定だったんですか?」と訊いてみた。

「そうだ。十四歳なんだ。本当は一本早い列車で来るはずだったのに、乗り遅れた。私に電話してきて、次の列車に乗るってことにした。ところがその列車に乗ってなかったんだ」

「時間どおりにプラットホームにいらっしゃいました？　もしかして、娘さんは降りたあとにどこかへ行ってしまったんじゃ……」

「時間どおりだった！　それどころか、十分前に着いてたんだ。ちゃんと正しいプラットホームで待ってた。列車が来た。なのに娘は降りてこなかった！」

「人混みで見失ったとか。よくあることですよ」

「でも、それならどこかにいるはずだろう。私は駅を隅から隅まで探したんだ。女性用トイレにまで入ったんだぞ。でも娘はどこにもいない。外の駅前広場も見てみた。全部探したんだ。娘はここにはいない」

「娘さんは携帯を持ってます？」

「ああ。何度もかけた。でも留守番電話につながるんだ」

ダスティンはため息をついた。この父親は無駄に心配しているだけだと思った。おそらく娘は無事だ。いまどきの十四歳といえば……たぶん彼氏と一緒にいて、時間を忘れているのだろう。

「娘さんは、ハルでなにを？」ダスティンは訊いた。

「祖母を訪ねたんだ。もちろん、そっちにも電話したさ。でもやっぱりいないんだ。娘と最後に話したのは、列車に乗り遅れたと電話してきたときだ」

「その後、連絡がないんですか？」

「何度もかけてきてた。七時十分から七時二十分のあいだに。でも私はそのとき海沿いに車を停めて、なかにいたんだ。スカボロー・カッスルの下のあたりだ。どうもあそこらへんには電波が届いてないみたいだな。娘がかけてきてたって気づくのが遅れちまった……でも娘はメッセージも残さなかった。どこからかけてきてたのかも、どんな用だったのかもわからん」

ダスティンは、あらためてため息をついた。立ち止まるんじゃなかった。変な男につかまってしまった。

「いいですか、ええと、ミスター……？」

「キャスウェル。ライアン・キャスウェルだ。ステイントンデールに住んでる。ハナと一緒に。ハナというのは娘だ。私はひとり親なんだ。ビル清掃会社で働いてる。今日は七時少し前まで仕事で、その後ハナをここへ迎えに来る予定だった。なのに……待たされることになった。次の列車を」

どこかおかしな男だ、とダスティンは思った。こんな寒い日に、二時間近くも海沿いに車を停めて待っていたとは。パブに座って、温かいお茶の一杯くらい飲んでもよさそうなものなのに。たぶん、かなり徹底したケチなのだろう……娘が喜んで家に帰りたがらないのも無理はない……。

「遅くなるって聞いたときに、かなり頭にきて」小声でライアン・キャスウェルが言った。「もう迎えになんか行ってやらないって脅《おど》しちまったんだ。怒ってたから。なんせ娘はいつも……ぼんやりしてるから。しょっちゅうなにか忘れたり、なくしたり……列車に乗り遅れるのも、いかにもあいつらしいんだ。本当にあいつらしい！」

「かわいそうに」ダスティンは声に出さずにつぶやいた。

「でも、だからって娘は逃げ出したりしない」キャスウェルが続けた。「娘はまだ……ほんの子供なんだ。最近の十四歳がませてるのは知ってる。でもうちのハナは全然違うんだ。落ち着きがなくて、子供っぽくて……」

その点で思い違いをする親は多い、とダスティンは思った。だが口ではこう言った。「ハナさんに友達は？　親友とか？　その子のところに行ったのかもしれない」

「ここからどこかに行けるはずがないだろう」キャスウェルが言った。「だって、それならまず列車に乗ってこなきゃならんからな」

「どうでしょうね。でも、友達の誰かに、いまどこにいるかを知らせてるかもしれませんよ。お父さんに電話してもつながらなかったんなら」

ライアン・キャスウェルの目に希望の火が灯った。「シェイラだ」と、キャスウェルは言った。「シェイラ・ルイス。ここスカボローに住んでる、娘の一番の友達」キャスウェルはすでに携帯を取り出して、いじり始めていた。ダスティンは、もうこのまま帰ってもいいだろうかと考えた。だが、なにかが――馬鹿みたいな善意だ、きっと――この混乱した男を置き去りにして見捨てるのをためらわせた。どういうわけか、自分にも責任があるような気にさせられてしまった。

「あ、シェイラか、ライアンだ。ライアン・キャスウェル」キャスウェルが携帯に向かって話し始めた。ほとんど怒鳴り声だ。「ハナがどこにいるか知ってるか？　いま駅にいるんだ。四十五分前にハルからの列車に乗って帰ってくるはずだったのに……ああ。いや、いないんだ。どうして？」

キャスウェルはじっと耳を傾けていた。「わけがわからん……ぐちゃぐちゃとしょうもないことばかり言うのはやめてくれんか。ハナがどこにいるのか、知ってるのか？　それとも知らないのか？　いいか、よく聞けよ、シェイラ、もしハナになにかあって、君が間違った友情から口を閉ざしていたことがわかったら、とんでもないことになるからな。本当に、本気でとんでもないことになるぞ。はっきり言っとくからな！」

なんとも不愉快な男だな、とダスティンは思った。どうやらこのシェイラという子は間違いなくなにかを知っていて、口を濁しているようだ。そこにこんなふうに圧力をかけてもなにも得るところなどないだろうに。だがそれが、このキャスウェルという男のやり方なのだろう。顔にもありありと表われている。常に機嫌の悪そうな、苦々しい顔。自分自身にも、この世界にも満足していない。

キャスウェルは再び耳を傾けていたが、やがて鋭く息を呑んだ。「なんだと？　なにを言ってる？」

やばい、やばいぞ、とダスティンは思った。

「ハナが誰の車に乗ったって？」キャスウェルは怒鳴っていた。まだプラットホームにいたわずかな乗客たちが振り向いた。

「まさか！　あり得ん！　そのあとハナはいなくなっちまったんだぞ！　消えたんだ！」キャ

スウェルは唐突に通話を終え、ダスティンに向き直った。まるで悪魔に出会ったかのような表情だった。

「娘はケヴィン・ベントと来たんだ！　車で！」

ケヴィン・ベントというのが誰だかは知らないが、どうやら娘がその男の車に乗ったことがライアン・キャスウェルにとって一大事であることは間違いなさそうだ。

「危険な犯罪者だ。兄貴はレイプで訴えられてる」キャスウェルは再び携帯に番号を打ち込んだ。「警察に通報しないと！」

第一部

二〇一七年十月十三日金曜日

1

「人間失格よ」老婦人はそう言って、嫌悪もあらわに顔を歪めた。「見てよこれ。ひどいでしょう。でもね、私はお宅を借りてる人たち、最初から変だと思ってたのよ。嫌な予感しかしなかった」

ケイト・リンヴィルは、スカボロー郊外の町スカルビーにある実家の居間に立ち尽くし、呆然とあたりを見回していた。警察官として、これまでいろいろな場面を目にしてきた。特に醜悪な場面を。だが、この光景はそのすべてを凌駕《りょうが》していた。部屋の隅に山積みの空き缶、紙皿に載ったピザの残り。無数の酒瓶のうち何本かは倒れており、こぼれた中身が絨毯《じゅうたん》に醜い大きな染みを作っている。何か月も前から誰も掃除していないらしい猫用トイレ。服の山。窓台の上に放り投げられた下着。肘掛け椅子の上の嘔吐物。色を見るに乾いた血を想像させるなにかで壁に書かれた卑猥な言葉は、部分的にしか読み取れなかったが、それでも「クソ《ファック》」という語が最低でも五か所あるのはわかる。

「なんてこと」ケイトは言った。これは自分がこれまで見てきたなかで最悪の光景ではないだろうか？　それとも、個人的なショックのせいで実際よりひどく見えるんだろうか？　もし隣人がこの場にいなければ、大声で泣きだしていたに違いなかった。だが、ケイトは他人の前では滅多《めった》に自分の感情をあらわにしない。

「キッチンはもっとひどいのよ」隣人が言った。彼女は長年この家の合鍵を預かってくれていた。ケイトの父の生前からで、それは父の死後も変わらなかった。ロンドンのケイトに電話をかけてきたのは、この人だった。

「お宅を借りてる人たち、二週間前から見かけないのよ。玄関前に牛乳瓶が溜まってるし、郵便受けも溢れそう。それに猫の鳴き声も聞こえるのよ。様子がおかしいわ。覗いてみたほうがいい？」

そう訊かれて、ケイトはオーケイを出したのだった。二十分後、隣人から再び電話がかかってきた。「すぐにこっちに来て。急いで！」

スコットランド・ヤードの巡査部長であるケイトは、数日の休暇を取った。部署全体が極度に忙しい時期だったので、上司はいい顔をしなかった。

「父から相続した家のことなんです。賃貸に出してたんですけど、どうも住人が家をめちゃくちゃに荒らして消えてしまったみたいで。なんとかしないといけないので」

上司は苛立った様子で言った。「家はもうとっくに売ったんだと思ってたが？」

「いえ、売ってません」ケイトはそう告白せざるを得なかった。

結局、休暇は認めてもらえた。そしていま、隣人のあとからキッチンに足を踏み入れ、あまりの汚れと悪臭――ゴミ捨て場よりひどいにおいだ――に思わずのけぞったケイトは、これは自分の弱さに対する相応の報いなのだろうか、と自問した。そう、ケイトは家を売ろうと思っていた。だが結局できなかった。そして、貸そうと決めた。面倒が起こるとわかっていたにもかかわらず。もちろん、いま目にしているほどの悲惨な事態を予想していたわけではない。それでも、家というのは費用がかかるものだ。常にどこかしら修繕が必要になるし、運が悪ければ、蛇口から水が一滴したたったり、床板がきしんだりするたびに電話をしてきて、すぐになんとかしろと迫る賃貸人に当たる。それでも、ケイトはその危険を冒した。両親の家を手放したくなかったからだ。いまはまだ。ケイトの母は、長いあいだ重病を患ったあと、この家で亡くなった。父はこの家で残酷な方法で殺された。父の殺人事件を、ケイトは三年前、自身の手で解決に導いたが、その際、父のさまざまな過去を知ることになった。そして父という人間に対するケイトの尊敬心は大きく揺らいだ。だが、それでも……まだ決断できなかった。まだすっかり過去を手放す気にはなれなかった。

「この家でなにかがあると、見つけるのはいつも私ね」隣人が言った。そして、ハンカチを取り出して鼻に当てた。「ひどいにおい！　あのときお父様を発見したのも私だけど、今回もなにか変だって気がしたのよ。いつも私！」ほとんど責めるような口調だった。

まあね、近所の出来事をいつも観察してるわけだから、と思って、ケイトは苛立った。このあたりでは、なにをしようが、あなたに気づかれないなんてあり得ないんだから！

ケイトは怒りを顔に出さないよう努めた。この人に怒るのは筋違いだ。むしろ感謝すべきところだ。

「この家で嫌なものを見つけたりなさるのは、これが最後だといいんですけど」ケイトは言った。

「どうかしらねえ……」隣人は肩をすくめた。ケイトは、隣人は実のところこの状況を楽しんでいるのだろうと、苦々しく考えた。孤独で単調な毎日にようやく変化が起きたのだから。

ケイトと老婦人は、気が滅入る状況確認を続けた。いたるところすさまじい荒れ方だった。二階の寝室も例外ではない。どこもかしこも汚れた下着に腐った食べ物。電気コードは引きちぎられ、窓の取っ手は外され、ドアノブは壊れている。バスルームの扉も壊されていて、たったひとつ残った蝶番《ちょうつがい》にぶら下がっていた。バスルームのなかは、もう長いあいだ誰もトイレを流していないらしく、悪臭のせいでケイトは吐き気を催した。洗面台の上にかかった鏡で、自分の顔に素早く目をやった。顔色は真っ青で、汗でてかてかしている。前髪も濡れている。

「こんな……信じられない」ケイトはなんとか言葉を絞り出した。

隣人が鼻にハンカチを当てたまま、うなずいた。「バスタブもひどい汚れなのよ」ハンカチの下から聞き取りにくい声でもごもご言う。

バスタブには、くるぶしほどの高さまで水が溜まっていた。そこになにかが浮かんでいる。嘔吐物のようだ。

「いったいなにをしたんでしょう?」ケイトは途方に暮れて尋ねた。

借り手とは直接会っている。男女のカップルで、どちらも三十歳くらい。特に感じがよくもなかったが、不快な人たちでもなかった。強いていえば、なんとなく人となりを見通せないところがあった。男のほうは求職中ということだったが、女のほうは建築会社に勤めていて、雇用契約書を提出し、定期収入があることを証明した。実際、家賃はいつも期日どおりとはいかなかったものの、ある程度きちんと振り込まれていた。ふたりが決して連絡してこなかったので、ケイトは内心ほっとしていた。特に文句も言わずに家を家具付きで借りることに同意してくれた。

そこを怪しいと思うべきだったのかもしれないと、いまになってケイトは思う。ふたりが家具を所有しておらず、なにひとつ文句を言ってこなかったことを。

かつて両親の寝室だった部屋には、猫が一匹いた。明らかになんの世話も受けずにここに取り残されていたようだ。小さくて、華奢で、炭のように真っ黒な猫。いままで生き延びてこられたのは、家じゅうあちこちに大量に放置された残飯を食べていたからだろう。猫は汚れ放題だった。乱れたままのベッドの上に、恐ろしく汚いシーツ類に囲まれて横たわり、小さな嘆きの声をあげていた。

「飼い猫のことさえ考えなかったなんて」ケイトは言った。

「昨日、私、少しミルクを持ってきたんだけど」隣人が言った。「でもうちで引き取るわけにはいかないの。私、猫アレルギーがあるから！」まるで証拠を見せるかのように、隣人はくしゃみをした。

ケイトは、このまま部屋の隅にうずくまって両手に顔を埋め、誰かがやって来て、もう大丈夫だよ、あとは自分が全部なんとかするから、君は心配しなくていいんだよ、と言ってくれるのを待ちたいという、気が遠くなるほど強い願望を感じた。汚れも破壊もすべてが消えてなくなる奇跡を祈った。自分が育ったこの小さいながらも美しい家が、魔法の杖の一振りによって、これまで同様、心地よい我が家に戻る奇跡を。ケイトは長年にわたって、この家にやって来るたびに、守られているという安心感を覚えてきた——ロンドンのアパートのうすら寒さを、孤独な毎日を、仕事の悩みを逃れて、すでに過ぎ去りはしたものの、いまだに心を温めてくれる目に見えないなにかに浸ったものだった。だが今後はもう二度と、あんな気持ちになることはない。この瞬間、ケイトはそう悟った。たとえすべてを片付け、修理して、美しく整った家に戻したところで、傷は残る。父が殺されるという最初の傷のあとについた、ふたつ目の傷だ。家も、家が持つ雰囲気も、損なわれ続ければ、やがては取り返しがつかなくなる。

いずれにせよ、助けてくれる人など来ない。ひとりで対処するほかない。ケイトは歯を食いしばった。部屋の隅にうずくまるわけにはいかない。これからどうするかを考えなければ。

この大惨事のなかでも、不幸中の幸いと呼べる点がひとつだけあった。リビングルームのテーブルに、ケイトに宛てて、ある程度きちんと書かれた賃貸契約解約書があったのだ。ケイトは念のため弁護士に見せるつもりではあったが、それでも自分が再びこの家を自由にできることは間違いないだろうと思った。居所がわからない賃貸人にこちらから解約書を送らねばならないとなったら、頭の痛い問題が数珠《じゅず》つなぎだったことだろう。

「今日からどこに泊まるつもりなの？」隣人がそう訊いた。「ここにはとても住めないわよ」

「どこかにB&Bを探します。この季節なら空きはたくさんあるでしょうし。それから業者に依頼して、家をからっぽにしてもらいます。それしかありませんよね」

「きっと高くつくわよ！」

「でしょうね。でも、ほかにどうしようもありませんし」

「ここに住んでた人たちを訴える？」

ケイトはうなずいた。「もちろんです。でも、行方がわかるかどうか。あまり期待はしていません。もうとっくにイギリスを出ているかも」

「あの人たち、どこかおかしいのよ、きっと」ぞっとした様子で隣人は言った。

ケイトは一階のリビングルームに戻った。ひどい有様ではあるが、ここが一番ましな部屋だ。ソファの端ぎりぎりに腰を下ろして、ノートパソコンを取り出すと、このあたりで泊まれそうな宿を探した。スカボロー・ノース・クリフ・ゴルフクラブからそれほど遠くないところにある宿が見つかった。スカルビーからは車ですぐだ。おまけに海も近い。

そうだ、猫。ペンションはペット同伴可となっている。ケイトはこれまで一度もペットを飼ったことがない。でも、あの猫をここに残していくわけにはいかない。それに、心のなかのなにかが、猫を保護センターに引き渡すことを拒んでいた。一緒に連れていこう。そのうち引き取り手が見つかるかもしれない。

B&Bに電話をすると、いつでも歓迎だし、好きなだけ滞在していいと言われた。

「いまのところ、ほかにお客様はいらっしゃらないし」電話の向こうで、感じのいい女性がそう言った。「大歓迎ですよ」

トランクは車に積んだままだった。猫を運ぶためのものがないか探してみると、なんとキッチンに猫用のケージを見つけた。ほかのあらゆるもの同様、汚れ切っている。たっぷりのお湯と、わずかに残っていた洗剤を使って汚れをこすり落とした。宿で下に敷く毛布を貸してもらえることを祈った。この家には、猫の役に立ちそうで、かつ宿に持ち込んでも支障なさそうなものは、なにひとつなかった。

隣人と一緒に、ケイトは家を出て、玄関ドアをしっかりと施錠した。穏やかな秋の日で、ところどころに帯のような雲の浮く青空に十月の太陽が輝いている。通りに面した前庭の木々の葉は赤や金色に染まっている。

こんなことになっても、やっぱりここは平穏な場所だ、とケイトは思った。

ケイトの車は父の形見で、強い愛着があった。父が遺したものすべてに愛着がある。この家にも。家が受けた傷を思うと、体に現実の痛みを覚えるほどだった。

「連絡を絶やさないようにしましょうね」隣人が言った。

ケイトは猫を入れたケージを後部座席に載せると、運転席に座った。

この問題を片付けるんだ。それからこの家を売ろう。できるだけ早く。

2

その予定は、キャロル・ジョーンズの胃に一日じゅう重くのしかかっていた。金曜日のこの日、スカボローの青少年局は大忙しで慌ただしかったが、それでもキャロルはアラード家の案件を頭から締め出すことができなかった。頭の奥のどこかで、小さな声が常にこう囁きかけるのだ。今日はアラード家に行かなきゃならない！　今日はアラード家に行かなきゃならない、今日はアラード家に……。

金曜日の午後、四時半少し前。同僚はほぼ全員、週末を楽しむために帰ってしまった。残っている者も、この時間にはもう荷物をまとめて帰ろうとしている。キャロルはしぶしぶノートパソコンをバッグにしまった。

上司のイレーヌ・カリミアンがドアから顔をのぞかせた。もうコートを着て、肩にはバッグをかけている。「じゃ、お先に。アラード家のこと忘れてないよね、キャロル？」

「もちろんです。これからすぐ向かいます」キャロルは、やる気とプロ根性を声ににじませようと頑張った。気が進まないことを上司に悟られないように。

ふたりは一緒に、町の中心部にある灰色でどこか寒々しい建物を出た。裕福な夫がいるイレーヌはメルセデスに、キャロルのほうは、毎回エンジンがかかるかどうかはらはらさせられるガタのきた小型のルノーに乗り込んだ。今日のルノーはキャロルに優しかった。やれやれだ。十三日の金曜日。このうえ車がストライキまで起こしたら、まさに厄日《やくび》になるところだった。

アラード一家の住まいは、青少年局からそれほど遠くないロスコー通りにある。なんとも殺風景な長い通りで、ちまちました狭い棟続きの家々が並ぶ。どの家も緊急に改修工事が必要だが、住人たちにはその金がない。窓はガタガタで、冬には暖気を外に逃がし、海からの湿った風が吹き込む。玄関前はコンクリート敷きで、バスタオルほどの広さしかない。どの家の正面にも、とうに塗装が剝《は》がれ落ちた玄関扉と、ガラス張りの出窓がある。出窓に必ず汚れたカーテンがかかっているのは、そうでなければ道行く人たちからなかが丸見えで、道路に住んでいるも同然だからだ。二階には通りに面した窓が各戸にひとつずつ。屋根が微妙に傾斜しているので、建て増しして三階を造ることはできない。家の裏側にはキッチンがあって、そこから裏庭に出られること、裏庭には壁があって、その向こうの棟続きの家々の裏庭とを区切っていることを、キャロルは知っていた。住民のなかには、この裏庭に少しばかり芝生を植えている者もいるし、なかには花や野菜を育てている家もある。だがアラード家は違う。裏庭をアスファルトで固めてしまっている。そして必要なくなった物をすべてそこに捨てる。古い洗濯機はさび付くがままだし、ソファはぼろぼろになり、カビが生えている。そのあいだに洗濯物が干される。たいていの場合は、雨が降っても干しっぱなしだ。二階には両親の寝室と、バスルーム、そして、マンディとリンという娘ふたりが共同で使っている部屋がある。

その娘のうちのひとり、十四歳のマンディが、今週初めから学校を無断欠席している。事情を説明してほしいという連絡が両親に二度行ったが、なしのつぶてだ。そこで校長が青少年局に連絡してきた。一家が青少年局の監察下にあることを知っているからだ。というのも、アラード一家はこれまで頻繁に問題を起こしてきたのだ。ふたりの娘はよく不潔でみすぼらしい身なりで登校したし、無断欠席も多かった。そして二年前、マンディが母親と喧嘩をして、腕を骨折するという事件があった。それが母親からの故意の攻撃だったのか、マンディが運悪く転んだだけだったのかは、最後まで明らかにならなかった。娘たちを家庭から引き離すべきかと議論がされたが、結局のところ、当面は様子を見ることに決まったのだった。里親はなかなか見つからないし、施設に移すのはどうしてもほかに手がない非常の場合に限られる。そこでキャロルは上司のイレーヌから、アラード一家に目を光らせておくよう頼まれた。キャロルは誰のことも失望させまいと固く決意していた。上司のことも、アラード家のふたりの娘のことも、自分自身のことも。

車を停める場所は、少し離れたところにしか見つからなかった。この通り沿いでもひときわみすぼらしい印象の建物にあるフィットネススタジオの前だ。大きな看板に、さまざまなコースの表示がある。曇りガラスのショーウィンドーいっぱいに「パーソナルトレイナー」と赤い蛍光文字で書かれている。キャロルはため息をついた。自分の体形に不満がある。パーソナルトレイナーというのは、まさに自分に必要なものではないだろうか。けれど、夜、大変な仕事を終えたあとに、さらに大変なフィットネスプログラムをこなすだけの熱意も元気も、キャロルにはなかった。

通りを少し先まで進み、反対側に渡って、アラード家の住まいの前で立ち止まった。ほかの家同様、この家にも出窓があり、カーテンがかかっているが、丈が短く、少しかがめば簡単に部屋のなかを覗けそうだ。だが、わざわざ覗き込まなくても、テレビがついているのはわかった。青い光が瞬いているから間違いない。ということは、少なくとも誰かは家にいるのだ。とはいえ、たいていの場合は誰かが家にいる。一家の父親マーロン・アラードは、どこかの工事現場で人手が必要とされるときにしか仕事がない。母親のパツィ・アラードは、ドラッグストアの販売員として働いていたが、盗みを働いてクビになった。それ以来、パツィは失業中で、家族に八つ当たりばかりしている。問題はこのパツィだった。マーロンはときどき飲みすぎるきらいはあるが、ぼんやりしていて、無気力で、無害な男だ。逆にパツィは怒りを爆発させ、手が付けられなくなることがある。自分の人生を憎み、夫を憎んでいる。子供たちのことは愛していると言い張るが、しょっちゅう彼らを自分の不満のはけ口にする。

キャロルはこのパツィのことが少し怖かった。そしてパツィはそれに気づいている。仕事をするうえで、いい状況とはいえない。

キャロルは呼び鈴を鳴らし、背筋を伸ばした。そして心構えをして待った。これまでたびたびパツィ・アラードからの悪意のこもった罵詈雑言の嵐にさらされてきたからだ。

ドアはすぐに開いた。目の前にパツィがいた。小柄で痩せている。髪は金色に染めているが、根元はすでに白い。昔は魅力的な女性だったのかもしれない。だが、人生で溜まりに溜まった不満が顔に深い跡を刻みつけ、表情を険《けわ》しくしていた。実年齢は三十九歳だが、ずっと老けて見える。五十歳の女性でも、パツィよりずっと若々しく見えることもある。パツィはぴっちりしたジーンズをはいており、その上には青いスウェットシャツを着ていた。彼女には大きすぎて、ガリガリの体を強調してしまっている。

「はい？」パツィが不機嫌そうに言った。

キャロルは微笑んだ。卑屈に見えないように、けれど、もし問題があるのなら喜んで手を貸しますよという気持ちが相手に伝わるように。「こんにちは、パツィ。調子はどう?」

「どう見える? いつもどおり最悪だけど。わざわざお尋ねどうも」

「マーロンは仕事してる?」

「してない。私もしてない。リンは二か月前から見習いに出てるけど。でもそれはもう知ってるよね」

もちろん知っていた。十六歳のリンに家具製作所の見習いの口を見つけたのは青少年局だ。それで、家族メンバーの少なくともひとりについては、当面のところ心配する必要がなくなった。

これまでの経験から、パツィがなかに入ったらとすすめてくれないことはわかっていた。キャロルが自分で入ってもいいかと尋ねなければならない。尋ねても、答えは運しだいだ。「お邪魔してもいいかしら?」

「マーロンがちょうどテレビでサッカーを見てるから、リビングはだめだけど」

「キッチンはどう?」

パツィはため息をつきはしたが、結局一歩下がってキャロルを通してくれた。

キャロルはパツィのあとをついて、廊下を歩いた。人間ふたりが横に並べず、前後しないと歩くことができないほど狭く、暗い。だが家のなかは、いつもそれなりにすっきり片付いているように見える。アラード家は、粗大ゴミこそすべて裏庭に放置するものの、家のなかはある程度きちんと整えている。これほど狭い家では、そうせずにはまともに暮らせないだろう。

キッチンはちっぽけではあったが、隅に小さな四角いテーブルと四脚の椅子があった。すすめられたわけではないが、キャロルはそこに腰を下ろした。パツィは再びため息をつき、わざとらしくオーブンにもたれて立ったまま、座ろうとしなかった。「今日はまだいろいろ用があるんだけど」とパツィが言った。

「心配しないで、パツィ。私だって早く週末の休みに入りたいんだから」キャロルは愛想よく言った。「ただ……マンディの学校から青少年局に電話があったの。マンディが月曜日から登校してないって。学校からそちらに二回、事情を訊くメールを送ったんだけど、返事がないって」

「だからなに？」

「子供が学校を休むときには親が理由を説明しなきゃいけないって、知ってるでしょ」

「わかった。学校にメールしとく。用はそれだけ？」

「マンディ、どうしたの？」

「インフルエンザ。この季節にはよくあることでしょ」

この十月はかつてないほど穏やかな天気が続いているし、インフルエンザが流行《はや》っているとは聞いたことがなかったが、それでもキャロルはうなずいた。「かわいそうに。ベッドにいるの？」

「そりゃそうよ」

「ちょっとだけお見舞いしてもいい？」

パツィの目がすっと細められた。「いま寝てるから。起こしたくないでしょ」

「ドアからちょっと覗くだけでいいの。それなら起こさないと思うけど」

「私たちが階段を上ってくだけで起きちゃう。だって、あれだけきしむんだから……」

「それでも、ちょっとだけ様子を見たいの」

「悪いけど」パツィが言った。

キャロルは立ち上がった。「それは、だめという意味？」

「そう」

パツィのような女性は自分の権利を熟知している。自分の許可なしにキャロルが二階へ行くことはできないのを知っている。どうしてもとなったら、キャロルは警察を伴って戻ってくるしかない。だが警察を投入するにも裁判所の許可がいる。いまの段階では、そこまでの厳しい措置《そち》は認められない。

「パツィ、ほら、わかるでしょ、あんなことがあったから」キャロルは言った。「マンディの腕の骨折のことだけど……」

「二年も前の話じゃん」

「でも、あなたが折った。大変なことよ」

「転んだんだって」

「あなたが壁に投げ飛ばしたんでしょ」

「喧嘩してたから」

「親子喧嘩で子供が骨折するようなことは、絶対にあってはいけないの」

「事故だったんだって」

「マンディのことが心配なのよ」

「インフルエンザなの。それだけ」

「お医者さんにみせた?」

「そこまで悪くない。何日か寝てればまた元気になるって」パツィは落ち着いている。肩の力も抜けている。落ち着きすぎている? なんとなく、パツィは正直に話してくれていないという気がした。

「学校に連絡しておいてね」キャロルは負けを認めて、言った。

「しとく」パツィが言った。ふたりは玄関まで戻った。リビングからはスポーツ記者の声が響いてくる。

なにかがおかしい、とキャロルは思った。パツィのことならよく知っている。娘の眠りを邪魔したくないなどという気遣いをする女性ではない。そんな母親らしさは持ち合わせていない。パツィには、キャロルを二階に行かせたくないなにか別の理由があるのだ。

残るは姉のリンだけだ。キャロルは、月曜日になったらすぐに、リンが見習いとして働く製作所を訪ねようと決めた。リンは学校を中退して以来、家族とは精神的に距離を置こうとしている。それでも妹を見捨てたりはしないだろう。マンディがなにかひどい目に遭っているなら、リンが教えてくれるはずだ。

キャロルは通りに出た。すでに夕闇が迫っている。東から吹き始めた風は冷たく、海のにおいを運んでくる。

「やっぱり私に話しておいたほうがいいと思うことがあったら、いつでも電話してね」キャロルは言った。「お願い。どんなことでも、話すのはいいことよ。少なくとも、ごまかして見ないふりをするより、ずっといい」

「もちろん。なにかあったら電話する」パツィが言った。だがその目は別の言葉を語っていた。とっととうせろ。あんたに電話するくらいなら火星にでも移住したほうがまし。

キャロルは駐車場所に戻って、車に乗り込んだ。ワイパーにピザのデリバリーのチラシが挟まっていた。キャロルは、気が滅入るみすぼらしい通りをぼんやりと見渡した。

マンディ・アラードのことが気がかりだった。

あの子はいつ見つかるだろう。あのあともう一度も会っていないが、いまだにあの姿は目に焼き付いている。あの子がまだ生きていた頃の姿が。

特にきれいな娘ではなかった。でも、どこか非常にかわいらしい、子供らしいところがあった。出会ったあのときから、ほぼ一年。あの晩、あの暗い通りを車で通ったのは、ほんの偶然だった。工事の関係で大通りに発生した渋滞を迂回《うかい》したかっただけだった。でなければ、あんな静かな住宅街に入り込むことはなかっただろう。とはいえ私は、この世に偶然など実際には存在しないと信じている。人生で起こることのすべては運命だ。そう確信している。あの晩あの子に出会ったのは、運命だったのだ。

あの子が私に出会ったのは。

あの子は車に乗ろうとしなかった。暗くて、雨が降っていたのに。家まで送ってやると言ったのに。

「名前は？」私はそう訊いた。

「サスキア」と、あの子は答えた。そして不信感のこもった目でこちらを見た。私は車を降りて、あの子と向き合った。もし逃げようとしても、すぐにつかまえて、引き留めることができる。

話しながらも、通りとあたりの家々、暗い前庭に目を光らせていた。誰かが姿を見せたら、すぐに逃げなければ。あんな天気のあんな夜に、好きこのんで家から出る人はいない。だが犬を飼っている人間ならいくらでもいる。そして彼らは必ず散歩に出る。どれほどあり得ない時間だろうと、すさまじい悪天候だろうと。

だがあの夜は、犬さえ外に出る気分ではないようだった。あたりは静まり返っていた。家々の窓の向こうには明かりが灯っていた。だが、誰も姿を見せはしなかった。

「もう行かなくちゃ」サスキアはそう言った。息が少し荒かった。

サスキアは怖がっていた。文字どおり、こちらに恐怖のにおいが漂ってきていた。でもサスキアは、叫び声をあげたり、こちらの向こうずねを蹴飛ばしたりする子ではなかった。おとなしすぎて、そんなことはできなかった。礼儀正しすぎて。サスキアのような少女は、礼儀正しく完璧な振る舞いを教え込まれて育つ。それは、彼女の周りの人間、つまり彼女と同じタイプの人間に囲まれている限りは役に立つ。ところが、人生につきものの危険や闇に直面したとき、ああいう子は無力だ。武器として使えるものをひとつも教えられてきていないから、なすすべがない。

サスキアはきっと、知らない人の車になど絶対に乗ってはいけないと教えられてきたはずだ。

だが、見知らぬ人間がすぐ目の前に、せいぜいほんの一歩で触れ合える距離に立ちふさがっていて、その人間の、なにがなんでも自分を車に乗せようという固い決意が感じられ、危険がすぐそこに迫っている……そんなときにどうすればいいかは、誰にも教えられてこなかった。いや、もしかしたら、逃げろと教えられていたかもしれない。だがサスキアはすでに本能的に、逃げても無駄だと悟っていた。

つまりあの子は、心の底ではすでに負けを認めていたのだ。

サスキアは一歩踏み出して、私の横を通り過ぎようとしたが、私は即座に行く手をふさいだ。

「お願い……」サスキアは小声で言った。

「乗りなさい」私は言った。威圧的な声で。

サスキアは泣きだした。

私はサスキアの腕をつかんだ。彼女はまったく抵抗しなかった。私の勘は正しかった。この娘は、言われたとおりにすることを教わってきている。家ではそれで褒《ほ》められるのだろう。愛され、大切にされる。そして両親から、こんなに行儀のいい娘をもって鼻が高いと言われるのだろう。サスキアの両親のような人間が思い至らないのは、自分たちの子供がどんなときにも行儀よく振る舞ってしまうことだ。どんなときにも。

私はサスキアの腕をきつくつかんでいた。痛がらせるほどではないが、しっかりと。私は勝った——自分でそうわかっていた。たとえいまサスキアが突然のように悲鳴をあげ始めたとしても、あたりの家のどこかで、誰かがテレビの前から立ち上がり、スリッパをつっかけて窓際へ行ったときには、私はもうこの子を車に乗せて走り去っている。

だが、サスキアは悲鳴をあげなかった。私は彼女を助手席に押し込んで、シートベルトを締めてやった。そして、彼女がベージュ色のタイツと茶色いブーツをはいていること、コートの下に花模様の生地のなにかを着ていることを知った。おそらくコーデュロイのワンピースだろう。

サスキアはまだ、穴のあいたジーンズや腹の見えるシャツなどを着て、顔をごてごて塗りたくる年齢ではなかった。そういう少女たち皆に魅力がないとは思わない。だが、サスキアくらいの発達段階にある子供たちのほうが聞き分けがいい。

そして、思いのままにできる。

助手席側のドアには子供用の安全ロックがある。だからサスキアは、交差点での信号待ちにいきなり車から飛び降りて、道行く誰かに助けを求めたりはできない。

サスキアは延々と泣き続けた。声を出さずに。

私は車に乗り込み、エンジンをかけた。ワイパーが規則的にフロントガラスをぬぐっている。

私たちは町を通り抜けた。サスキアが懸命に外を見つめていることに、私は気づいた。一度、赤信号で停車した。すぐ隣にもう一台、車が停まっていた。サスキアがその車の運転手と目を合わせようとしているのがわかった。後にサスキアの顔があらゆるメディアに現われたとき、この運転手が、雨に打たれた車の窓から絶望的な顔で見つめてきた、涙に濡れたこの娘の姿を思い出すことになるのは、なんとしても避けたかった。

「こっちを見なさい！」私はサスキアを怒鳴りつけた。

サスキアは即座に、こちらに顔を向けた。恐怖で震えていた。私が彼女を家へ送っていったりしないことは、本人にもとうにわかっていた。彼女の暮らす界隈《かいわい》からは、もう遠く離れていたから。それに、サスキアは馬鹿ではない。これがずっと長い話になることを、すでに感じていた。ずっとずっと長い話になることを。

「どこへ行くんですか？」震える声で、サスキアは訊いた。

私はサスキアに微笑みかけた。やはり信頼は獲得したい。そうでなければ、すべては無意味だ。

「新しい家に」私は穏やかにそう言った。

するとサスキアは頭を垂れて、激しく泣きだした。私は腕を伸ばして、彼女の太ももに手を置いた。すると彼女の体の震えが止まり、代わりにすっかり硬直するのがわかった。

「怖がらないで。きっとあそこが好きになるから。大丈夫」

サスキアは泣いた。

彼女があれから何か月間も泣き止まないと、あのときわかっていれば……あれほどの労力を費やす必要はなかったのに。

私は地下室へは行かない。行かないでいるのは楽ではない。それでもやはり行かない。そのほうがいいのだ。

十月十四日土曜日

1

いったい娘はいつ、花をつんだりお絵かきしたりする小さなかわいい女の子でなくなったのだろう?

デボラ・ゴールズビーはこっそりと娘に目を向けた。デボラはいまハンドルを握っており、十四歳の娘アメリーは助手席にいる。耳にはイヤフォン、ジーンズのポケットにはスマートフォン。長い金髪を前に垂らしているので、ほぼ顔全体が隠れている。腕組みをして、うつ向いている。その姿勢のすべてが、雰囲気のすべてがこう言っていた——ほっといて。

いまのアメリーのような態度の若者と土曜日の午前中に買い物に行くことほど気が滅入ることはない。デボラは、アメリーをベッドに残して、ひとりで買い物を済ませようとした。月曜日に、アメリーはクラス旅行に出発する。まだ準備せねばならないものが山のようにあった。

「私ひとりでさっさと行ってくるわよ」朝食の席でデボラはそう言ったのだが、夫のジェイソンは大反対だった。

「旅行に行くのはあの子なんだぞ。買わなきゃならないのは、あの子が必要とするものだ。あの子が自分で準備するべきだろう!」

「でも、あの子ひとりじゃ……」

「だから君が連れていってやるんじゃないか。買い物につき合って、最後に支払いもしてやる。でも僕は、君が何時間も町じゅうをあくせく走り回ってるあいだ、あの子が昼過ぎまでだらだらベッドで過ごすと思うと、耐えられないんだよ。あの子の買い物なんだから、あの子自身が少しは動かないと。そうじゃないと、いつまでたっても責任感が身につかない」

もちろん、ジェイソンの言うとおりではあった。けれど、アメリーの不機嫌と攻撃的な態度を何時間も耐え忍ぶことになるのは、ジェイソンではない。

「わかった」と、デボラは言った。「でも、それならあなたがあの子を起こして！」

デボラはすでに、たったひとりの宿泊客のためにダイニングルームに朝食の準備を整えていた。デボラたちゴールズビー一家のほうは、キッチンで食事をとる。窓から海が見える明るくて美しいダイニングルームは、客専用だ。まあ、正確に言えば、海ははるかかなたに細い線になって見えるだけではある。けれど海の手前にはなだらかな丘が連なっていて、波打つ草と、風でたわんだ灌木の茂みがある。デボラにとっては素晴らしい眺めで、それが十五年前、通りの端にあるこの家をどうしても買いたいと思った理由だった。家はあまりに大きすぎ、あまりに高価すぎて、ジェイソンが暗い顔で言ったとおり「年金生活になってもまだローンを払い続けなきゃならない」にもかかわらず。デボラはそれでも望みを押し通した。（「いつものようにね」と言うジェイソンの口調は、決してからかうような軽い調子とは言えなかった。）ところがその後、アメリーが生まれた。未熟児で、何年ものあいだ病気ばかりする体の弱い子供だったので、つきっきりで面倒を見る必要があった。デボラは娘のためだけに時間を使えるよう高校教師の仕事を辞め、大きな私立病院に勤める医師であるジェイソンは、ひとりでローンの利子を払わねばならなくなって、心の余裕をなくした。あの時期が結婚生活における大きな危機だったことを、デボラはいまでもよく憶えている。ジェイソンは、高価すぎる家を無理やり買わせたと言って、デボラを責めた。それに、デボラはアメリーのことをあまりに心配しすぎだという意見だった。状況を改善するために、デボラはB&Bの経営を思いついた。そして、三つの部屋を客用にしつらえ、二階の物置を改装して客用のバスルームを作った。その改装費用をまかなうためにさらにローンを組むことになったが、すぐに回収できるとデボラは主張した。

「これでやっと私もまた仕事ができるのよ。それも、家でできる仕事。だからアメリーの世話も同時にできるし!」

「だけど、家のなかも庭もずっと他人がうろうろすることになるんだぞ。それに、我々にとってはキッチンがダイニングルームになるんだぞ」ジェイソンはそう文句を言った。

それでも結局ジェイソンは折れた。早急に金が必要だったからだ。

経営状態は悪くなかった。五月初めから九月末までのサマーシーズンには、部屋はほぼいつも予約で埋まった。デボラは部屋の掃除を手伝ってくれる少女を雇い、自分は食料品の買い出しと、朝食ビュッフェと夕食の支度に精を出した。新しい知人ができたおかげで、育てるのが難しい子供の母親としてゆっくり世間から孤立していくという感覚を抱くこともはやなくなった。それでも、我が家を他人と分かち合わねばならないのをジェイソンがいまだにあまり喜んでいないことは、見逃しようがなかった。でも秋と冬にはほぼずっと家族水入らずになれるんだから、と、デボラは自分に言い訳した。寒くて雨ばかりの季節にイングランド北東部の海岸に旅行する人なんていない、と。もちろん、客がいないときには収入もないので、全体的に見れば一家の経済的問題はあまり改善されたとは言えなかった。それに、冬のあいだじゅうデボラは憂鬱な気分と闘わねばならなかった。夫は一日じゅう、娘は一日の四分の三、出かけている。自分ひとりが大きな家にいて、キッチンの窓から、あれほど惚れ込んだ野原の景色を眺めている。東から暴風が吹きつけて、鎧戸《よろいど》をガタガタ揺らす。デボラは海沿いを長い時間散歩する。暖かく着込んで、風でひどく涙が出る目にサングラスをかけて。そして自分に、すべてうまく行く、春はまた来る、お客は戻ってくる、それまでの時間も人生の一部だ、リラックスする時期だ、そういうものだと割り切って楽しむんだ、と言い聞かせる。何日間も休みなく自分にそう言い聞かせ続ける。けれど正直なところ、リラックスなどできなかった。襲ってくる憂鬱と激しい闘いを繰り広げ、毎年冬が終わる頃には疲れ果てているのだった。

ところがいま、もう十月だというのに、お客がひとりいる。珍しいことで、デボラの気分はあっという間に上向きになった。お客は猫を連れた女性で、スカルビーにある自宅を人に貸していたのだが、借家人が家をめちゃくちゃにした挙句に逃げてしまったので、あと始末が必要だということだった。昨日やって来たときには、心配事をかかえて憂鬱そうだった。家は亡くなった父親のものだという……どれほど辛いことか、デボラには想像がついた。

アメリーのクラス旅行に必要なもののリストには、すべて「済」マークがついた。キャンプマット、スニーカー、懐中電灯、野外調査《エクスカーション》用のクリップボードと紙、新しい寝袋。アメリーはすでに寝袋を持っているが、鹿と妖精の模様のついたもので、そんな寝袋ではクラスメイトに笑われるという娘の言い分を、デボラは認めないわけにはいかなかった。ハイキングシューズ、レインコート、分厚いスウェットシャツ二枚……一週間、スコットランド高原で過ごし、質素でなにもない小屋で寝泊まりするのだ。アメリーが普段着ている腹が見えるトップスや短いスカートの出番はない。アメリーは、まるで処刑場へ連れていかれるかのような様子で、母親の後ろをだらだらとついて歩くばかりだった。そして、イヤフォンとそこから流れ続ける音楽のせいで、話しかけることさえ困難だった。

「行きたくない」アメリーは何度かそう言った。「クソつまんないクラス旅行なんて行きたくない！　どうして行かなきゃいけないの？」

デボラはため息をついた。もう何週間も前からこの話だ。

「義務だからよ。授業と同じ」

「そんなの最悪じゃん！　ずっと雨に決まってるし、なんにもないんだよ、なんにも！　小屋には水道もないし、電気もないんだよ。ヘアアイロンのプラグ、どこに差せばいいわけ？」

デボラは思わず笑った。「どこにも差さなきゃいいのよ。たまにはくるくるのままの髪でもいいじゃない」

「そんなの無理。ダサすぎて死ぬ……」

「そういう言葉ばかり使わないの！」

「そういう言葉って?」

「死ぬとか」

「死ぬ、死ぬ、死ぬ」アメリーが言った。それから再び髪を顔の前にたらして、沈んだ顔で音楽に没頭し始めた。

デボラは一瞬、アメリーをいったん家で降ろしてからひとりで週末の食料品の買い出しに行こうかと考えた。だがそうすると時間がかかる。とにかく早く終わらせてしまいたい。アメリーはきっと嫌がるだろう。だがデボラは、そんな理由で予定を変えたりはしないと自分に言い聞かせた。娘の機嫌やかんしゃくを怖がるのはやめなくては。ジェイソンにもいつもそう言われる。だが、言うだけなら簡単だ。ジェイソン自身は決してその場に居合わせないのだから。

「そもそも仕事をやめるべきじゃなかったんだよ」ジェイソンが家にいないことにデボラが文句を言うと、いつもそう言い返される。「やめなければ、君だって家にいる時間はずっと少なかっただろうから、アメリーと喧嘩ばかりすることもなかったんじゃないか」

夫の言うとおりかもしれない。自分は間違いを犯したのかもしれない。ときどき、もううんざりだと思うことがあった。いわゆる「家庭生活」というものに。そう考えている自分に気づくと、デボラは震え上がる。

「これからちょっと〈テスコ〉に寄るから」デボラはできるだけ朗《ほが》らかな口調でそう言った。

アメリーはわざとらしくため息をついた。

そして「クラス旅行、行きたくない」と言った。

「わかってる。もう何度も聞いた。でもどうしようもないでしょ」

「病気だって手紙を書いてくれればいいんだけど」

「学校はお医者さんの診断書を見たがるでしょうね。だいたいあなた、健康じゃないの！」

アメリーはうなるような声を出した。

デボラはラジオをつけた。どうせアメリーと多少なりとも建設的な会話をすることなど無理なのだ。

「……によれば、遺体はスカボロー出身で、ほぼ一年前から行方不明だったサスキア・モリスのものだということです」アナウンサーがちょうどそう話していた。

「なんてこと！」デボラは驚愕の声をあげた。

「当時十四歳だったサスキアは、二〇一六年十二月八日の夜、友人と会ったあと、帰宅しませんでした。両親はその夜のうちに警察に失踪届を出しました。徹底的な捜索が行なわれ、目撃情報も多く寄せられましたが、すべて実を結ばず、サスキアは今日まで発見されませんでした。しかし今日、ハイカーがムーアで遺体を発見しました。スカボロー警察犯罪捜査課のヘイル警部は……」

デボラはラジオを消した。これ以上聞いていられない。行方不明になった少女。娘の身になにが起こったのか何か月も知ることができなかった両親。深い絶望と、おそらくは何度も燃え上がる希望のあいだを行ったり来たり。そしていま、こんな結果になった——ムーアで死体が発見された。彼らの娘サスキアの。

「ほらね」恐ろしいニュースのせいで、さすがに一瞬もの思いから引き離されて現実に戻ってきたらしいアメリーが言った。「ハイキングなんかするから、こんなことになるんだよ。死体を見つけちゃうなんて」

「ちょっと、アメリー、そんなの滅多にあることじゃないんだから。スコットランドであなたがそんな目に遭うなんてありえないわよ」

「そのサスキアって子はいいね。もう二度とクラス旅行に行かなくていいんだから」

「アメリー！」

アメリーは再びうなるような声をあげると、髪のカーテンとイヤホンの奥に隠れてしまった。悪気があるわけじゃない、とデボラは思った。この子はただ単に怖がりなだけ。

アメリーはいつもぶっきらぼうでクールに見えるよう振る舞っているが、実のところ、慣れ親しんだ環境から離れるのを嫌がるところがあった。スコットランド奥地の小屋で、厳しい環境のもと、気の合わない子も多いクラスメートたちと狭い空間で一週間も過ごすことに恐怖を感じているのは見ればわかる。

だが、しかたがないではないか。きっと結局は思ったよりも楽しく過ごせるだろう。

デボラは〈テスコ〉前の駐車場に入り、空いている場所を苦労して探した。土曜の朝は皆が週末の買い物に来る。ため息が出た。スーパーのなかはきっと混雑しているだろうし、レジ前の行列に延々と並ぶことになりそうだ。

「たぶん、一緒に来たくはないわよね？」デボラはアメリーのほうを向いて、訊いた。

アメリーが首を振る。

「わかった。月曜日からの旅行のために、買ってきてほしいもの、まだなにかある？　食べたいものとか？」

「ない」アメリーはそう言ったが、それから勇気を振り絞ったようで、こう付け加えた。「ありがとう」

「ありがとう」は、その晴れた十月の朝、デボラがアメリーの口から聞いた最後の言葉になった。三十分近くあとに、買ったものを入れたカートを押して車に戻ってみると、娘の姿は消えていた。

2

「落ち着くんだ」ジェイソンはそうなだめた。「そんなに取り乱さないで。たぶん、なんでもないことだから」

何度かけてもジェイソンが携帯にも固定電話にも出なかったため、デボラは大急ぎで家に戻った。ほぼ同時に散歩から帰ってきたジェイソンは、家の前でばったり出くわしたデボラに怒鳴られて、思わずあとずさった。「出かけるときに持っていかないなら、なんのために携帯を持ってるの？　あなたはいつもそう！　いつも、いつも、いつも！」

デボラはすっかり取り乱していて、「いつも」という言葉を怒鳴るのをやめられないようだった。

ジェイソンはとっさにデボラの腕をつかんで家のなかにひっぱり入れると、玄関ドアを閉めた。こんなふうに怒鳴っていては、町じゅうに聞かれてしまう。デボラの顔は蒼白で、目は大きく見開かれていた。

「いないの！　アメリーがいない！」

ジェイソンはあたりを見回した。いまになってようやく、娘が妻と一緒に帰ってきていないことに気づいた。「いないってどういうことだ？」

「私たち、〈テスコ〉に行ったの。あの子は車で待ってて、私がひとりで買い物に行った。で、戻ってきてみたらいなくなってたの！」

「そこらをぶらぶらしてただけじゃないのか。トイレに行きたかったとか。友達に会ったとか。説明はいくらでもつく。慌てるんじゃないぞ、デボラ！　真っ昼間なんだし、たぶん駐車場には人もたくさんいたんだろう？　なにが起こるっていうんだ？」

デボラは泣きだした。「全部探したのよ。全部！　駐車場も、スーパーのなかも、周りの道路も。すれ違う人みんなに訊いてみた……でも誰もあの子を見てないのよ。誰も！」

「どうしたんですか？」頭上で声がした。デボラが見上げると、昨日来た宿泊客が階段の上に立っていた。興奮した大声はもちろん客にも聞こえていたというわけだ。

「アメリーがいなくなったんです、娘が」とデボラは言って、ことの顚末を説明した。

デボラは三十分ほどスーパーで買い物していた。スーパーは混んでいて、通路を歩くのも、棚の商品に手を伸ばすのも一苦労だった。さらにレジには長蛇の列ができていた。デボラは急ごうとした。この日の朝の用事のすべてを、とにかく早く終わらせたかった。それでも買い物を終えたときには二十五分たっていた。

「それで、車に戻ったら、誰もいなかったんです。もちろんドアはロックしてませんでした。アメリーはキーを持ってませんから。で、アメリーの姿はどこにも見えなくて」

「アメリーは、それまではどこに?」

「助手席です。スマホで音楽を聴いてました。スーパーについてくるのは嫌がりました」

デボラとてすぐにパニックを起こしたわけではなかった。最初は、アメリーは少し体を動かしに外に出たんだろうと思った。それでも嫌な予感はあった。そもそも、娘が自分から体を動かしたいなどと思ったことが、これまであっただろうか？　しかも今日みたいな機嫌の日に。娘は通常、機嫌が悪いときにはまったく動かなくなり、ひたすら音楽を聴くばかりで、周りの人にもものごとにも反応しなくなる。

デボラは買ったものを車のトランクに入れたが、それが終わってもアメリーはまだ戻ってこなかった。クラス旅行に必要なものがあるのを思い出して、いま頃スーパーのなかで母親を探しているのではないかと、デボラは考えた。

「それでスーパーに戻ったんです。通路を全部探してみましたし、アメリーの名前も呼びました。周りの人には、この人おかしいんじゃないかって目で見られましたけど。そのうちスーパーの店長が声をかけてくれたんで、娘がいなくなったって話しました。でも店長もあまり真剣に受け止めてくれたようには見えませんでした。それで私、また外に出て……」

「十四歳の女の子が姿を消したからといって、誰もがすぐに危機感を持つわけじゃないんですよ」客の女性がそう言った。さっきからなかなか名前が思い出せない……そう、ケイト。ケイト・リンヴィル。「小さい子供とはわけが違いますから」

ケイトは階段を下りてきて、慰めるかのように、ほんの一瞬デボラの腕に手を触れた。「でもそれは、たいていの場合は本当に深刻な事態じゃないからです。スーパーの前の混雑した駐車場なんていう日常的な場所ではなおさらですよ」

デボラはケイトをじっと見つめた。「でも、死体が見つかったんですよ。サスキア・モリスって子の」

ケイトとジェイソンはそろって、わけがわからないという顔をした。

「誰のなにが見つかったって？」ジェイソンが訊いた。

「サスキア・モリス。去年の十二月に失踪した子よ。さっきラジオで言ってたの。ハイカーがムーアで死体を見つけたんですって」

「それは娘さんの件とは関係ありませんよ。絶対に」

「そんなこと、どうしてわかるんですか？」

「単に確率の問題です」

「失踪事件の確率にお詳しいんですか？」デボラは訊いた。攻撃的な口調になったのが自分でもわかった。完全に理性を失う一歩手前で、誰かに落ち着かせてほしかったが、同時に、周りの人たちが皆、真剣に受け取るべき事態を真剣に受け取っていないという気がしていた。

ところが、目の前のケイトはうなずいた。「私、ロンドン警視庁の巡査部長なんです」

「なんと」と、ジェイソンが感心したように言った。「それってスコットランド・ヤードじゃないですか！」

「スコットランド・ヤード？」そうおうむ返しに言ったデボラの声は、思わず裏返った。「じゃあ、お願いですから、すぐに……」

ケイトがデボラの言葉を遮った。「私にはなにもできません。管轄が違うので。でも、もしよければ警察署まで同伴しますよ。失踪届を出しましょう。といっても、すぐに全力を挙げて捜査してもらえるわけじゃありませんけど。娘さんは車を降りて、おそらくは駐車場も立ち去った。とはいえ、その理由はいくらでも考えられますから」

「どんな理由ですか？」デボラは訊いた。

ケイトは少し考えた。「娘さんにボーイフレンドは？」

「いません」

「少なくとも、お母様はご存じないということですね」

「あら、娘にボーイフレンドがいたら、もちろん私は……」

「知らないだろうな」ジェイソンが口をはさんだ。「おまえたちふたりはいま現在、秘密を打ち明け合うような仲じゃないだろう」デボラが反論しようと口を開いたのを見て、ジェイソンはなだめるように付け加えた。「アメリーの歳を考えたら、当たり前のことだよ」

「今朝のアメリーの様子はどうでしたか？　元気でしたか？」ケイトは訊いた。

「いえ」デボラとジェイソンは、口をそろえて答えた。

ジェイソンが詳しく説明した。「あの子が朝に機嫌がいいことは滅多にありません。特に今日みたいな週末には。昼まで寝ていたいのに、起きて母親と一緒に買い物に行かなきゃならなかったんですからね」

「あの子を連れていけって言い張ったのはあなたでしょ！」デボラは金切り声をあげた。「私はひとりで行くって言ったのに、あなたがどうしても……」

「すぐに自分が非難されていると考えるのはやめるんだ。確かに私はあの子を連れていけと言ったし、いまでもそれが正しかったと思ってるよ」それからジェイソンは、ケイトのほうを向いて言った。「アメリーは月曜日から一週間、クラス旅行でスコットランド高地に行くことになってるんです。そのためにまだいろいろ準備しなきゃいけないものがありまして。私は、デボラがひとりで全部やって、アメリー本人がぐうすか寝ているなんて絶対にだめだと思ったんです」

「あの子がいままだベッドにいてくれたらどれほどよかったか」デボラは言った。これまでなんとかこらえていた涙が、またもこみあげてきた。ジェイソンのくだらない教育論、責任感だの自発性だのといった馬鹿ばかしい御託《ごたく》……その結果がどうだ？　デボラにとっては、機嫌の悪い娘と午前中を過ごしてストレスが溜まるだけだった。そしていま、アメリーが消えるというおまけまでついた。本当にクラス旅行に行きたくないとすねているだけならいいのだが。

「あの子はクラス旅行にどうしても行きたくないと言ってました」デボラはそう言って、頰をぬぐった。「サスキア・モリスという子の遺体が発見されたっていうニュースをラジオで聞いて、こう言ったくらいなんです……」

「なんと言ったんですか？」ケイトが訊いた。

「サスキアって子はいいね、もう二度とクラス旅行に行かなくていいんだからって」

「なんて子供じみた言い草だ」ジェイソンが怒りの口調で言った。

「そのクラス旅行にどれほど気が重かったかがよくわかりますね」ケイトは言った。「でもそれはいい印ですよ、デボラさん。なんとか旅行に行かずに済むようにと思って、逃げ出したんじゃないでしょうか。娘さんの友達の電話番号をご存じですか？　まずはこれから全員に電話してみるべきです。間違いなく友達の誰かと一緒にいるんですよ。もしかしたら、たまたま駐車場で友達に会ったのかもしれませんし」

「我々にこれほど心配をかけるなんて！」ジェイソンが怒鳴った。

「きっとそこまでは考えていないんですよ。頭のなかにあるのは自分のことと、どんどん迫ってくる旅行のことだけで。どこかに逃げたからってなんにもならないことも、両親にとても心配をかけることも、結局最後には全部自分に跳ね返ってくることも——なにひとつ思い至らないんでしょう」

デボラは大きく深呼吸した。ケイト・リンヴィルの落ち着いた声と、彼女の見解の説得力が、心を鎮めてくれることに気づいた。確かに、あんなに混雑した駐車場でいったいなにが起こるというのだろう？　アメリーはスコットランドに行きたくなかった。そして、母親が欠席の手紙を書くつもりがないことに怒っていた。

それに残念ながら、いかにもあの子がやりそうなことだわ、とデボラは思った。きっといま頃、友達と一緒にカフェにでもいて、心配する親のことはいい気味だとでも思っているのだろう。

「とにかく、あちこちに電話してみます」デボラは言った。

「娘さんの携帯にはもうかけてみましたか？」ケイトが訊いた。

デボラはうなずいた。「百回はかけました。でもずっと留守番電話です。出てくれません」

3

夜が来る頃には、娘はきっと見つかるというデボラの確信は再び絶望に変わっていた。デボラがどんどん深くもの思いに沈んでいくのが、ケイトには手に取るようにわかった。デボラはアメリーの友達や知り合い全員に電話をかけて、本人または両親に尋ねたが、アメリーを見たという人も、アメリーと話したという人もいなかった。どの人の言葉も信頼が置けるように思われたし、皆がアメリーの行方を心から心配してくれているのも伝わった。デボラにとって最も恐ろしかったのは、アメリーの親友であるレオニーの話だった。

「変だと思ってたんです」と、レオニーは言ったのだ。「今日の朝十一時にメッセージをくれたあと、全然連絡がなかったから。駐車場でお母さんを待ってる、退屈でしょうがない、クラス旅行には行きたくないっていうメッセージでした。私、返事を送ったんだけど、それにはもう反応がなくて。つながらないんですよ。それって全然アメリーらしくない。だって普段はほとんどずっとチャットしてる子だから」

午後になるとケイトは、デボラとジェイソンに付き添って警察署へ行き、アメリーの失踪届を提出した。ケイトがスコットランド・ヤードに勤めているということで、スカボロー警察がこの件を本気で取り扱い、事態を重く見て、すぐに大々的な捜索を始めてくれるのではないかと期待したデボラに頼まれてのことだった。だが、担当の警察官は決して無関心ではなかったものの、やはりアメリーが自分の意思で隠れていて、おそらくは今晩のうちに姿を現わすだろうと考えていることを隠そうとはしなかった。クラス旅行をなんとしても避けようというアメリーの堅い決意が、警察を含むほかの人間たちに事態の深刻さを理解してもらう妨げになっていた。デボラがクラス旅行のことを正直に話すと、警官の顔に「そういうことか！」という文字が目に見えるほど大きく浮かび上がったのだ。

実際、この警官の推測が正しい可能性は高い、とケイトは思った。いくつもの事実が、アメリーが自分の意思でどこかに隠れていることを示している。

もちろん、そうでないことを示唆《しさ》する事実も多い。特に、アメリーがどうやら誰にも連絡を取っていないらしい点だ。午前十一時以降アメリーは音信不通であることを、友人たちがそろって証言している。普段のアメリーは、ほぼ一日じゅうネットにつながっていて、自分の一挙手一投足を誰彼かまわず報告していた。自撮り写真をアップしたり、他人や動物の面白い写真を送ったり、食事の内容を報告したり。トイレに行くと報告することさえ珍しくなかった。十代の子供たちのあいだではごく普通のことだとわかってはいたものの、ケイトにとっては、自分の生活をガラス張りにして嬉々として他者にさらす行為は、どこか不気味だった。

さらに、この季節は日が暮れるのが早い。少なくとも夜が来たからという理由でしぶしぶ家に帰らなくてもいいというのなら、いったいアメリーはどこにいるのだろう？　日中は暖かかったが、いまはぐっと寒さが増してきた。

「薄着なのに」デボラは泣きながらそう言った。「きっと凍《こご》えてるわ。どうして帰ってこないの？　きっとなにかあったのよ、私にはわかる。とにかくわかるのよ！」

少なくとも、警察はその晩すぐに捜索を始めてくれた。警官たちは、アメリーがいたと確実にわかっている最後の場所である〈テスコ〉の駐車場から出発して、あらゆる通りをしらみつぶしに探し、通行人と話し、さらにアメリーの友人や同級生たちにも、あらためてあたった。アメリーの携帯電話の位置情報を探り出そうともするだろう。ジェイソンとデボラも家でおとなしくしているつもりはなく、アメリーが知っている場所、好きな場所を探し回ることにした。

「留守番してくださいませんか？」泣きながら、デボラはケイトに訊いた。「もしもあの子が家に戻ってきたら……」

「ここにいます」ケイトは請け合った。「もし娘さんが戻ってくるか、連絡があったら、すぐに電話します」

「電話にも出てくださいます?」

「もちろんです。ご心配なく。ちゃんと気をつけていますから」

いまとなってはジェイソンも非常に心配そうだった。これまではずっと、デボラに比べれば落ち着いていて、アメリーがたちの悪い悪戯《いたずら》をしかけていると考えていたせいで、どちらかといえば少し怒っているようでもあった。だがいまになって、ジェイソンもやはりそわそわし始めていた。実際、そろそろアメリーも寒さに耐えられなくなる頃だ。おまけに疲れているだろうし、空腹でもあるだろう。誰かに匿《かくま》ってもらっているわけではなさそうだ。それなら、どうしのいでいるのだろう?

ジェイソンとデボラは、一緒に探すと申し出てくれた近所の人たちとともに家を出ていった。ケイトはリビングルームに腰を落ち着けた。ここからなら門から玄関までの明かりに照らされた敷石が見えるし、電話もすぐ手の届く場所にある。家じゅうどこにでもケイトのあとをぴったりついてきていた猫がソファに飛び乗り、体を丸めた。本来、ケイトは今日一日を、清掃業者探し、家の破損箇所のリスト作り、賃貸人を警察に訴えるといった作業に使うつもりだった。ところが、行方不明事件に巻き込まれたせいで自分自身のことはなにひとつできなかった。だが、取り乱したゴールズビー夫妻を放っておくわけにいかないのは当然だ。いや、正確に言えば、父親のほうは当初はまったく取り乱してはいなかった。ケイトもまた、アメリーは両親に一泡吹かせてやりたいだけだというのが、最もありそうな説だと思っていた。だが、だんだんわからなくなってきた。アメリーがなぜ誰にも連絡を取っていないのか、説明がつかないからだ。

ケイトはノートパソコンを取り出すと、先ほどデボラが口にした名前を検索した。「サスキア・モリス」。

もちろん、サスキアの件とアメリーの件が関連しているとは限らない。していなければいいのだが……それでも情報を頭に入れておいて損はない。

サスキア・モリスの事件は、あらゆるオンライン版地域紙の大見出しだった。それにデイリーメイル紙も事件を報じていたし、オブザーバー紙も短い記事を載せていた。ケイトは詳細な記事を集中的に読んだ。

サスキア・モリスは二〇一六年十二月八日の午後六時頃、ほんの数本先の通りに住む友人メラニーのところへ行ってくると母親に告げて、家を出た。サスキアとメラニーはふたりとも、翌日に迫ったフランス語のテストが不安で、その晩もう一度、一緒に単語と文法をおさらいすることにしたのだ。

サスキアは九時頃までメラニーの家に滞在した。ふたりはテスト勉強もしたが、同時におしゃべりもして、大いに笑いもした。メラニーの証言によれば、家に帰るときのサスキアは陽気で、なんの悩みもなさそうだったという。

だがサスキアは家に帰らなかった。

サスキアの両親は、メラニーと電話で話したあと、警察に行った。警察はすぐに捜索を開始した。状況は今日のアメリーの場合よりもずっと厄介だった。なにしろ外はすでに暗く、通りには人気《ひとけ》がなかったからだ。それに、サスキアがまっすぐ家に帰るつもりがなかったことを示唆する事実はひとつもなかった。家までのわずかな道のりで、なにかが起こったに違いなかった。誰かに遭遇したのかもしれない——それが恐ろしい推測だった。

二日後、散歩をしていた人が、スカボロー郊外の田舎道でサスキアの携帯電話を見つけた。そこから先、サスキアの痕跡はふっつりと途絶えた。目撃情報や推測は多数あったが、目撃された人物が実際に十四歳のサスキアに違いないという希望は、毎回すぐに打ち砕かれた。ところがいま、ついにサスキアは見つかった。一年近くたって。

記事によれば、遺体の状態のせいで、それが誰のものかを特定するのは、当初は困難だった。ということは、サスキアはある程度の期間ムーアに放置されていたに違いない。問題は、その期間が、彼女が姿を消してからのまるまる十か月間だったかどうかだ。そうだとしたら、現実的に考えて遺体がいまになるまで見つからなかったなどということがあるだろうか？　とある記事には遺体発見現場の位置関係を記したスケッチがあり、それを見るに、サスキアの遺体はハイキングコースのすぐ近くの藪のなか、わずかな小枝に覆われただけの状態で見つかったようだった。何か月ものあいだ、誰ひとり遺体を見つけなかったなどということはあり得ないと、ケイトには思われた。散歩に連れてこられた犬さえ見つけられなかったとは。きっと犬を連れたハイカーだって大勢いたことだろう……それなのに、誰ひとり気づかなかった？

「あとからこの場所に運んでこられたんだ」ケイトはつぶやいた。「たぶん、せいぜい一、二週間前に」この推測は、遺体の腐敗が進んでいたという事実とも矛盾しない。暖かな日が続いていたこともひとつの要因だろう。

「それまでサスキアはどこかにいた。死んでいたにせよ、生きていたにせよ。ううん、たぶん生きていたはず……」

ケイトは記事を読み進めた。捜査を指揮するスカボロー警察のケイレブ・ヘイル警部によれば、ステイントンデールに住むハナ・キャスウェルが二〇一三年十一月に行方不明となった事件との関連性も排除はできない。しかしながら、いまのところこの二件のつながりを裏付ける事実はないとのこと。

ケイトは思わず息を呑んだ。ケイレブ・ヘイル。まだ警察にいたのか。それに、いまだに警部の地位を保っているようだ。それが決して当たり前ではないことが、ケイトにはよくわかっていた。なにしろケイレブのアルコール問題を知っているのだから。ほかにも彼の抱えているいくつかの問題を知っている。ふたりはかつて一緒に、ケイトの父親が殺害された事件を解決した。いや、正確に言えば、解決したのはケイトだった。ケイレブ・ヘイルのほうは、完全に間違った推測にとらわれ、そのせいで間違った道筋を追った挙句に、いくつもの過ちを重ねたという自覚から、克服したと思っていたアルコール依存症に再び陥る羽目になった。ケイレブが有能な刑事であることを、ケイトは知っていた。たとえあのときには、すべてが軌道を外れていったとはいえ。肝心なのは、ケイレブが再び自分を信じることができるようになったかだ。少なくとも、仕事を続けることはできているようだ。

ケイレブの名前を目にすると、いまも少し胸が痛んだ。かつてケイトはケイレブに恋心を抱いた。だがそれは、ケイレブのほうからは一秒たりとも応えてもらえない恋だった。ケイトはそれを不思議にさえ思わなかった。男たちは決してケイトの気持ちに応えてくれない。これまでもずっとそうだった。生まれてからずっと。だからケイトはすっかりそれに慣れていた。それでもやはり、胸は痛む。

とりあえず、無理やりにでもケイレブ・ヘイルのことは脇に置いておいて、記事の文章が伝える本来の情報に集中しようとした。どうやら、数年たっているとはいえ、それほど大昔とは言えない時期に、失踪した少女がもうひとりいたらしい。ハナ・キャスウェル。

ケイトはその名前を検索してみた。なんとなく嫌な予感がし始めていた。先ほどまでは、ほぼ確信していたというのに――アメリーは怒りと反抗心からどこかに隠れているだけで、同日に別の少女の遺体が見つかったのは残酷な偶然であり、両親にとっては恐ろしいことではあるものの、実際のところなんの関連性もないのだと。ところがいま、なにかが引っかかる。衝撃に飛び上がるほどではない。けれど、当初の楽観的な気持ちが消えてしまったことは確かだった。

ハナ・キャスウェルについて、ネット上には山ほど情報があった。彼女の事件は地域全体に深い衝撃を与えていた。ケイトもなんとなくではあるものの、この事件のことを耳にした覚えがあった。メディアでもそうだが、同僚の警察官たちのあいだでも話題になっていたような気がする。サスキア・モリスと違ってハナ・キャスウェルは、失踪後、今日にいたるまで発見されていない。生きた彼女も、遺体の彼女も。容疑者はふたりいた。ひとりは若い男性で、当時十四歳だったハナを、十一月のある晩、キングストン・アポン・ハルからスカボローまで車で送り、本人の証言によれば、スカボローの駅で降ろした。そしてもうひとりは、ハナの父親であるライアン・キャスウェル。ハナの母親は何年も前に家族を捨ててオーストラリアに移住したため、ライアンはシングルファザーだった。

父親が疑われるのは特に珍しいことではない。こういった事件の場合には、常に親もまた容疑者に含まれる。

だが警察がライアン・キャスウェルの容疑を固めることはなかった。記事によれば、ライアンにはちょうどハナが姿を消した時間のアリバイがなかった。本人の証言によれば、海岸の近くに停めた車のなかにいたという。だが目撃者はいなかった。事情聴取の際、ライアンは娘に怒っていたと認めた。ハナがハルで列車を逃したせいで、次の列車で来る彼女を拾うために二時間近く待たねばならなかったからだ。だが、ハナはその列車で戻ってはこなかった。ハルでステイントンデールの家の近所に住む青年の車に乗ったからだ。十九歳だったケヴィン・ベントの車に。

ケヴィン・ベントのほうは、逮捕、勾留までされていたが、最終的に彼の犯行もまた証明されなかった。スカボロー駅でハナを降ろしたというケヴィンの証言が正しいことは、ハナの友人であるシェイラ・ルイスによって確認された。ハナはスカボロー駅でシェイラに電話をかけて、ケヴィンの車に乗ったこと、ケヴィンにパーティーに誘われたことを報告したのだ。そのあと、ハナは何度も父親に電話をかけていた。ライアン・キャスウェルの携帯電話と自宅の固定電話でその点は証明されている。だがキャスウェルはそのとき電波の届かない場所にいた。つながらなかったこれらの電話が、ハナ・キャスウェルが生きていたことを示す最後の痕跡だった。

ちなみに、ケヴィン・ベントはひとつ大きな間違いを犯していた。当初、警察に嘘をついたのだ。それも、すぐにバレる稚拙な嘘を。ケヴィンは、ハナを降ろしたあと、クロプトンの友達のところに行って、その晩ずっとそこにいたと証言した。だが、ケヴィンと同時に事情聴取を受けたため事前に口裏を合わせることができなかった友人たちは、ケヴィンが電話してきて約束を断わったと証言したのだった。疲れているからまっすぐ家に帰ることにした、とケヴィンは言ったという。

友人たちの証言を突きつけられたケヴィンは、実はスカボロー駅へ引き返したことを告白した。やはりステイントンデールの自宅まで乗せていってやろうと思って、ハナを探したのだと。「なんか嫌な感じがしたんで」というケヴィンの言葉が、記事には載っていた。「駅舎の前で、心細そうだったから……親父さんに連絡がついたのか、本当に親父さんの職場まで歩いていったのかもわからなかったし……心配でした。それに、実際に疲れてて、家に帰りたくもあったんで、だったら駅に寄ってハナを拾っていこうと思って」

だがハナは、もうそこにはいなかったという。しばらくその場に車を停めて、あたりを探してみたが、見つからなかった。そこで、ひとりで家に帰った。

嘘をついたのは一瞬パニックに陥ったからだと、ケヴィンは言った。「ハナは俺の車に乗ってたんですよ。俺はあの子に会った最後の人間でしょ。どっちにしても疑われるってわかってたから。だから、もう一度駅に戻ったなんて言いたくなかった。だって、そんなこと言ったらもっと怪しく見えるじゃないですか。もちろん、馬鹿なことをしたと思ってます……」

ケイトはため息をついた。実際、非常に愚かな真似だった。世の中には、それでなくても微妙な自身の立場をさらにまずくする才能の持ち主がいる。ケヴィン・ベントはどうやらそのひとりのようだ。

ケイトは立ち上がると、窓際に行って外を見てみた。明かりに照らされた玄関までの敷石の左右で、木の枝が揺れている。まだ秋の葉がたっぷり残っている。人工的な光のもとでは葉は灰色がかった黄色に見えるが、本当は燃えるような赤と黄金色であることを、ケイトは知っていた。ゴールズビー一家は美しい家に住んでいる。高台の端という立地も素晴らしい。デボラは、この家をどうしても買いたかったと言っていた。ケイトにはその気持ちがよくわかった。

「それから、このB&Bをやろうって思いついたんですよ。おかげで、探していた生きがいがようやく見つかりました」輝くような笑顔でデボラはそう言ったのだった。

もともと相手が話すことをひとまずそのままには受け取らず、逆に疑ってみることに慣れているケイトだが、これほどわざとらしく不自然な話し方をする人には滅多に会ったことがなかった。

デボラ・ゴールズビーは不幸な女性だ——ケイトには直感でわかった。デボラの不幸の理由が正確にどこにあるのかまでは、まだわからない。ほとんど情報を持っていないのだから。だが確かなのは、デボラの仕事が天職などではなく、むしろ必要に迫られてのものだということだ。この立地、この大きな家……ケイトには想像がついた。間違いなく、ゴールズビー家は経済的な問題を抱えている。ローンを返済しながら生活費まで賄《まかな》うには、ジェイソンひとりの収入では足りないに違いない。デボラはそのせいで、家のなかの三部屋をバカンス客に貸すことを思いついたのだ。だがジェイソンはそれをまったく歓迎していない。昨日、この家に着いた瞬間、ケイトにはそれがわかった。ジェイソンはケイトに、荷物はあるか、運ぶのを手伝おうか、と尋ねた。礼儀正しくはあったが、ジェイソンの唇は真一文字に引き結ばれ、こわばっていた。バカンスのシーズンが終わったあとに思いがけず宿泊客がやって来たことを、少しも快くは思っていないようだった。おそらく五月から九月のあいだ、この家にはひっきりなしに人が出入りしているのだろう。そして夜、仕事から帰ったジェイソンは、忙しい一日のあとに求める休息も得られない。見知らぬ他人が常に近くにいる。なかには好きになれない人間もいることだろう。それでも、キッチンでもリビングでも、そしてときには二階へ続く階段でも、彼らと顔を合わせざるを得ない。デボラにとって客たちは、孤独な生活に射し込む光だ。だがジェイソンにとっては鬱陶《うつとう》しいだけの存在に違いない。

ドクター・ジェイソン・ゴールズビー。消えた少女の父親。ケイトは頭のなかでほとんど反射的に、娘の失踪に両親はなんらかの関わりを持っているだろうかと考えた。だが同時に、ふたつのことをあらためて頭に思い浮かべた。まず、アメリーにはおそらく悪いことはなにも起こっていないという推測。彼女はクラス旅行に行かないことを両親に無理やり認めさせるために、姿を隠しているのだ。

もうひとつは、これは自分の事件ではないという事実だった。自分とはまったく関わりがない。それに、自分にはほかにすることがある。家をなんとか元の状態に戻して、その後、どうするかを考えねばならない。そのための時間さえ充分ではないのだ。

それでも、ケイトはしばらくこの件について考えた。デボラは娘と出かけた。スーパーから車に戻ったとき、娘はいなくなっていた——これはデボラがそう証言しているだけだ。とはいえ、アメリーが駐車場から友達に送ったメッセージもデボラの主張を裏付けている。それに、デボラが必死で娘を探していたことを証言できる人間が、きっと〈テスコ〉にいるに違いない。少なくとも支店長は憶えているだろう。一方、ジェイソンは問題の時間に家にいなかった。ジェイソンが出かける物音を、家のなかにいたケイトは聞いていなかったが、本人は、海辺を散歩していてちょうどデボラと同時に家に帰ってきたと言っていた。おそらく目撃者はいないだろう。逆方向に行っていた可能性だって充分ある。

でも、ご近所に目撃される危険を冒してまで？

それに、逆方向に行ってどうしたというのだろう？　父親が突然車の前に現われて、一緒に行こうと言ったら、もちろんアメリーはついていっただろう。だが、妻と娘がその時間にその場所にいることが、いったいどうしてジェイソンにわかっただろう？　確かに、アメリーが父親にもメッセージを送っていた可能性はなくもない。それでも、そもそもなぜジェイソンがアメリーを誘拐せねばならない？　誘拐したとして、どこへ連れていった？　しかも非常に限られた時間内に。それになによりーーなぜそんなことをしなければならない？

辻褄《つじつま》の合わない点はあまりに多い。だがケイトは長年の警察での仕事を通して、特に殺人事件の捜査を通して、経験から知っていたーーあり得ないことなどなにひとつないと。考えられないほど突飛な動機、奇妙きわまりない状況、信じがたい偶然。蠅《はえ》一匹殺せないように思われる人物が、突然のように残酷きわまる殺人を犯したこともある。愛し合っているように見えた人間たちが、実は心の底から憎み合っていたこともある。どこにも穴がなさそうに見えたアリバイのほんの一部が間違いだとわかったせいで、すべてが根底から崩れたこともある。これまで、あまりに通俗的な事件も、あまりに信じ難い事件も経験してきた。だからこそ、どれほど馬鹿ばかしく思われる推測であっても、頭から否定する気にはなれない。

とはいえケイトは、アメリー・ゴールズビー失踪をめぐる自分のさまざまな思索がいずれにせよ無駄に終わることを願っていた。悪いことなどなにも起きていないに違いない。アメリーはいまこの瞬間にも無事に戻ってくるかもしれない。

前庭より向こうは夜の闇に沈んでいた。真っ暗闇だ。アメリーはどこにいるのだろう？　それに、この寒さと暗闇にどう耐えているのだろう？　ケイトが十四歳のときに、これほどの真っ暗闇のなか、たったひとりで家から離れたどこかの隠れ家にいたとしたら、きっと死ぬほど恐ろしかったことだろう。アメリーには協力者がいるに違いない。だが、両親がすでにめぼしい友人全員にあたっている。もちろん友人たちが本当のことを話したとは限らない。とはいえ、アメリーの友人は皆、家族とともに暮らしているのだ。親に気づかれずに誰かを家に匿うことなど不可能だろう。さらに、これほどの重大事をごまかそうとするとは思えない。

ケイトは窓辺を離れて、そわそわと部屋のなかを歩き回った。

一分たつごとに、この件はどんどん不可解に思われてくる。

十月十五日日曜日

1

晴れた日で、空気はすぐに暖かくなり、夜明けの寒さを吹き払った。こんな日は大いに利用しなくては。これからの一週間は、天気予報によれば雨と霧ばかりで、おまけに気温もぐっと下がるという。

メーガン・ターナーは、天候が変わるまでまだ少しばかり時間があることを嬉しく思った。このあとは珍しく長く続いた晩夏もついに終わって、本格的に秋がやって来る。だがその前に、まだ好天の週末が残されている。メーガンは昨晩すでに夫のエドワードに、日曜日にはなにをしようかという問いを投げかけていた。「もう一度だけ、いいお天気になるみたいよ。それに暖かいんですって。家にいたらもったいない。ねえ、どこかへ出かけましょうよ！」

エドワードは妻ほど出かけたがりではない。「いつもいつも、なにかしたがってばかりだな。家にいて、ゆっくり寝たり、テレビを見て、なにか食べて、のんびり過ごすんじゃだめなのか？」

「それは来週でいいでしょ。来週なら寒くて雨降りらしいから、どっちにしても外に出ようなんて気にならないだろうし。ねえ、いいじゃない。元気出して、出かけましょうよ！」

結局エドワードは折れて、メーガンと一緒に出かけることを承知した。だが、目的地は決めたくない、そこまで行かなければというプレッシャーになるから、と主張した。そこでふたりはスカボローを出て、少しムーアをドライブすることにした。ムーアには絵のように美しい谷や、太陽に照らされた高原、美しい秋の葉をまとったまばらな林があるだろう。どこかで車を停めて、少し歩き、それからピクニックをしよう。メーガンは朝早くに起きて、クーラーボックスにお弁当を詰めた。固ゆで卵、サンドイッチ、パイ、チョコレートケーキ、ミネラルウォーター。それにエドワードのためにビールも何本か。これで彼の気分も上向きになるだろう。帰りはメーガンが運転すればいい。

出発して四十五分ほどたったところで、人気《ひとけ》のない駐車場を見つけた。散歩の出発点およびピクニックの場所として、ちょうどいいように思われた。それにメーガンは、これ以上車に乗っている気にはなれなかった。十五分は前からほかの車をまったく見かけない街道を外れて、駐車場に車を停めた。そこはムーアのまっただなかだった。人気のある遠出先ではあるが、あまりに広いので、ハイカーや自然愛好家たちはよく道に迷う。どれだけ歩いても人に巡り合わないことも多い。

だからこそ、エドワードはここを退屈な場所だと感じた。いまだに、できることなら家でテレビを見ていたいと思っていた。確かに太陽は輝いている。でもそれ以外にはなにがある？ムーア、ムーア、ムーア。遠くに林が見える。

まあいい、少なくともメーガンにとってはいい日曜日になる。夫婦生活には犠牲も必要だ。

少なくとも妻はとてもおいしそうな弁当を作ってくれた。

駐車場とはいうものの、そこは実際にはみすぼらしい藪で道路と隔てられただけの小さな空き地にすぎなかった。せいぜい車三台分のスペースしかない。隅っこに木の切り株がいくつかあった。表面が平らで、座ることができる。その横には、この地域の動植物についての解説を記した板。ほかにはなにもない。どこまでも寂しい場所だ。

「これから少し歩いて、戻ってきたら、私が作ったおいしいものを食べましょう」メーガンが提案した。

エドワードはため息をついた。できれば順番は逆がよかった。いや、正確に言えば、弁当を食べるだけにして、歩くのはやめておきたかった。だが、若くしてすでにかなり出ている腹のことを考えれば、少し歩いたほうがいいのだろう。

ふたりは歩きに歩いた。メーガンが軽い足取りで前を行き、エドワードはえっちらおっちら息を弾ませながらついていく。確かに素晴らしい日だと、エドワードも認めないわけにはいかなかった。暖かくて、からりと晴れている。高地は荒涼としてはいるものの、太陽に照らされて、突然あたりが鮮やかな色に輝くことがある。灌木の葉の炎のような赤、わずかな木々の葉の温かな金色、イバラの茂みについた燃えるような赤い実。

「きれいだな」しばらく歩いたあと、エドワードは正直に認めた。

メーガンが立ち止まり、輝くような笑顔で振り返った。「でしょ？　家にいるよりいいでしょ？」

「うん、確かにそうかもな。でも」エドワードも立ち止まり、額の汗をぬぐった。本当に運動不足だ。「やっぱりここらで戻らないか？　もうへとへとだよ。それに腹も減ったし」

　メーガンのほうはまだ延々と歩いていられたが、それでもうなずいた。そもそも夫はメーガンのために遠出を了承してくれたのだから。居心地のいい沈黙を保ったまま、ふたりはもと来た道を引き返した。駐車場に着くと、メーガンは食事を取り出し、エドワードのほうは小便をするために、わずかなりと姿を隠せそうな場所を探した。藪の後ろに入り込んだとき、背の高い草のなかでなにかが光るのが見えた。かがんでよく見ると、化粧ポーチだった。エドワードはそれを拾い上げた。

「変だな」と、思わずつぶやいた。「こんなものをなくす人なんているのか？」

「どうしたの？」メーガンが訊いた。

「草のなかに小さいポーチが落ちてるんだ」エドワードはそう言って、藪の陰から出た。そしてポーチを開けて、なかを覗いてみた。「口紅、それにこれはマスカラ、だと思うけど……」

　メーガンはどぎついピンク色の安っぽいポーチを見つめた。「たぶん十代の女の子のものね」

「十代の女の子が、どうやってこんなところまで来るんだ？」

　メーガンは肩をすくめた。「遠足とか。親と一緒に来たとか」

「で、化粧品が入ったポーチを茂みの陰でなくした？」

「たぶん、あそこであなたがしようとしてたのと同じことをしたのよ。そのときにリュックサックかなにかから落ちたんでしょ。持ち帰って、遺失物管理所かどこかに届けましょう」

「そうだな」エドワードは言った。「ほかにもなにかないか見てくるよ」

足元の草にじっと視線を向けたまま、エドワードは茂みをじりじりと一周した。実際のところ、まだなにか見つかるとは思っていなかった。同時に複数のものをなくして、それに気づかないなどということは、普通はないからだ。ところが、少し離れたところになにかが見えた。最初は石だと思った。だがピンク色の石はあまりない。そこでエドワードは近づいてよく見てみた。バッグだ。ピンクのバッグ。開けてみると、数ポンドの札が入った財布があった。それにティッシュペーパー、バスの定期券、そして学生証。

「アメリー・ゴールズビー」声に出して、名前を読んでみた。名前の下には生年月日がある。二〇〇三年七月二日。そして、スカボローにある学校の名前。つまりこのアメリーという子は、十四歳の中学生なのだ。写真に写っているのは、大きな青い目と明るい金髪の少女だった。不機嫌そうな顔ではあるが、間違いなくとても魅力的だ。

「これはほんとに変だぞ」エドワードは言った。「メーガン、ちょっと来てくれ！」

メーガンがやって来た。「どうしたの？」

エドワードはバッグを見せた。「学生証によると十四歳の女の子のものなんだ。ここに落ちてた。化粧ポーチはあそこ。どうして二メートルは離れた場所に、ひとつずつ落とし物をするんだろう？」

メーガンもわけがわからないようだった。「確かに変ね」

「なんか、ふたつとも捨てられたみたいじゃないか。わざと捨てられたんだ。ひとつはここに、もうひとつはあそこに。とにかく捨てちまいたいって感じで」

「誰が化粧品を捨てたりするわけ？　それにバッグまるごと？」

「金も入ってるし、まだ有効なバスの定期券もあるのにな。どうも……」エドワードは適切な言葉を探した。「どうも不気味だよな」

メーガンが突然体を震わせた。「確かに不気味ね。学生証の名前はなんて？」

「アメリー・ゴールズビー」

「聞いたことないわね」

「僕もだよ。でもこれ、見たところあんまり長くここに捨てられてたわけじゃなさそうだ。せいぜい昨日からってところだろ。もしこのアメリーって子になにかあったとしても、まだ報道はされてないいんじゃないか」

「どうしてこの子になにかあったなんて思うのよ？」メーガンが訊いた。

「知らないよ。でも、あり得るような気がする」

「とにかく、これ届けましょ。それと、この駐車場の場所、憶えておかなきゃ」

「もちろん届けるさ」エドワードは言った。「でも、遺失物管理所じゃなくて、警察にだ」

2

午後、ケイレブ・ヘイル警部はゴールズビー家を訪ねた。落ち着こう、どっしり構えていようという懸命の努力にもかかわらず、ぴりぴりしているのは隠しようがなかった。国立公園内の寂しい駐車場でピクニックをしようとした若い夫婦がアメリーの持ち物を発見したことは、すでにゴールズビー夫妻に報告されている。事件は衝撃をもって新たに受け止められることになった。これまでは、反抗期の難しいティーンエイジャーが嫌なことから逃げようとして結果も考えずに暴走したのだという前提だったが、いまではもっと深刻な事態であると考えざるを得ない。ずっと深刻な事態だ。

アメリー・ゴールズビーが、彼女の持ち物が発見された場所までひとりで行くことは不可能だ。誰かが車に乗せていったと考えられる。誰かが、人里離れたあの場所にアメリーの化粧品とバッグを捨てた。遺体で発見されたサスキア・モリスの失踪直後にも、彼女の携帯電話が道路脇で発見されたことを考えて、ケイレブは身震いした。

現在、警察の捜索隊が国立公園の駐車場の周囲一帯をしらみつぶしに当たっている。ケイレブの頭のなかには、彼の眠りを奪うもうひとつの事実が居座っていた。アメリーの持ち物が発見された場所は、サスキアの遺体発見現場からそれほど離れていないのだ。ゆうに十五マイルの距離はあるものの、ムーアの広大さを考えれば、決して遠いとはいえない。

まったくもって良くない状況だ。

ゴールズビー家は通りの端の、海が見える素晴らしい場所にあった。だが家のなかはパニックだった。ドクター・ジェイソン・ゴールズビーはリビングにいて、膝にノートパソコンを置き、インターネットで調べものをしていた。おそらくサスキア・モリス事件についての情報を探しているのだろう。ジェイソンもまた、事実と事実をつなぎ合わせて、ふたつの事件には共通点があるという結論を導き出したのだ。デボラはソファに座っていた。顔は蒼白で、髪は乱れ、呼吸は切れ切れだ。パニック発作を起こしているようで、手は震え、額は汗で濡れている。犯罪被害者のケアを担当する女性警察官が隣に座って、デボラの手を握り、穏やかに話しかけている。部屋にはほかにふたりの女性がいて、ケイレブに向かって、近所の住人だと自己紹介した。昨夜のアメリー捜索を手伝い、いまもなにか力になろうとここにいるのだという。ふたりとも憔悴しているようで、ゴシップを喜ぶ野次馬には見えなかった。

「少しだけ、ご両親と三人だけで話がしたいんですが」と、ケイレブは頼んだ。

女性警官とふたりの隣人は部屋を出ていった。ケイレブの部下のロバート・スチュワート巡査部長が隣人ふたりを引き受けた。ロバートはこの機会を利用して、彼女たちからゴールズビー一家の話を聞くつもりだった。近隣住民は一家にどんな印象を持っているか？　両親の仲はどんなふうに見えるか？　両親と娘の仲はどうか？　昨日の午前中、アメリーが姿を消した時間に、なにか変わったことに気づいた人はいるか？

ケイレブはリビングのドアを閉めた。ジェイソンがノートパソコンを膝からどけて立ち上がり、ケイレブのほうへ歩み寄ってきた。「サスキア・モリス」と、前置きもなにもなしにジェイソンは言った。「私が考えていることを、警部さんも考えていらっしゃいますか？」

「なにを考えておられるんです？」よくわかっていたが、ケイレブはそう返した。

「いや、その……」ジェイソンは妻のほうに不安げな視線を投げた。だが、デボラもやはり立ち上がり、夫の隣に並んだ。ケイレブは、これほど蒼白な顔の人間には会ったことがないような気がした。

「言っても大丈夫よ」デボラは夫にそう言い、ケイレブに向かって続けた。「私たち、アメリーがサスキア・モリスをさらったのと同じ人間の手に落ちたんじゃないかと心配なんです」

「サスキアの携帯は、彼女が失踪したあとすぐに発見されました」ジェイソンが言った。「そしてサスキア自身は……グーグルマップで見てみたんです。彼女の……その、彼女が発見された場所は、うちの娘の持ち物が発見された場所からあまり離れていません」

「確かにそうです」ケイレブは言った。「ですが、そこから極端な推論を導くのはまだ早すぎると思いますよ」

「でも、なんらかの推論は必要でしょう」ジェイソンが言った。「では警部さんはどんな推論をお持ちなんです?」

「座りませんか?」ケイレブは訊いた。「すべてをもう一度、落ち着いて考えてみましょう」

三人はソファに腰を下ろした。ケイレブは昨夜出された失踪届の内容をすでに把握していた。〈テスコ〉の駐車場。アメリーの不機嫌。クラス旅行に行きたくないという訴え。「そのサスキアって子はいいね。もう二度とクラス旅行に行かなくていいんだから」

希望となるのはアメリーのこの言葉だった。彼女は自分からどこかへ逃げたのだという希望。ただ姿を消しただけ。姿を消したのは、サスキアも同じだ。ただ、サスキアは自分の意思で姿を消したわけではなかったが、アメリーは自分の意思だったのだという希望。もしかしたら。

まだこの希望の影はうっすら残っていた。だが、とても小さくなったのは事実だ。

「娘のバッグがムーアにあったことに害のない理由を見つけるのはまず無理です」ジェイソンが言った。「アメリーが自分でそんなところまで持っていったはずがない」

「もちろんです。でも、たとえばバッグは盗まれた可能性もあります。盗んだあと、利用価値がなかったので、犯人はバッグを捨てたのかもしれません」

「その説、あり得ると思われます？」デボラが訊いた。

ケイレブはため息をついた。こういう状況での両親の振る舞いはさまざまだ。安心したくて、どんなにあり得なさそうな推論にも飛びつき、捜査員から、失踪者を探すためにあらゆる手を尽くすと言ってもらいたがると同時に、それほど危険な状況ではありませんという言葉もまた聞きたがる人もいる。一方で、どんなに残酷な真実もありのままに知りたがる人もいる。いずれにせよなにを聞かされても安心などできないのだから、と。目の前の夫婦はどうも後者の部類らしい。パニック状態で、両手を震わせ、蒼白な顔をしたデボラでさえ、ケイレブが本当はどう考えているかを知りたがっている。

この職業が持つあらゆる不快な側面のなかでも、ケイレブにとってはこういう状況こそが最も辛かった。失踪した子供の両親と話さなければならない状況。最悪の事態も覚悟しておかねばならないと告げざるを得ない状況。

「正直に言えば、窃盗《せっとう》の可能性は低いと思います」ケイレブは、デボラの問いにそう答えた。

「それに、残念ながら状況はあまり明るくないと言わざるを得ません。当初は、娘さんは自分でどこかに隠れているんだと考える材料が多かったんですが、スカボローから車で四十五分かかる自然のなかで娘さんの持ち物が見つかったとなると、この推測は非常に疑わしくなります」

「誰かが車でアメリーを連れ去ったんですね」デボラが言った。

ケイレブはデボラに励ましの視線を向けた。「そうかもしれません。でも、そこにこそ捜査の有望な足掛かりがあるんです。なにしろ真っ昼間のことでしたし、現場の駐車場のみならず、スーパーの周囲の道路にも人通りは多かった。ですから、アメリーは無理やり連れ去られたのではなく、自分の意思で車に乗った可能性が高い。それはつまり、アメリーは運転していた人物を知っていたということです」

「でも、アメリーがヒッチハイクをした可能性もあるんじゃないかしら」と、デボラが言った。

「そういうことを、よくするんですか？」

アメリーの両親は顔を見合わせ、そろって首を振った。「いや、一度もありません」ジェイソンが言った。「私たちはいつもあの子に、知らない人の車に乗る危険性を言って聞かせていましたし、あの子のほうも怖がっているようでした。もちろん絶対にあり得ないとまでは言えませんが、それでも……」ジェイソンは最後まで言わなかった。このような状況では、あり得ないと排除できることなどなにひとつない。それが難しい点だった。

「その可能性も頭に入れておきましょう」ケイレブはそう言った。「ですが、まずは最もあり得そうな仮説から出発しなくては。車を運転していたのは知り合いだったとしましょう。アメリーの友人で、運転免許を持っているのは？」

「親しい友達はみんなあの子と同じ十四歳ですよ」デボラが言った。「せいぜい十五歳。運転できる子なんていません」

「学校の上級生に親しい子はいないんですか？　たとえば演劇グループに入っているとか？　学校のクラブ活動とか？　スポーツはしていませんか？　学校の外での活動は？」

「週に二回、水泳をしています。水泳チームに入っています。でもチームの子もみんな同い年です。キャプテンは別ですけど、その子もまだ十六歳です」

「それでも、一応そのキャプテンに話を聞いてみます。ほかに誰か思いつく人物はいませんか？」

「特にいませんね」ジェイソンが言った。「もちろん、学園祭だとか、いろいろな行事はありますよ。そういうものには上級生も参加しますから、当然知り合いになったりもしますが」

「名前はわかりませんか？　娘さんがよく話題にしていた人間は？」

「いません。残念ながら……私たちにはいつもなにも話してくれませんでしたから」

「アメリーの友人にひとり残らず話を聞きます」ケイレブは言った。「友達のほうが親御さんよりもいろいろ知っていることも多いんですよ。娘さんの年頃なら当然のことです。それから、娘さんのコンピューターを預かってもいいでしょうか？　残念ながら、可能性として……」

「娘がチャットルームで誰かと知り合ったかもしれないと」ジェイソンがケイレブを遮って言った。「ええ、その可能性は私も考えました。もちろん、コンピューターはお持ちください」

「娘さんの部屋にあるんですよね？　部屋を見せてもらってもいいでしょうか？」

「もちろんです」デボラがソファから飛び上がった。つい先ほどより少しばかり落ち着いて見える。ようやく動きが出てきたからだろう。事態の深刻さをようやく理解してもらえた。質問をする人間がいて、コンピューターの解析が話題に上る。いまだに恐ろしい事態ではあるが、それでも警察が動いている。

「ケイトさんも今朝、アメリーのコンピューターを調べてみるべきだって言ってました。でもパスワードが設定されていて、開けることができなかったんです」

「うちの専門家なら開けられます」ケイレブは請け合った。そして、デボラに続いて立ち上がった。「ところで、ケイトというのは誰です？　たしかお子さんは娘さんひとりですよね？」

「ケイトさんというのは、うちのお客様です。金曜日からお泊まりになってます。ロンドンの方で、ケイト・リンヴィルさん。それがなんと、スコットランド・ヤードの刑事さんなんですよ。きっと私たちの力になってくれます！」

「ケイト・リンヴィルだって」ケイレブは呆然とつぶやいた。「なんと！」

「彼女をご存じなんですか？」ジェイソンが訊いた。

「それはもう」ケイレブは言った。「それはもう！」

3

ケイレブはケイトとともにアメリーの部屋にいた。そして、最後に会った三年前からこの人はまったく変わっていないなと思った。とことん地味な外見をずっと保ってきたようだ。ある意味まったく年を取っていないが、それも女性がこうありたいと思う類の「年を取らない」ではない。どちらかといえば、地味で目立たないことと関係がありそうだ――人から注意深く見られることがないため、年齢による変化にも気づかれにくいというわけだ。表情の変化にも気づかれにくい。あまりに堅く閉ざされた心は、最悪の状況にも、これ以上なく劇的な事態にもびくともしない。内心でなにを思っているにせよ――ケイレブは、ケイトが鈍感でもなければ冷たくもなく、人の気持ちに無関心でもないことを知っている――ケイトの心のなかは外には表われない。表情にも、仕草にも。すべてを自分の内に閉じ込めることを覚えた人間。なぜなら、心のうちを漏らした瞬間に批判が飛んでくると考えているから。ケイト・リンヴィルは不信感の塊のような人間だ。自分を傷つける機会を誰にも与えないように、殻《から》に閉じこもっている。それゆえ彼女を愛する機会も、誰にも与えない。そしてまさにそのせいで、皆に拒絶されると感じている。

自分自身の檻《おり》に閉じ込められている。そう形容するのにふさわしい人物がいるとしたら、それはケイト・リンヴィルだった。

「まさかここで君に会うとはね……」ケイレブは言った。

ケイトは肩をすくめた。「それほどおかしなことでもないでしょう。まだこっちに家があるんだから。こっちに来たのは、家を貸してたのがとんでもない人だったからなの」

「家賃滞納？」

「消えたの。きれいさっぱり。家は戦争のあとみたいな有様で。いたるところ汚くて、壊れてて。ビョーキよ！　ただ、少なくとも賃貸契約は解約していったんだけど。とにかく、全部片付けて、修復するしかない」

「ひどいな」ケイレブは言った。ケイトにとって家と両親、特に父親がどれほど大きな意味を持っていたかは、よく知っている。「ご両親の家具は……もう使えないような状態なのか？」

ケイトは首を振った。「どんなものだって、それなりの手間さえかければ直すこともきれいにすることもできる。ただ……もしそうしたとしても、なんだか壊れてしまったような気がするの。もう二度と元どおりにはならない。いい機会だと思って、今度こそ本当に手放すべきなのかもしれない。家を修復してもらって、そのあと売ろうと思う」

三年前にもケイトは同じことを言っていた。だが結局、決意を実行に移すことはできなかった。今回もやり遂げられるかどうか。

「それにしても、どうしてこの家に？」ケイレブは訊いた。「よりによって、娘が失踪したゴールズビー家に？」

「偶然よ。ええと、まあ、それだけじゃないけど。ここは、いま開いているB&Bのなかで両親の家から一番近かったの。金曜日に急いで宿を探さなきゃいけなかったのよ。それもチャーチ・クローズの家までそう遠くないところに。ググってみたら……大当たりってわけ。もちろん、こんな事件に関わりたくなんかなかったんだけど」

「実際、これは君の……」ケイレブは言いかけたが、ケイトに遮られた。「実際、これは私の事件じゃないし。わかってる。あなたの邪魔をしたりしないから、ケイレブ。あのときとはまったく違う」

ケイトが言っているのは、当時のふたりの激しい対立のことだった。ケイトは殺された父親の事件を自分の手で捜査した。ケイレブの捜査の方向が間違っていると確信していたからだ。ケイトはなんの権限もないまま行動し、何度もケイレブと衝突した。だが結局、事件を解決したのはケイトだった。それでも最後にふたりは和解して、別れた。ケイレブは、ケイトのほうが有能だったことを認めるだけの度量を持っていた。だが、再びアルコール問題を抱えるようになってしまった。それ以前にクリニックに入院し、何か月にもわたって断酒してきたあとだけに、揺り返しは凄まじかった。きっといまケイトは俺がアルコール問題をうまく制御できているだろうかと考えているに違いない、とケイレブは思った。日曜日の今日、もう飲んでいるのか、それとも素面《しらふ》なのか、と。

「ひどい事件だ」ケイレブは言った。「これは本当にひどい」

ジェイソンからケイトがこの家にいると聞いて、ケイレブは彼女と話したいと頼んだのだった。そして、ゴールズビー夫妻をスチュワート巡査部長とともにリビングに残し、アメリーの部屋でケイトとふたりきりになることに成功した。ケイトの存在は重要だった。ゴールズビー一家をよく知っているとまでは言えないが、少なくとも金曜日には家族三人に会っている。それにケイトは刑事だから、率直に話をすることができる。ケイトの人を見る目と捜査能力とを、ケイレブは高く評価していた。ケイト自身とは違って。ケイトは自分に自信がなさすぎる。

「事件をどう見る?」ケイレブは訊いた。

ケイトはため息をついた。「アメリーの持ち物が見つかったからには、もう楽観はできない。最初はただの家出だって、かなりの確信があったんだけど、いまとなっては……もちろん、アメリーには両親が知らない彼氏がいて、その男の車に乗ったんだっていう可能性もまだあるけど。でもそれならどうしてアメリーのバッグと化粧品を捨てなくちゃならないの? そこが理解できなくて、混乱する」

「なにがあったんだと思う? 昨日の午前中に、あの駐車場で」

「ひとつの可能性は、誰かアメリーの知っている人間が車のところに来て、一緒に来いと誘った。運がよければ、好意から」

「運が悪ければ、好意からじゃなかったと」

「そう。それでもアメリーはついていった。相手を知っていたことと、どうしても旅行に行きたくなかったから」

「で、別の可能性は?」

「もしかして、自分で車を降りて歩いていったんじゃないかって思ったの」ケイトは言った。「母親がどれだけ心配するかなんて考えずに。それどころか、わざと母親を心配させるためにやったのかもしれない。アメリーは、旅行を休むために医師の診断書を取るのを母親が拒んだことに腹を立てていた。単に歩いて家に帰ろうとした可能性さえある。つまり、どこかへ行こうなんて考えてもいなかったのかも。ただ怒りを発散させたかっただけで」

「そして、君の考えでは、歩いてる途中で……」

「そう、途中でさらわれたのかもしれない。このあたりのことなら私もよく知ってる。アメリーが家に帰る道はふたとおりあった——もちろん、家に帰るつもりだったとして、だけど」

「ひとつはバーニストン・ロードをまっすぐ行く道」

「そう。道の左右には歩道と自転車道がある。でもあの道は、アメリーが暮らすこの住宅地に着くまで、しばらく建物がない放牧地や畑を通る。誰かがそこに車を停めて、アメリーを無理やり引っ張り込んだのかもしれない」

「それは犯人にとってかなり危険だな」ケイレブは言った。「あの通りはかなりの交通量だから」

「でも、ときには車がまったく通らないこともある。この説を取る場合、犯人はあらかじめ計画を立てていたわけじゃないことになる。道を車で走っていて、金髪の若い女の子が歩道を歩いているのを見かける。そのときたまたま前にも後ろにも車がいないことに気づく。そして車を停めて、アメリーをさらう。三十秒もかからない。そして目撃者はいない」

「でもアメリーは激しく抵抗しただろうな」

「動機が性的なものだとしたら、犯人はまず間違いなく男性でしょう。きっと小柄で華奢《きゃしゃ》なアメリーよりずっと大きくて、力も強かったはず。それに、アメリーの意表を突いたことも犯人には有利に働いた。たぶんアメリーはイヤフォンをして、大音量で音楽を聴いていたはず。だから、犯人が近づいてくる音も、車が停まる音も聞こえなかった。つかみかかられて初めて気づいたのよ」

「じゃあ、もうひとつの道は……」

「ノース・クリフ・アヴェニューを海に向かって。こちらのほうが景色はきれい。まあ、あの時点でアメリーが景色を楽しみたい気分だったとしての話だけど」

「でもあの道沿いには家がぎっしり並んでいるぞ」ケイレブは言った。「あんなところで人をさらおうなんて、誰も考えないんじゃないか」

「でも道の一番奥には広い駐車場がある。アメリーはそこで犯人に出くわしたのかもしれない。まあ、この説の場合もやっぱり、たまたま犯人がついていたっていう前提だけど。犯人とアメリー以外に、駐車場には誰もいなかった。または、駐車場ではまだなにもなかったのかもしれない。アメリーは歩き続けた。丘の小道か、海沿いのクリーヴランド・ウェイかを」

「クリーヴランド・ウェイか」ケイレブは考え込んだ。「海沿いの道だ。たしかドクター・ゴールズビーも問題の時間にあそこを歩いていた。本人がそう言ってる。娘にあの道で会った可能性もあるな」

「会ったとして、どうだっていうの？」

「あの一家のこと、君はどう思った？　両親の印象は？」

「そう言われても、私がここに来たのは金曜日の午後だから。ゴールズビー一家のことをよく知ってるとはとても言えないけど。まあ、ぱっと見た限りではごく普通の家族ね。娘は反抗期で母親と対立してるけど、それはまったく珍しいことじゃない。母親に比べれば父親との関係のほうはずっとうまく行ってるみたいだけど、これも典型的。ジェイソンは医師で、大きな病院で働いてる。過労気味でストレスが溜まってるみたい。このB&Bを開いたのはデボラで、彼女のほうは夫とは逆の問題を抱えてる。特に秋と冬のあいだは、きっとひとりでいる時間がかなり長いんだと思う。私が宿泊を問い合わせたら、ものすごく嬉しそうだった」

「じゃあ、もう少し踏み込んだ印象は？」と、ケイレブは訊いた。「なにか気づいたことはないか？」

ケイトはためらった。「はっきりした印象を持てるほどの時間がなかったっていう保留付きではあるけど……デボラは不幸せそう。孤独で、家族ともうまく行っていない。ジェイソンがたくさん働いているのは借金のせい。もちろん、全部私の勝手な推測よ。間違ってるかもしれない。でもこの家は立地のせいですごく高価だったはず。だから一家はかなりのローンを抱えている可能性がある。ここにB&Bを開くっていうデボラのアイディアを、ジェイソンはまったく喜んでいない。なにしろジェイソンは少なくとも夏のあいだはひとりになって寛《くつろ》げる場所を奪われたわけだから。私の推測では、結婚生活はあまりうまく行ってないんじゃないかしら。とはいえ、行き着くところまで行き着くほどではない」

「行き着くところというのは、娘を巻き込む犯罪のことか？　借金で首が回らなくなった一家の父親が最悪の犯行に及んだ例はいくらでもある」

「でもそれは別の種類の犯行でしょう。そういう人間は血の海を作る。かっとなって妻や子供をめった刺しにした挙句に、呆然と犯行現場に立ち尽くす。自分でもとても理解できなくて。

今回の場合は違う」

「それでもドクター・ゴールズビーのことを徹底的に調べてみるよ」ケイレブは言った。「犯行時間のアリバイがないんだからね」

「サスキア・モリスと今回の件とはつながりがあると思う？　ハナ・キャスウェルとはどう？」

ケイレブは驚いてケイトを見つめた。「ハナ・キャスウェル？　あれは四年前のことだよ。サスキア・モリスが行方不明になる三年前だ」

「でも年齢から見ると、サスキア・モリス、アメリー・ゴールズビーと同じカテゴリーに入る」

「あの事件のことを調べたのか？」

「ええ、インターネットで」

「それなら知ってるだろう、ハナ・キャスウェルの痕跡はなにひとつ見つかっていないんだ。携帯も、バッグも、なにひとつ。もちろん遺体もない。私は当時の捜査責任者だった。手がかりはなにひとつなかったよ」

「それがなんなの。サスキアとアメリーの持ち物が見つかったのだって、ただの偶然でしょう」

「確かに。でも死体を隠すのはずっと難しい。何年も誰も見つけられないように隠すんだぞ？　確かにムーアは寂しい荒地ではあるけど、特に夏はハイキングや観光に来た人たちが歩き回るんだからね。犬を連れた人だって多い……つまり、俺が言いたいのはこういうことだ。もしハナ・キャスウェルが死んでいるなら、犯人は徹底的に手を尽くして遺体を隠した。だから実際いまだに見つかっていない。ところがサスキア・モリスの遺体はハイキングコースのすぐ脇にあって、小枝でまばらに覆われただけだった。見つかるのはかなり確実だったんだ。つまりこの二件はまったく違っているんだよ」

「それも珍しいことじゃないでしょう。連続犯ほど犯行を重ねるたびに軽率《けいそつ》になっていくものよ。一度うまく行くと、あらゆる危険の可能性を軽視するようになる。連続犯がそのうち捕まって、どうしてあんなに軽率なことをしたんだって誰もが驚く理由のひとつがそれでしょう」

ケイレブは疑念を拭えなかった。「ハナ・キャスウェルは四年前に姿を消した。サスキア・モリスは一年弱前、キャスウェルの三年後だ。アメリー・ゴールズビーはサスキアの死体が発見された直後に消えた……キャスウェルとモリスのあいだの時間が長すぎる気がする」

「私たちが知ってる犯罪に限って言えばね」と、ケイトは言った。「空白の三年のあいだにも、未知の被害者がいたかもしれない。ほかの地域での事件で、こちらの件とは誰も関連付けなかったとか。通りに立つ娼婦だとか……麻薬が絡んでるかも。または、いなくなったことを気づかれないような、家のない子」

「だが我々が探している犯人は――いるとすればだが――いつも同じタイプの女の子を狙う。この点が変わるとは思えないよ。被害者はみんな人生経験の乏しいナイーブな女の子だ。中流の家庭で過保護に育てられた。犯人が突然、街頭で売春する麻薬常用者をさらうとは思えないな」

「確かに。でも最初の犯行のあとに犯人自身がショック状態だった可能性もある。それなら、最初の犯行では証拠を残さないように極度に注意深かったことの説明にもなる。でも何年もたって、本当に逃げ切れそうだとわかってくる。誰にも気づかれなかったし、誰にも疑われなかった。それで、もう一度危険を冒してみることにした。そして早速、前回よりも軽率になった。これも決して珍しくないケースよ」

ケイトの言うとおりであると、ケイレブにはわかっていた。深いため息が出た。ことによると、本当に連続誘拐犯なのかもしれない。そうだとしたら、犯行の間隔が今後どんどん短くなる可能性もある。

ケイレブは部屋を見回した。屋根裏にあるとても美しい部屋で、傾斜屋根の窓から海が見える。部屋を見れば、アメリーが子供からティーンエイジャーへの移行期にあることは一目瞭然だった。ピンクの花模様の壁紙、ピンクのふわふわの絨毯、花の形の取っ手が付いたピンクの戸棚。幼い女の子の夢の部屋……ところが、壁にはケイレブの知らないポップグループのポスターが貼ってある。グループのメンバーは全員黒ずくめの衣装で、顔を真っ白に塗り、目の周りに悪魔のような黒い縁取りを施している。部屋には化粧台もあり、大量の化粧品、マニキュア、さまざまな口紅、スプレーが置かれている。ベッドの上には破れたジーンズが数本に、黒い網セーターが放り出してある。アメリーは間違いなく、子供時代のピンクの世界に別れを告げようとしていた。両親は、アメリーにボーイフレンドはいないと確信している。だがいまケイレブが確信するのは、両親が娘のすべてを知っていたわけではないということだった。

コンピューターを調べればヒントが見つかるだろうと、ケイレブは期待していた。すぐに専門チームがコンピューターを取りに来る。そしてスチュワート巡査部長とほかに二名の警察官が部屋じゅうを隈《くま》なく捜査することになっている。そこでケイレブは、とりあえず戸棚だけを開けてみた。続いて引き出し。一見したところ、ヒントになりそうなものはない。普通のティーンエイジャーの普通の部屋だ。

ケイレブは、その場にじっと立ったままのケイトに再び向き直った。「で、君はこれからどうする？」

「まずは家をなんとかする。少なくとも、なんとかなるように手続きを始める。それから先は、不動産業者に任せるつもり。すぐにロンドンに戻らなきゃならないから。数日の休暇をもらうのも大変だったの」ケイトは微笑んだ。「だから、今回は本当に邪魔しないから。これはあなただけの事件よ、ケイレブ。私には個人的な関わりはない」

「ケイト、君はすごく優秀な刑事だ。以前にも言ったけど、うちの課に応募してくれたらすごく嬉しいんだがな。もう一度考えてみてくれないか？」ケイレブは、スコットランド・ヤードでケイトがうまくやれていないことを知っていた。ケイトが、自分と自分の仕事が評価されていないと思っていることを。同僚たちに疎《うと》まれていると感じていることも。彼女の思うとおりなのか、それともすべては彼女の思い込みなのか、そこはケイレブにはわからない。なにしろケイトは自分で自分の足を引っ張ることにかけては才能があり、ときにはまったくなんでもないことでも、攻撃されたと感じるからだ。それは彼女の自己評価の低さに由来するものだ。ケイトは自分自身のことを疑いの目で見ており、この世界の誰かが彼女を別の目で見る可能性があるとはとても想像できないのだ。そのせいで疑い深くなり、外からは敵意の塊に見えることもある。

　ケイトは首を振った。「ロンドンに残るつもり。そのほうがいい」なぜそのほうがいいのかをケイトは言わなかったし、ケイレブも訊かなかった。個人的な話題に触れるほど親しい間柄ではないし、ケイトがどうやらそれ以上説明したくないのは明らかなので、なおさらだった。

「じゃあ、これ以上はお邪魔しないから」ケイトは言った。「部屋にいるから、なにか訊きたいことがあればどうぞ」

「わかった。ありがとう」ケイレブはアメリーの部屋を出るケイトを見送ると、再び花模様の壁紙に囲まれた部屋を見回した。どこからか答えが現われることを期待して。ヒント、手がかり、なんでもいい。

　なにか証拠をくれ。どこの誰に向けた頼みかもわからないまま、ケイレブは心のなかでそうつぶやいた。アメリーを無事に連れ戻すための手がかりをくれ。両親が子供を取り戻せるように。この一家の悪夢が終わるように！

　だが部屋は沈黙を守っていた。

十月十六日月曜日

1

リン・アラードが見習いとして働いている家具製作所は、ウェストウッド・ロードにある。巨大なショッピングセンターである〈テスコ・スーパーストア〉の近くだ。リンが両親と暮らす家から徒歩で通える。小さな家具製作所は、表通りから引っ込んだ中庭に面している。ふたつの建物に挟まれた門をくぐると、すぐに中庭だ。そこには流れ出す新鮮な樹脂と木材のにおいが充満していた。小屋のなかから電動ノコギリの音が響いてくる。

寒くて霧の濃い朝だ。長かった晩夏は一夜にして去っていった。キャロルは身を震わせて、コートの襟《えり》を掻き合わせた。通勤前にここに寄ってみたのだ。リンがもう来ているかもしれないと期待して。

実際、リンの姿はすぐに見つかった。小屋の白い漆喰《しっくい》塗りの壁にもたれて煙草を吸っている。スキニージーンズの上に黒いセーターと革ジャンパーを着た、痩せた少女だ。右手の五本の指すべてに銀の指輪をはめている。指先が黄色っぽく染まっているのを見れば、もうずいぶん前から大量の煙草を吸ってきたことがわかる。目の下には隈ができていて、眠そうで、空腹で、凍えているように見えた。

煙草の吸いすぎと栄養不足と寝不足ね、とキャロルは思った。

そしてリンに近づいた。「おはよう、リン」

それまでキャロルに気づいていなかったリンは、びくりと体を震わせた。「やだ、キャロル。全然気づかなかった」煙草を持った手が軽く震えている。「仕事が始まる前に一本だけ吸ってるの。親方も認めてくれてる。すぐになかに入るから」

「言い訳しなくていいのよ、リン」リンが自分に監視、監督されていると反射的に思ったらしいことに気づいて、キャロルはかわいそうになった。「ちょっと訊きたいことがあって寄ってみただけだから」

「なに？」

できればこの霧深くじめじめした中庭とは別の場所で話をしたかったが、製作所のなかには親方と助手がいる。人に聞かせたい話ではない。

「マンディのことで、学校から私に連絡があったの。八日前から連絡なしに休んでるって。病気、ひどくなければいいんだけど？」

リンのまぶたが神経質そうに震え始めた。「うちの親のところに行った？」

「ええ、金曜日に。お母さんは、マンディはインフルエンザだとか言ってたけど」

リンは黙り込んだ。ただせわしなく煙草を吸い続ける。

「残念ながら、マンディには会わせてもらえなかったの」と、キャロルは続けた。「それで……それで、まあ、一応あなたに訊いてみようかなと思って。マンディのインフルエンザ、どんな具合なの？」

　リンは答えない。

「リン？」

　リンはほぼ吸い切った煙草を地面に投げ捨てると、ブーツのかかとで踏み消し、「それはうちの親に訊いて」と言った。

「お母さんが私たちにあまり協力的じゃないのは知ってるでしょ」キャロルは言った。

　リンは肩をすくめた。「そろそろ仕事を始めないといけないいんだけど」

「あと一分だけちょうだい」金曜日にアラード家を訪ねたときにもなにかがおかしいと感じたが、その印象がますます強まる。なぜリンは、たとえばこんなふうに言わないのだろう――うん、マンディは本当にひどい病気でね。咳が出て、喉が痛くて、熱もあって、ほんとに大変なの。どうして話をそらしたり、逃げたり、ごまかしたりするんだろう？

「本当はなにがあったの、リン？」キャロルは穏やかに尋ねてみた。

　するとリンの目に突然涙が溢れた。「もう、ちょっと、私たちのことに首を突っ込むの、いい加減にやめてもらえない？」リンはキャロルを怒鳴りつけた。「私、生まれて初めていろうまく行ってるんだよ。本当に生まれて初めて！　自分の道を見つけたような気がする。もしかしたら、この道でうまく行くかもしれないんだよ。だから……クソ、だからまただめにしたくないの！」

　キャロルにはリンの気持ちがよくわかった。だがそれでも引くわけにはいかない。「リン、誰もあなたのチャンスをつぶそうなんて思ってない。誰よりもこの私が思ってない。だって私たちふたりで一緒にあなたの道を探したんだもん。この道をこのまま進んでほしいって、心から願ってる」

黒いマスカラがリンの青白い頰を流れ落ちる。「じゃあうちの家族のことはほっといて！」

「マンディになにがあったの？　お願い、リン。マンディは妹でしょう。気にならないはずがないでしょう」

「気になるよ。でも、あの子はいっつも全部だめにしちゃう。うちの母親としょっちゅう喧嘩して。口を閉じておいたほうがいいときがあるってことを、全然わかってない。いっつも怒らせるようなこと言って、喧嘩して……だから全部自分のせいだよ……」

「なにが自分のせいなの？」

リンは手でせわしなく頰の涙をぬぐった。「うちの母親がしょっちゅう怒って大暴れすること！」

キャロルの腕に鳥肌が立った。「マンディとお母さんが喧嘩したの？」

「喧嘩したの？」リンは馬鹿にするように、キャロルの口調を大げさに真似てみせた。「あのふたりは毎日喧嘩してる。毎日、毎日！　マンディのせいで！」

キャロルは、マンディがしばしば攻撃的で、人を挑発するようなことを言うのを知っていた。母親そっくりだ。二台の戦車は定期的に衝突する。

「わかった、喧嘩ね。誰が始めたかはとりあえず置いておきましょう。でも、どうしてマンディは八日前から学校を休んでるの？　なにがあったの？」

リンは目をそらした。「出てった」

「出てった？　どういう意味？」

「出てったって言ったら、出てったって意味。喧嘩して、荷物まとめて、もううんざりだって言って、出てった」

「つまり、お母さんとマンディが喧嘩したのね？」

「そう」

「いつ？」

「一週間前の日曜日」

「マンディはどこに行ったの？」

「知らない。友達のところとかじゃないの」

「ご両親はマンディがどこにいるか探したの？」

「たぶん探してない」

「あなたは？」

「探してない」

「なんてこと、リン、妹が八日前から行方不明だっていうのに、家族の誰も、どこにいるか気にならないの？」

「マンディには友達がいるから。誰かのところにいるでしょ」

「学校に行かなきゃだめじゃない！」

「私はマンディの保護者じゃないから」

「どんな喧嘩だったの？」と、キャロルは訊いた。「いつもより激しかったんでしょ？　じゃなきゃマンディが出ていくこともなかっただろうし」

家具製作所の親方がドアから顔をのぞかせた。「今日のうちに仕事を始めるつもりはあるのか、リン？」そこでキャロルに気づいて、親方は会釈《えしゃく》した。「ああ、どうも、ミセス・ジョーンズ」親方はキャロルを知っている。リンを見習いとして雇ってくれと頼んだのはキャロルだからだ。

「ほらね」リンが言った。「仕事しなきゃ！」

「あとほんの一、二分だけいただけませんか」キャロルは言った。

親方は「わかった！」とうなずき、姿を消した。リンが怒りの目でキャロルを見つめた。

「全部台無しにするんだ。キャロルも、マンディも。全部！　人生で初めていろいろうまく行ってると思ったら……」

「台無しになんてしない。マンディだってそうよ」キャロルの口調はつい厳しくなった。リンの肩をつかんで揺さぶりたいくらいだった。「いい加減にして、リン。あなたのことは大切に思ってる。でも私には同じように妹さんに対する責任もあるの。なにがあったか教えて。でないと夜までここに立ってることになるわよ。教えてもらうまでは帰らないから！」

リンは怒りの形相でキャロルをにらみつけたが、固い決意を表わす視線に跳ね返されて、キャロルが本気なのだと悟ったようだった。キャロルは帰らない、意地でも引き下がらない、と。

「始まりがなんだったのかはもう憶えてない。キッチンのテーブルでマンディがあれこれ不平を言ってて、そのうち食事に文句をつけ始めたの。マムは料理が嫌いでしょ。出来合いのバーガーかなんかを電子レンジで温めて、水を入れて混ぜるだけの袋入りのマッシュポテトが付け合わせで。確かに体によくはないけど……でも、一応食事でしょ。なのにマンディはガタガタ文句つけて、こんなもの食べてたらデブになるとか。そんなのうちの家族ではあり得ないのに。だってみんな、ガリガリなんだから……」

「それでお母さんが怒ったのね？」キャロルは訊いた。

「そう、めちゃくちゃ怒った。最後には怒鳴り合いになって。ダッドはいつもどおり、なんにも言わずにじっとお皿を見つめてるだけ。で、私、思ったの……」リンの目に再び涙が溢れた。

「思ったのよ、どうしてこの子はいつもこうなのって。どうして？　たまには静かな夜を過ごせないの？　だって、せっかく珍しくマムの機嫌がいいのに、どうしてマンディはそんなときにさえおとなしくしてられないの？」

　キャロルはため息をついた。パツィは難しい母親だ。けれど、マンディが難しい娘であるのも確かだ。ふたりのうちどちらとも一緒に暮らしたいとはとても思えない。

「結局、マムが飛び上がって、これからお茶を淹《い》れて自分ひとりで飲む、クソ家族のことなんか知るか、ひとりにしてくれって言いだして……それからお湯を沸《わ》かした。ダッドと私はキッチンを出た。マンディにも、一緒に来なさい、マムにガタガタ文句言うのはいい加減にやめなさいって耳打ちしたんだけど、マンディはキッチンに残った。あの子は喧嘩したかったのよ。本気の喧嘩がしたかったの。ときどきそうなるの」

「知ってる」キャロルは言った。

「で、そのうち台所から、悲鳴となにかがぶつかるような音が聞こえてきて……私、階段を駆け下りた。ダッドもリビングから出てきた。マンディとマムはキッチンでにらみ合って、ふたりとも怒鳴ってた。あちこち水浸しで。マンディは左腕を押さえてた。泣きながら叫んでた……」

「なんて？」

「マムが蓋の開いたヤカンを投げつけたって。熱湯が入ったヤカン。それが腕に当たったんだって。腕はひどいことになってた」

「なんてこと」キャロルは驚愕した。

リンはいつの間にか激しく泣きじゃくっていた。もう涙をこらえようともせずに。「マンディは本気でマムを怒らせたの。本気で。私、もう嫌なの……なにか面倒くさいことになるの、もう嫌なのよ。わかる？　もしこれでマムが刑務所に行くことになんかなったら……ダッドはきっとだめになっちゃうし、私は家族をなくしちゃう。せっかくいま、やっと人生が上向きになるかもしれないってときに……」

キャロルはリンの腕に手を置いた。この少女の気持ちがわかった。なぜ彼女が話そうとしなかったのか。「お母さんのやったことは確かにひどい。でもそれで刑務所に行くことにはならないから」実を言えば、自分の言葉に自信はなかった。だがいまはリンを落ち着かせることが肝心だ。熱湯の入ったヤカンを人に投げつけるのは、些細《ささい》な過ちとは言えない。マンディの顔に当たっていても不思議ではなかったのだ。腕に当たっただけでも充分ひどい。

「それでマンディは家を出ていったの？」

「そう。リュックサックに荷物を詰めて。腕に濡れたタオルを巻いて。泣きながら怒ってた。でも私も怒ってたよ。だって余計なことしかしないんだもん。しなくていいことばっかり。あんなことになる前に、どこかでやめればよかったのに」

「どこへ行くか、なにか言ってた？」

「ううん」

キャロルは考えた。「お医者さんの手当てが必要かもしれないわね。火傷《やけど》を甘く見ちゃだめよ」

リンは涙をぬぐうと、大きな音を立てて鼻をかんだ。「ぱっと見ではひどかったけど、その後すぐにタオルで隠れちゃったから……実際どの程度の火傷なのかは、私にもわかんない……」

「私がご両親と話をする」キャロルは用心深くそう言った。

「へえ、それはいいね。マムはきっと私が告げ口したのを喜んでくれるね」

「あなたにはほかにどうしようもなかったんだもの。きっとわかってくれるわよ」この点もキャロルにはあまり自信がなかった。パツィ・アラードは基本的に理解ある人間だとは言えない。

「じゃあ、仕事に行ってもいい？」リンが訊いた。そして答えを待たずに、製作所のなかに消えていった。

キャロルは霧のなかに立ち尽くしたまま、考えた。なんてことだ。マンディが、十四歳の少女が、一週間以上姿を消したままだとは。おまけに怪我をしている。最良のシナリオは、友達のところにいるというものだ。最悪の場合は、あちこちをふらふらとうろついている。いますぐ対処しなくては。

2

「まったく、なんてこった」と、男は言った。あたりを見回して、嫌悪感もあらわに何度も顔をしかめる。「いったいなにをやったらこんなことになるんだ?」

「ただ住んでただけです」ケイトは言った。

「かなり極端な住み方だったみたいだな」

ふたりはいま、ケイトの両親の家にいる。清掃業者の男とケイト。ケイトは男にすべての部屋を見せて回ったところだった。男の驚愕の顔は、ケイト自身の戦慄《せんりつ》とも重なった。ケイトもまた、金曜日に見たときよりもすべてがいっそうひどく感じられたのだ。この家の状態は、あらゆる「慣れ」の効果を無効にするようだった。だんだんひどさを感じなくなるのではなく、逆にどんどん感じやすくなるのだ。二度目にはさまざまな細かい点が目に入るからかもしれない。両親の寝室の箪笥は角が割れており、引き出しも床に落ちて壊れていた。ダイニングルームにあるグラス類を入れた食器棚は、母の両親の形見で、母がとても大切にしていたものだ。だがいま、ガラス扉は割れ、中の仕切り板もなくなっている。板でなにをしたんだろう、とケイトは考えた。暖炉にくべた？　でもこの家の暖炉は電気式だ。単なる破壊衝動だったのだろうか？

何十年にもわたって手入れをしながら大切に使ってきたものたちが、一瞬で壊されてしまった。とても理解できない。ケイトには、とにかく理解できなかった。

「で、全部ゴミに出しちまうの？」と、男が訊いた。名前はボルトンだ、とケイトは思い出した。ミスター・ボルトン。その名前は彼が乗ってきた白い配送用バンにも大きな青い文字で書かれている。

「いいえ、捨てます」「直して使えるものも多いと思うけど」直したところで、どうしろというのだ？　ロンドン東部のベクスリーにあるケイトのちっぽけなフラットには、この家の家具はとても入らない。売る？　どこかに保管する？　なんのために？

いい加減、古い人生を手放しなさい。過去と決別しなさい！　その時が来たの！

とはいえ、そうしたからといってなにが変わるのだろうという気持ちにもなる。自分の孤独と自信のなさがそれで変わったりするのだろうか、と。いま大きな決断をすれば、それがきっかけでなにかが起き……たりはしないだろう。女性誌や心理コンサルタントたちは、勇気ある一歩には人生を変える効果があると熱弁を振るう。特に、手放すこと、別れを告げることによる一歩には、と。だがケイトは、そうなるとは限らないのではと疑っていた。勇気を出して一歩踏み出しても、得るものはなにもないかもしれない。それどころか後悔することになるかもしれない。

ケイトは、非建設的なもの思いを頭から追い払って、初志貫徹しよう、計画を実行に移すことに集中しようと自分に言い聞かせた。外の霧が気持ちを重く沈み込ませる。一夜のうちに海から上がってきて町じゅうに広がった霧は、あらゆる音を飲み込んでしまう。十月の暖かさと黄金色の光に慣れたあとで、この急な晩秋の到来は不意打ちだった。

「オーケイ」ミスター・ボルトンが言った。「お好きなように。じゃ、この家を空っぽにしてあげるよ。それが俺の仕事だからね」

「お願いします」

「でも、次に貸すときには人をよく選ばなきゃだめだよ。またこんなことになるのは嫌だろう」

「この家は売るつもりです」ケイトは言った。

ミスター・ボルトンはうなずいた。「俺でもそうするね」

ケイトは今日じゅうにも改修工事を業者に依頼して、ミスター・ボルトンが家を空っぽにしたらすぐに改修作業員を家に入れてほしいと隣人に頼むつもりだった。とにかく、作業はケイトが現地にいないあいだも進めてもらわねばならない。ケイトが早めに戻れば上司は喜ぶだろうし、ケイトとしても、いずれにせよここに長居はしたくなかった。ゴールズビー家の現在の耐え難い雰囲気……ゴールズビー夫妻には心から同情するものの、ケイトがしてあげられることはなにもない。夫妻のうちとりわけデボラからは、助力を熱望されているのを感じる。デボラにとって、ケイトは世界的に有名な警察組織であるスコットランド・ヤードの代名詞であり、愛する娘を取り戻すことのできる人間なのだ。デボラは本来の捜査責任者であるケイレブ・ヘイル警部よりも、ケイトのほうに大きな望みをかけている。警察での階級も、デボラにはなんの意味も持たない。

もし階級のことがわかっていれば、巡査部長の私がたいして出世してないって気づくはず、とケイトは思った。しかも私の年齢を考えれば。

ケイトはいま四十二歳だ。もっと階級が上でもおかしくない年齢だった。いや、もっと上の階級であるべき年齢だ。だが、巡査部長の階級にさえ、かなり遅めにどうにかこうにかたどり着いた有様だった。ケイトのことを素晴らしい警察官だと考える人間は、この世界にただひとりしかいない。ケイレブ・ヘイル警部だ。残念ながらふたりの生活圏はまったく交わらない。もちろん、ケイレブはケイトの昇進になんの影響力も持っていない。

やっぱりスカボロー警察に移るべきなんだろうか、とケイトは思った。

いや、だめだ。ちょうど北イングランドでの過去に終止符を打とうとしているところなのに。

「きっと安くは済まないと思うよ」ミスター・ボルトンが励ますような明るい調子で言った。

「そうでしょうね」ケイトも話を合わせた。安くないどころか、おそらく銀行でローンを組む必要があるだろう。とはいえ、家を売れば問題なく返済できる。この家のローンはすでに完済している。生まれて初めてケイトの銀行口座にかなりの金額が入ることになるだろう。そのお金で自分になにか贈り物をしてもいい。たとえばクルーズ旅行だとか。船の上で人生をともにする男性についに出会えるかもしれない。

ケイトは小さくため息をついた。これから歳を重ねていけば、少なくともこの希望くらいは手放せる日が来るのだろうか？　それとも死ぬまで憧れを抱き続けるのだろうか？　だとしたら、これから四十年近く虚しい希望を抱いて生きることになる。人生の素晴らしき赤い糸への希望を。

ケイトは自分を奮い立たせた。もっと辛い境遇はいくらでもある。殺されたサスキア・モリスの両親がいまどんな思いでいるか、想像することもできない。彼らは十か月間、希望を抱き続けたのだ。もちろん、デボラとジェイソンの気持ちも想像するに余りある。今朝、メディア各紙がアメリーの失踪を報じた。なかには非常にスキャンダラスな書き方の記事もあった。もちろんどの記事も、サスキア・モリス事件との関連を推測していた。犯人にはすでに名前が与えられていた――〈ムーアの殺人鬼〉。

少女を通りで誘拐し、どこかへ連れていって、監禁し、暴力をふるいレイプする男。そして最後には残虐に殺す。

すべてなんの根拠もないただの推測だ。

ケイトはここに来る途中で新聞各紙を買って、記事を読んだが、嫌悪感のあまり即座に手近なゴミのコンテナに捨てた。だが、そんなことをしてもデボラとジェイソンが記事を読んでしまう可能性は変えようがない。あんな残虐な描写で犯罪被害者の家族がどんな気持ちになるかを、なぜ誰も考えないのだろう？

ミスター・ボルトンは、週末までに家を空っぽにすると約束してくれた。ケイトは彼とともに家を出た。そして彼が車に乗り込み、去っていくのを見送った。

最初の一歩はやり遂げた。次は家を改修してくれる会社を探さねば。

ケイトが昼頃ゴールズビー家に戻ると、門の前に記者たちが陣取っていた。テレビ局の中継車まで出てきている。通常、ティーンエイジャーの失踪事件がこれほどメディアの興味を引くことはない。だが、〈ムーアの殺人鬼〉という言葉がメディアを駆け巡って以来、彼らはなんらかのストーリーを嗅《か》ぎつけたようだ。連続殺人犯には独特の魔力がある。視聴率にも購買部数にもつながる良い素材なのだ。

ケイトは記者たちをかき分けて進み、玄関ドアを開けて家のなかに滑り込むと、廊下の壁にもたれてほっと息をついた。よりによって記者たちまで。こうなったら、ますます早くここを出なくては。これから何週間もゴールズビー家に居続けることになってはならない。確かに悲劇的な出来事ではあるけれど、これはケイトの事件ではない。たまたまいまここに泊まっているという偶然のせいで、すでに事件に巻き込まれている。これ以上深入りすることになってはならない。

リビングにはケイレブ・ヘイルがいて、ちょうど誰かと電話をしていた。ケイトが入っていくと、ケイレブは通話を終えて携帯をしまった。疲労とストレスが溜まっているのが見て取れる。

「ああ、ケイト」ケイレブは片手で顔をぬぐった。目が少し充血している。「ひどい事件だよ」

「ジェイソンとデボラは？」

「二階だ。デボラの具合がかなり悪くてね。ジェイソンが付き添ってる」

「今朝の新聞記事を読んだのね」ケイトは推測した。

「いや。でも、なんとも親切なお友達が電話してきて、記事を読んで聞かせたんだ」ケイレブは首を振った。「こういう事件のあとで当事者の友人関係ががらりと変わることが多いのもうなずけるよ」

「なにかわかったことは？」そう質問した瞬間、ケイトはこれ以上首を突っ込まないとたったいま堅く決意したばかりだったことを思い出した。「ごめんなさい。これは私の事件じゃ……」

「君は同業者だ」ケイレブがケイトを遮って言った。「うん、ある意味ではね、わかったことがあるんだ……ただ、我々はますます急がなくちゃならなくなったけどね」

ケイトは問いかけの視線を投げた。

「検視の結果が出たんだ」ケイレブが説明を始めた。「それによると、サスキア・モリスが亡くなったのは約六週間前。まあ、それほど長いあいだ湿原に放置されていたはずがないとは最初から思ってたけどね。もしそうなら、もっと早くに発見されていたはずだから。それに、犯人が殺してから遺体を捨てるまで長々と待つ理由はない。ただ、そうなると恐ろしいことに……」

「……サスキアは失踪してから約九か月間、まだ生きていたことになるのね」ケイレブが一瞬言いよどんだため、ケイトはあとを引き受けた。「ええ。そんなところじゃないかと、私も思ってた」

「きっと監禁されていたんだ。ひどい目に遭ったんだろうな」

「死因は？」

「飢えと渇《かわ》きのようなんだ」

「なんですって」ケイトは驚愕した。「ということは、誘拐犯はサスキアを長いあいだ生かしておいて、食べ物と飲み物を与えていたのに、あるとき急にそれをやめたってこと？」

「そうだったとしか考えられない」

「それとも、犯人になにかあって、もうサスキアのところに行けなくなったとか？」

「だが犯人は、死体が発見された場所までサスキアを運ぶことはできたんだ」ケイレブは言った。「つまり、まったく事件に関わらなくなったわけじゃない。もちろん犯人が複数だった可能性もあるけどね」

ふたりとも一瞬黙り込んだ。

「それはつまり」と、ケイトは再び考え始めた。「もしアメリーがサスキアを殺したのと同じ人間にさらわれたんなら、まだ生きている可能性があるってことよね？」

「そうなんだ。ただ同一犯なのかどうかはわからない。動機がわからないからね。サスキア・モリスは性的虐待を受けてはいなかった。少なくとも、遺体からわかる種類の虐待はね。もちろん犯人はサスキアの写真や動画を撮った可能性もある。いまのところ、なにもかもが不明な誘拐犯がいるなら、アメリーに話を戻すと、彼女の携帯の位置情報は割り出せなかった。誘拐犯がいるなら、おそらくそいつが居場所を知られるのを怖れて電源を切ったんだろう。ただもちろん、アメリーが単に嫌なことから逃れたくて、どこかに姿を隠しているだけだという可能性も、いまだに排除はできない。現時点ではわかっていることが少なすぎる。でも、もしサスキアを殺した犯人がアメリーの誘拐犯でもあるのなら、彼女がまだ生きている可能性は充分ある。こういった事件の場合、普通なら九〇パーセントの確率で、被害者は最初の二十四時間を生き延びられないものなんだが。まあ、金を強請《ゆす》り取ることが目的の場合は別だけどね。身代金だ。でも今回の事件はそうは見えない」

「アメリーを見つけて」ケイトは言った。「きっといま頃地獄を味わってるはず」

ケイレブがため息をついた。ケイトには彼の考えていることがわかった。手がかりがない。すでに時間がたちすぎてしまった。少女はまだ生きているかもしれないが、どこにいるかはさっぱりわからない。どこか非常に遠くにいるのか。荒れ果てた寂しい場所にいるのか。何者かがサスキア・モリスを何か月間も監禁していた。それなのに誰もなにも気づかなかった。

すべてがケイレブの肩にかかっている。その重荷にケイレブが押しつぶされそうになっているのは、見ればわかった。

「事件のことはあらゆるメディアで騒がれてる」ケイトは言った。「なにかを見たっていう目撃者がすぐに現われるはずよ。サスキア・モリスは真っ暗な夜に静かな住宅街で誘拐された。でもアメリーの場合は、真っ昼間に、混雑した場所でだった。週末の買い出しに来た人たちがたくさんいた。誰かが必ずなにかを見ている。賭けてもいいわ」

「まあ残念ながら、重要人物になりたいだけの人間もたくさん連絡してくるだろうな。それにどこかおかしい奴らも。それから、誰かがなにかを見るには見たものの、結局たいしたことじゃなかったとわかる例も多いだろうし」ケイレブは憂鬱そうにつぶやいた。

それがどれほど大変な仕事か、ケイトはよく知っていた。どれほどストレスが溜まるか。それに、メディアに常に追われることがどういう意味をもつかも、よくわかっていた。今後、怒りの記事が書かれることになるだろう。「警察はなにをしているのか？」だの、「〈ムーアの殺人鬼〉はいつまで好きに罪を重ねるのか？」だの。

さらに、絶望した両親にとっては、過ぎ去る一秒一秒が無限の苦しみとなる。

それでもケイトはケイレブの力になることはできない。そもそもそれはケイトの役目ではない。それに、ほかにしなければならないことがある。

ケイトのそんな考えを読んだかのように、ケイレブが言った。「ケイト、そっちはこれからどうする？　借家人の居場所のヒントかなにか見つかったか？」

ケイトは首を振った。「ううん。これから警察に告訴状を出す。そんなことをしても意味はないと思うけど、このまま逃げ切られるのも嫌だし。とにかくなにもかもがすごいストレスで、おまけに費用もとてつもなくかかるの」

「本当に気の毒に思うよ」ケイレブが言った。「あの家が君にとってどんな意味を持つか、知ってるつもりだから」

「それでも、言ってみればたかが家よ。ゴールズビー夫妻は一人娘の命を案じてるのよ。まったく次元が違う」

「それでも君には怒ったり悲しんだりする権利があるよ、ケイト。たとえたかが家のことであってもね」

「さっき清掃業者に仕事を依頼してきた。それに改修工事をしてくれそうなところも見つけた。隣の人がうちの鍵を持ってて、全部見ていてくれる。明日ロンドンに帰るわ」

「仕事はうまく行ってる?」

「ええ」うまく行っているというのは誇張だが、ケイトはこの話題に深入りしたくはなかった。いまだに職場では認められていない気がしており、同僚たちからのけ者にされるのも辛かった。いじめとまでは言えない。誰もケイトを攻撃したり、罵ったりはしないし、汚いもののように扱われることも、見下されることもない。けれど誰もケイトに親しく接してはくれない。皆がケイトとは距離を置く。ケイトと一緒に仕事をしようとする人はいないし、ましてや仕事を離れたところでケイトと会おう、一杯飲みに行こうなどと思いつく人はいない。もちろん、週末にもうなにか予定があるのかと訊こうなどと、誰も考えない。ケイトはよく、距離を置いているのは同僚たちなのか、それともケイト自身のほうなのかと考えることがあった。それに、こんなふうにもはや止められない悪循環が始まったのはいつだったのかとも。ケイトは自分なりに皆に近づこうと努力してきた。けれどうまく行かなかった。やり方を間違えたのかもしれない。それとも事態の膠着《こうちゃく》状態がひどすぎたのかもしれない。もしかしたら、きっぱりとすべて

まとうのだと。

再出発が奇跡をもたらすと主張する人もいる。新しい住まい。新しい仕事。新しい人間関係。だが、古い問題からは離れられないと考える人もいる。どこへいこうと常に同じ問題がつきまとうのだと。

ケイトはなんとなく後者が正しいのではないかと恐れていた。

「十一月には休暇を取ることになってるから」と、ケイトは言った。「そうしたら戻ってきて、家を売ることにする」

「家は売らずに、スカボロー警察に応募しろって君を説得するのは無理みたいだな」ケイレブが言った。

ケイトが心のなかで考えていることをケイレブが口に出す頻度の高さに、あらためて驚かされた。たったいま再出発のことを考えていたと思ったら、ケイレブのほうから一種の仕事のオファーが来るとは。

とはいえ、別の見方をすれば、ケイレブがしょっちゅうケイトの内心を見透かすように見えることも、驚くにはあたらなかった。三年前、ケイトはこの人に激しい恋心を抱いた。それにはもちろん理由がある——ケイレブが魅力的な男性であること以外にも。ケイトは、ケイレブと自分にはほかの人とのあいだにはない共通点があると感じたのだった。ふたりを結びつけるなにかがある。そのなにかは、ふたりの人生における挫折体験に根差していた。痛みに、失望に根差していた。そして、周りの期待に応えられないのではないかという恐怖に。

自分自身に対する恐るべき疑念に。

そんな疑念をケイレブ・ヘイルという男が持っているとは、彼に出会い、彼を知る人たちには思いもつかないだろう。けれどケイトはより深くまで見通すことができた。そのためのセンサーがケイトにはあった。ケイレブは仕事の重圧に押しつぶされる寸前だった。頻繁に人の生死がかかった事態に直面する重圧に。自分が間違いを犯せば、重大な破滅に結びつきかねないことに。ケイレブはその重圧に耐えられず、だからこそ酒を飲む。そして酒を飲んでいないと調子が出ない。だから失敗を犯す。怖れていた失敗を本当に犯してしまうのだ。

ケイトは、自分がケイレブに抱くのと同じ感情を、ケイレブのほうも抱いてくれないかと期待した。実際、ケイレブは世界でただひとり、ケイトのことを有能な捜査官だと考えてくれる。それはつまり、ケイレブのほうもケイトのことを周りの誰よりも深く見通してくれるということだ。

けれどケイレブは、ケイトのことを女性としては見てくれない。少なくとも彼にだけは仕事で評価されていることを喜ばねばならないとわかってはいるものの、ケイトはそれでも自分を女性として見てほしいと、強く願わずにはいられなかった。刑事としてどう見られているかなど、どうでもよかった。

かなう見込みのまったくない望みだった。ケイレブ・ヘイルは、地味で目立たないケイト・リンヴィルなどとはまったく違うタイプの女性とつき合うことのできる男性だ。そして、おそらく実際につき合ってもいるのだろう。ケイレブが何年も前に離婚していること、それ以来、正式な新しい相手がいないことはわかっている。だが、だからといって修道僧のような生活をしているとは思っていない。おそらく数多くの短い情事があるに違いない。

「いまのままがいいの」職場を移ってはどうかというケイレブの提案への答えとして、ケイトはそう言った。もちろん真っ赤な嘘だ。でも、ケイレブと一緒に働く？　ケイレブに毎日会って、同僚や友人以上の関係になりたいと願い続ける？　確かにケイトは、自分自身に対して常に優しいとは言い難い。それでも、そこまでの自虐趣味はない。

ケイトとケイレブはここで別れた。ケイレブはこれからゴールズビー家を出て、報道陣のあいだを通っていかねばならない。ケイレブがそれを非常に嫌悪していることを、ケイトは知っていた。ケイト自身は自分の部屋に戻った。デボラとジェイソンがいると思われる部屋のドアの前で一瞬立ち止まったが、結局素通りした。彼らにかける言葉などあるだろうか？

いまのところ、ケイトが力になれることはなにひとつないのだ。

3

その日の午後のうちに、キャロルは上司のイレーヌ・カリミアンとともにアラード家を訪ねた。マンディの両親と話をしたらすぐに警察に行くつもりだった。マンディは一週間以上、行方不明だという。もし母親のパツィ・アラードが娘の居場所を知らないのなら、明らかに警察の出番だった。

皆でキッチンに座ると、パツィは両腕を振り回しながら、自分は悪くないという話を延々とまくしたてた。父親のマーロンはひとことも話さなかった。肩を丸めてテーブルの前に座り、ときどき赤い目をこするか、額の汗をぬぐうばかりだ。キッチンは耐え難いほど暑かった。きっと暖房の目盛りが最大限に設定してあるのだろう。キャロルは暖かいウールのセーターを脱いでしまいたいと思った。そして、パツィはどうしてこんな暖房の効きすぎた家に平気で住めるのだろうと考えた。がりがりに痩せているせいだろうか。

「うん、ヤカンを投げたよ。でももちろん、マンディには当たらないように投げた。いい加減にしてよ！　私が自分の子に熱湯を浴びせたりするわけないでしょ。あんたたち青少年局の人間はすぐにそう思いたがるけどね。私を悪者にできることがなにか見つかれば嬉しいんだもんね！」

「聞いたところ、マンディの腕の火傷はかなりひどかったらしいじゃない」キャロルは言った。自分はいまパツィと娘のリンのあいだに深い溝を掘っていると考えると心が乱れたが、そんな自分の気持ちは無視しようと努めた。首から肩甲骨を通って背中に流れ落ちる汗のことも、やはり無視しようとした。

パツィがキャロルを怒鳴りつけた。「へえ、リンはかなり私の悪口言ったみたいね？」

「リンはそんなことしてない。私が家具製作所を訪ねていって、さんざん圧力をかけて、話すしかない状況に追い込んだの。それにね、パツィ、リンが話してくれて本当によかったのよ。マンディは一週間以上家に帰っていないのに、誰も居所を知らないなんて！　まさかこのまま放っておくわけにはいかないでしょう」

「マンディには友達がたくさんいる。誰かのところにいるよ」

「お友達の名前を書いたリストをいただけるでしょうか?」キャロルの上司イレーヌが口を挟んだ。いつものように冷静で抑制が効いた口調だ。この人は汗をかいていないんだろうかと、キャロルは不思議に思った。少なくとも、傍からは暑そうには見えない。

「あの子の友達を全員知ってるわけじゃないよ」パッツィが言った。

「でも何人かはご存じでしょう?」

「リンに訊けば。あの子のほうが役に立つよ」

キャロルがアラード家を担当するようになって数年たつ。マンディに友達などほとんどいないことは、よく知っていた。マンディが友達と呼ぶかもしれないわずかな者たちも、実際のところはただの同級生で、マンディの毒舌と意地悪さが怖いために、マンディの機嫌をうまく取ろうとするだけだということも。マンディは決して人気者とは言い難い。キャロルはときどきマンディ本人とそのことについて話したものだった。「もう少しほかの人たちに優しくしてみたほうがいい。そうすればみんなもあなたに優しくなるから。本当よ。信じて」

「私には誰も優しくない」

「まだ一度も試したことがないでしょう」

「なにを?」

「みんなにあなたの優しい面を見せること」

マンディは蔑《さげす》むような目でキャロルを見つめ、「ふん、バッカみたい」と言ったのだった。

「娘さんはどこにいると考えていらっしゃいますか?」イレーヌが尋ねる。「この一週間、お考えになったはずでは?」

パツィは肩をすくめた。「どこかにいるでしょ」

イレーヌはマーロンのほうを向いた。「ミスター・アラード、ご協力いただけますか? マンディの居所についてなにかお考えは?」

マーロンは助けを求めるように妻のほうを見たが、パツィは目をそらした。

「わかりません」と、マーロンはつぶやいた。

「関心もないんですか?」イレーヌの口調がはっきりと厳しくなった。彼女が場合によっては非常にきっぱりと威圧的な態度を取れることを、キャロルは知っている。それに、彼女がアラード夫妻にいいようにあしらわれるつもりがないことも。イレーヌは、この息がつまるような暑苦しいキッチンで、あらゆる問いに対して「わかりません」という答えを聞いて満足する気はない。

「はっきり申し上げますが、我々としてはこのまま放っておくわけにはいきません」イレーヌは言った。「これから警察に連絡します。マンディの行方を探してもらわなくては。マンディは行方不明で、おまけに重傷を負っていることもわかっています。外は寒いし、マンディはおそらくお金を持っていないか、持っていたとしてもわずかでしょう。危険です」

「マンディは大丈夫」パツィが言った。「マンディは自分でなんとかできる子だから」

イレーヌが立ち上がった。「娘さんがどこにいるのかわからないというご意見に、変わりは

ないんですね？」

パツィはイレーヌの氷のような視線をしっかりと受け止めた。そう簡単に動揺するような女

性ではない。「あの子にはなんにも悪いことは起きてないっていう意見に変わりはない。マン

ディみたいな子になにかあるわけない」

キャロルもまた立ち上がった。「そこまで言い切れないわ」と、パツィに言う。「スカボロー

の町とその周辺で、ちょうど恐ろしい事件が起きてるでしょう。パツィ、私があなたの立場な

ら、すごく心配するところだけど」

パツィが嘲《あざけ》るような目でキャロルを見つめた。「〈ムーアの殺人鬼〉のこと？」

「確かに名前はスキャンダル狙いで、大げさだと思うのも無理ないわ。でもサスキア・モリス

の遺体が発見されたっていうのは誇張じゃない。それに、十四歳のアメリー・ゴールズビーっ

ていう子が行方不明なのも」

「それはまったく事情が違うでしょ」パツィが言った。「うちの娘は自分から出ていったの。

私と喧嘩したから。ちなみに、始めたのはあの子のほうだから。いまもまだ怒ってて、私にぎ

ゃふんと言わせてやりたいと思ってるんだよ。だから戻ってこないの。それを〈ムーアの殺人

鬼〉の事件と並べるなんて！」

「でもマンディが誰の保護もなしに外をうろついてるっていう事実には変わりないでしょう。

それに、このあたりでかなり危険な人間が犯罪を重ねてることにも。とにかくマンディを見つ

けて、家に連れ戻さなくちゃ」

そのとき、突然マーロンが割り込んできた。それまでぼんやり宙を見つめるばかりだった彼が、イレーヌに視線を向けたのだ。「娘を見つけてください。お願いします。俺は心配です。あの子の腕の怪我、見たところひどかったんで……」ここでパツィに目を向ける勇気はないようだ。パツィのほうは憎しみと軽蔑の混じった視線を夫に向けた。

「お宅のかかりつけ医の名前を教えてください」イレーヌが言った。「マンディはかかりつけ医のところに行ったかもしれませんし」だがイレーヌ自身、それは疑わしいと思っているようだった。その種の怪我を診たなら、家庭医から青少年局に連絡があったはずだ。

「わかった、教える」パツィが怒りの形相で言った。

「じゃあ、これから警察に行ってきます」キャロルは言った。

とにかくこのキッチンを出たい。この人たちから離れたい。

ときどきキャロルは自分の職業を呪いたくなる。

特に罪の意識があるわけではない。それでも、サスキアが苦しい死に方をしたことはわかっている。

私と仲良くなるチャンスは、いくらでも与えてやった。でもサスキアは私を拒み続けた。何週間、何か月と時がたつにつれて、拒絶はどんどん激しくなった。最初はホームシックになるのも当然だと思った。両親に会いたがるのも、泣くのも、私が与えるものを受け取ろうとしないのも。でも、いつかは収まるはずだった。もう家に帰ることはないのだと、サスキアは知っていた。私がはっきりとそう言ったからだ。最初からサスキアは、私が訪ねていくたびに、何度も何度も尋ねた。いつ家に帰れるの、いつ家に帰れるの、いつ家に帰れるの……？　おまえは感謝の心のないクソガキだと言わずにいるだけの自制心を保つのが、どんどん難しくなっていった。でもサスキアに愛されたかったから、ある程度は優しい態度を保って、曖昧《あいまい》にごまかし続けた。

「どうかな」だとか、「いい子にしているなら、今度お母さんを訪ねてみよう」とか。

だが、八週間から十週間くらいたった頃、ついに堪忍袋《かんにんぶくろ》の緒が切れて、こう答えた。「いまはここが家。私のところが。昔の家族には二度と会えない。だからここに慣れなさい」
それからは、もうどうしようもなかった。いずれにしても最初から泣きどおしだったサスキアが、あのあとには本当に一瞬も泣き止まなくなった。私が近づいただけで泣きじゃくって、解放してほしいと懇願した。

お願い、お願い、お願い、お願い……この一言だけを繰り返す日も多かった。私がそのうち耐えられなくなって、ドアを閉めて出ていくまで何時間も。そのうち、これはもうどうにもならないと私も悟り始めた――今回もまたどうにもならない。サスキアは私を受け入れない。私たちの関係を受け入れない。

サスキアを訪ねることはどんどん稀になった。無理もないではないか。あの娘に会って、いまさらいったいどうしろと？　拒絶され続けることに耐えられる人間などいない。サスキアと一緒にいても、もう楽しくなかった――いや、実際のところ、楽しかったことなど一度もないが、最初の頃にはまだ希望があった。そういうわけで、サスキアを訪ねることはなくなった。長く放置したあと、ごくたまに様子を見に行くと、変化が見られた。けれど、いい変化ではなかった。サスキアはもう以前ほど泣くことも、懇願することもなくなった。そして、ほとんどなにも話さなくなった。目はうつろだった。痩せ細った。ときどき何日もなにも食べていないこともあった。もちろんそれは、食べ物がなにもなかったせいもある。そんなとき、私のなかには……恥の感情が湧き上がった。人を閉じ込めておいて、空腹と喉の渇きを放っておくとは……あのときが初めてではなかったにせよ、心の声が、それはよくないことだと囁きかけた。

けれど、いったいどうしてサスキアは協力してくれないのだろう? サスキアに愛を拒まれて、私は傷ついた。彼女のところへ行って、あの空っぽの目を覗き込むのかと思うと耐えられなくなった。だから先延ばしにし続けたのだ。

明日行こう、と自分に言い聞かせた。そしてその次の日、また次の日……。そして翌日になると、まあいい、明日でもまだ大丈夫、と思った。サスキアがどんどん痩せ細り、どんどん静かになり、ぼろぼろになっていくのを見るに忍びなかった。

いつしか、まったく訪ねていかなくなった。

サスキアは便器の水を飲んでいたと、いまではわかっている。それにトイレのタンクの水も。さらに、指で壁から壁紙をこそぎ落として食べていた。そのことはあまり深く考えたくない。玄関のドア枠はひっかき傷だらけで、血の跡があった。血が出るまで爪を木材に食い込ませたのだ。

サスキアは絶望していた。

けれど、それは私も同じだ。

同じだ!

すべてがこんなふうに終わることを、望んでなどいなかった。あまりに多くの危険を冒している。自分の命と自由を危険にさらしている。心の平安を。すべてを。

私はすべてを危険にさらしている。それなのに、毎回……。

けれど、まだ希望は心のなかで生きている。

地下室へは行っていない。ときどき、下りていって様子を見てみたいと思うことがある。けれど、行かない。

もしかしたら、もうすべてが終わっているかもしれない。

十月二十一日土曜日

　ふたりはカムデンにある地下の酒場にいる。ケイトにとってはストレスの溜まる辛い状況だった。カムデンはあまり好きな界隈ではない。とりわけカムデン・マーケット周辺の通りはあまりに賑やかで、せわしなくて、うるさくて、陽気だからだ。ほかの人たちが陽気に楽しむのをどうこう言うつもりはないが、ケイト自身は皆と同じようにはできず、ほかの人たちが人生を楽しんでいるところをあまりに間近で見てしまうと、自分はのけ者にされている、仲間ではないという気持ちが強まってしまう。だが、相手のコリン・ブレアがカムデン・ハイストリートにあるこの店を提案したとき、ケイトにはなんの代案もなかった。なんと言えばよかったというのだろう？「ううん、ごめん、あのへんは居心地が悪いのよね、だって私って地味でつまらない女で、楽しむってことができないから。だから殺風景な寂しいところのほうが好きなの。そういう場所なら、ほかの人たちとの違いをあまり感じずに済むから」

　もしそう言ったならば、コリンは間違いなく約束をキャンセルしただろう。または単にもう連絡をよこさず、ケイトを連絡先から削除しただろう。

　そういうわけで、ケイトはベクスリーからここカムデンまではるばる出てきたのだった。それでも今晩は雨が降っていて、通りには通常の賑わいはまったく見られない。その代わりに店内は、グラスを傾け、笑いさざめく人たちでいっぱいだった。二十段ほどの階段を下りると丸天井の地下室で、ケイトはいまバーカウンターのすぐ横の赤いサテンを張った椅子に座って、周囲の騒音のなかで、目の前に座る男の声を聞き分けようとしていた。ケイトの右耳のすぐ横ではバーテンダーが大きな音をたててカクテルを作り、グラスに氷を入れている。その上にはテレビがあって、音楽番組が流れている。

私、どうしてこんなことやってるんだろう？　とケイトは自問した。

目の前に座る男、コリン・ブレアは、この騒音のなかでなんとも居心地よさそうだった。だがケイトは、この人はきっと自分に自信があるから、どこにいても居心地がいいのだろうと考えた。より正確に言えば、コリンは自分自身を素晴らしい人間だと思っているようだった。自分と自分の人生とに大いに満足している。本人が語るところによれば、あと足りないのは完璧なパートナーだけなのだという。

ケイトがコリンと知り合ったのは〈パーシップ〉というマッチングサイト上だった。半年前にサイトに登録して、長ったらしい質問表に記入し、性格分析なるものを受け取った。そこには特に目新しくもないことがいろいろ書いてあった。人に近づくことに恐怖を感じる、内向的で、自尊心が乏しい。ケイトを分析したコンピューターは「自尊心が乏しい」という言葉ではなく、もう少し柔らかく遠回しな表現を使っていた。だが言っていることは同じだった。その後ケイトは、多少はましだと思える自分の写真をオンラインに上げた。少しばかりピントが甘く、顔が陰になっている写真だ。実を言えば、それがケイトだと見分けられる人はまずいないだろう。こんな写真を見て連絡してくる人なんかいるんだろうかと、ケイトは疑問に思っていた。これほど曖昧な写りの写真を選ぶという事実がすでに、その女性について多くを語っているではないか。自分を魅力的だとは思っていないこと。おそらく実際に魅力的ではないこと。

半年前から、〈パーシップ〉のシステムは、パートナーを探すたくさんの人たちとケイトとを結びつける共通点――いわゆる「マッチング・ポイント」――に従って、次々に男性を紹介してくれる。ケイトはこれまで何度かサイトで出会った男性たちとのデートを経験したが、毎回緊張で具合が悪くなるほどだった。お互いが事前に相手の求めるものを正確に知っているこの種のデートは、ケイトにとって悪夢でしかなかった。とはいえ、もしかしたらこれが成功への唯一の道かもしれない。慎重を期して、サイトに自分の職業は記していない。警察官と書けば、連絡してくれる可能性のある男性を遠ざけてしまうのではないかと心配だからだ。代わりに職業欄には「会社員」と記した。写真と同様、特になんの印象も残さない記述だ。もしケイトが男だったら、自分のような女には決して連絡しようとは思わないだろう。こんなふうになかなか自分の殻から出てこようとしない人間とは、うまく行くはずがない。

ところが、それでも応募者はいた。けれど、心のときめきは生まれなかった。男性たちのほうにも、ケイトのほうにも。何通もメールを交換してから実際に会うことになるわけだが、男たちは皆、現われたケイトを見て、これが今晩を一緒に過ごすことになる女性だとわかると、失望を隠し切れない様子になった。食前酒を飲んだところで帰ってしまった男たちもいた。

「本当に悪いんだけど、明日、仕事で大事なプレゼンをしなきゃならないのを思い出した。まだ準備ができてないんだ。でも会えてよかったよ！」

トイレに行ったまま戻ってこなかった男もいた。おそらくは裏口を使って逃げたのだろう。会計までケイトに押し付けて。また、そもそも待ち合わせに現われなかった男もいた。ケイトはケンジントンのイタリアン・レストランで一時間待ち、そのあいだウェイターの問いをかわし続けた。そろそろ注文なさいますか？　いえ、連れが来るのを待ってますので。「連れ」はやって来ず、ケイトは従業員一同の憐れみの目にさらされることになった。結局、それ以上恥をかくのを避けるためだけにスパゲッティを注文して、食欲もないのに無理やり胃袋に詰め込んだ。恐ろしい体験だった。マッチングサイトで自分に合った誰かを見つけるという試みは、ケイトをいっそう惨めにするばかりだった。なにしろ恋愛市場における自分の価値がどれほど低いかを、あからさまに見せつけられるのだから。挙句ケイトは、自分の欠点を普段より強烈に意識することになった。もうやめる。もう二度とこんなことはしない。

そう思いながら、それでもケイトは続けた。憧れがあまりに強かったからだ。それに、運命に期待するのを諦めたからでもある。父がケイトを慰めようとしていつも話していた「運命」――「いつか出会うよ。ケイトと出会うために生まれてきた男性に。会えばすぐにわかるんだ。そうしたら運命の人と一緒になれる」

ケイトは何年もその言葉にしがみつき続けた。けれどいつしかこう考えるようになった――あの言葉は嘘だったんだ。この広い世界で誰かと私がお互いに出会うことを運命づけられているって考えるのは素敵だけど、実際の人生は違う。相性のいい人間同士が出会うかどうかは、単なる偶然によるものなんだ。おまけに、出会ったところで関係がどれだけ続くかはわからない。

ケイトは偶然を少しばかりあと押しすることに決めた。だから〈パーシップ〉に登録した。だがおそらく、悪い思いつきだったのだろう。

「で、君のほうはなにをやってるの?」目の前のコリンが尋ねた。彼は三十分ほど前から息を継ぐ間もなく自分のことばかり話していた。ソフトウェアの開発をしているということで、ケイトが一度も耳にしたことのない専門用語を連発しながら、自分の働く会社が自分なしには存続し得ないという印象を与えようとしていた。

僕は重要だ——それが、コリンの長い演説の要旨だった。

ケイトはコリンの問いに答えようと息を吸い込んだ——警察で働いていることを打ち明けようと。ところがケイトが言葉を発する間もなく、コリンはウェイターに向かって手を振り、「ビールもう一杯!」と言った。さらにケイトのグラスも空であることに気づき、「君も飲む?」と訊いた。

「ええ。私もビールをお願い」

「あとで割り勘にするってことでいいよね?」コリンが宣言した。「ここのビール、すごくうまいだろ。この店、大好きなんだ。人と会うときはいつもここにしてる」

ケイトの職業を訊いたことはもう忘れているようだ。そのほうがいいかもしれない。どうしてロンドン警視庁で働いているとはっきり言うことができないのか、ケイトは自分でもわからなかった。普段よくある反応を怖れているからかもしれない。この仕事に就いて以来、ほぼ全員が同じ反応を示す。「君が？　へえ、驚いた。いや、真面目な話、警察官には全然違うイメージを持ってたよ！」

そう聞かされるたびに胃を蹴られたような気分になる。

「これまで何人くらいと会った？」ケイトは訊いてみた。

コリンは質問をかわすかのように、腕をひらひら振った。「数えてないよ。たくさん会った。いつまでもだらだらとメッセージを交換する主義じゃないんで。うまく行くかどうかは、実際に会ってみないとわからないだろ」

確かにそのとおりだ、とケイトは思った。だがそれでも、苛立ちがつのった。ケイトの場合、男性たちとメールを交換しているあいだはすべて順調なのだ。ところが実際に会ってみるとだめになる。きっとこのコリンも、ケイトにもう一度会おうとは思わないだろう。だが少なくとも彼はまだ逃げ出そうとはしていない。

「すごくたくさんメッセージが来るんだ」コリンは自慢げに付け加えた。

見た目は悪くない、とケイトは思った。それに正直でもあるようだ。自分でアップロードした写真どおりの外見だし、体重（八十二キロ）と年齢（四十五歳）も正直に申告したように見える。自分に自信があるため、ごまかそうなどと思わないのだろう。彼のような人間は嘘をつく必要などない。

「君がネットに上げた写真さ、どうしてあんなにピントが甘いの?」コリンが訊いた。「あれじゃあどういう人なのか、全然わからなかったよ。わかったのは……」

ケイトは身構えた。きっと傷つくような辛辣なことを言われるに違いない。

「……スタイルがいいってことだけだった」だがコリンはそう続けた。「僕、細い女性が好きなんだ。君はすごくスリムだよね。もっとスタイルを強調する服を着たらいいのに」

ケイトは頬が熱くなるのを感じた。最後に男性から褒めてもらったのはいつだっただろうと、一瞬考えた。いや、実を言えば褒められたことなどない。父は褒めてくれたが、それはまた別だ。父はいつも深い父性愛をたたえた目でケイトを見ていた。どれほどひどい状態のときでもきれいだと言ってくれた。

突然のように、自分の自慢ばかりするコリンのことを、それほど嫌な男だとは思わなくなった。確かに大きな声で自分のことばかり話すが、きっといい面だってあるに違いない。

「本当?」ケイトは訊いてみた。

「もちろん。歳はたしか……?」

「四十二歳」これはいずれにせよプロフィールに書いた情報だ。

「ああ、そうだ、四十二歳だったよね。その歳だと、ぶくぶく太っていく女の人が多いだろ」

「男性だってそうよ」

「太らないようになにかするべきなんだよ。僕は週に最低四日はフィットネススタジオに行くよ。君はスポーツをしてる?」

「ジョギングならかなり」

「いいね。僕さ、食べるのが好きなんだ。でもおいしいものを食べたいなら、やっぱり……」

こうしてコリンは自分がたしなむスポーツについて延々と語りだした。当然フィットネススタジオでもその筋力と体力と運動能力で目立つ存在であるとアピールすることを忘れない。一瞬だけ燃え上がったケイトの熱情は、すぐにまた消え去った。この男は確かにとことん嫌な奴ではないし、この場を早く切り上げたいとも思っていないようだ。けれど、それだけで彼をパートナー候補に入れてしまえるという事実は、ケイトのパートナー探しが望み薄であることのしるしでもあった。考えてみれば惨めな話だ。

もうこういうことはきっぱりやめて、覚悟を決めて独身生活と折り合いをつけるべきなのかもしれない。独り身にもいい面はある。これからの四十年間、毎朝このコリン・ブレアのような男の自慢話を聞かされるよりは、これからもひとりで朝食を取ったほうがましだ。

「食事と言えばさ」コリンが急に言った。「僕、腹減ってるんだよね」手を大げさに振り回してメニューを要求する。「ここのステーキ、うまいんだ!」

このうえ食事まで一緒にするのか。

「私はサラダだけでいいわ」ケイトは言った。

「スタイルを気にしてますってか?　まあ、確かに君は正しい」メニューにちらりと目を走らせると、コリンはウェイターを手招きして、自分のステーキとケイトのサラダを注文した。

「でも割り勘だよね?」と、再度念を押す。

ケイトはこの男にだんだん耐えられなくなってきた。「そんなに心配なら、私が全部払ってもいいけど」そっけなくそう言ってみた。

この種の申し出に飛びつかないとしたら、コリンはコリンではない。ケイトの声に込められた皮肉は頑として無視して、コリンはこう答えた。「え、ほんとに？　ありがとう。まあ男女平等の時代だから、普通のことだよね。女性も甘えてばかりじゃだめだよね」

「ええ、もちろん。私たち女も選挙権を頂いてるんだから、少しは努力も見せなきゃね」

ケイトがまるで面白い冗談でも言ったかのように、コリンは笑い声をあげた。「君の考え方は正しいよ。なんか君のこと気に入ったな、ケイト。君とは会話がはずむし」

コリンと会話をした憶えはなかった。これまでのところ、基本的にコリンがひとりで話すばかりで、ケイトは聞き役だった。だがコリンのような男は、それを活発な会話だと考えるのだろう。

料理が運ばれてきた。巨大なレタスの葉をフォークで付き刺そうと無駄な努力をしていたとき、その名前が耳に飛び込んできた。テレビからだ。

ケイレブ・ヘイル警部。

ケイトは顔を上げた。音楽番組は終わって、ニュースが始まっていた。テレビ画面にはケイトのよく知る風景が映っていた。スカボローの町だ。

ちょうどコリンがまたなにか話し始めたが、ケイトは鋭く遮った。「ちょっと静かにして！」

驚きのあまりコリンは本当に口を閉じた。ケイトは立ち上がると、カウンターに近づき、テレビのほぼ真下に立った。店内はうるさかったが、それでもスタジオからのアナウンサーの声を聞くことができた。

「……がこれほど早く喜ばしい結末で終わるとは予測していませんでした。ヘイル警部によれば、現在のところ事件の詳細に関してはまだ情報がないとのことです。アメリー・ゴールズビーは昨夜から入院しており、いまだに事情聴取に耐えられる状態ではありません」

微笑むアメリーの写真が映し出された。アメリーの捜索に使われたのと同じ写真だ。

「信じられない」ケイトはつぶやいた。「戻ってきたのね！」

バーテンダーがうなずいた。「信じられない話だよな。誰かが海から引っ張り上げたんだってさ」

どうやらバーテンダーはニュースの最初の部分を聞いていたようだ。

「海から引っ張り上げた？」ケイトは信じ難い思いで訊いた。

「……ですが、先週遺体で発見されたサスキア・モリスの事件とのつながりを完全に否定することはできません」と、アナウンサーが話している。再びスカボローの特徴であるふたつの大きな入り江の空撮映像が出た。「メディアによって〈ムーアの殺人鬼〉と名付けられた連続誘拐犯は本当に存在するのか、存在するとして、それがアメリー・ゴールズビーの失踪となんらかの関わりを持つのか、今後の捜査が待たれます」

「どうやら防波堤から海に落ちたらしいよ」と、バーテンダーが言った。「満潮で」

ケイトはうなずいた。満潮時には広々した美しい砂浜の一部は海に変わり、ときには危険な高波が岸に打ち寄せる。だから場所によっては高い石壁が海岸を守っている。

「ちょうど嵐だったんだってさ」と、バーテンダーが続けた。「波が高かった。で、溺れそうになってたところを、どこかの男が助け出したらしい」

「でも、どうして海に落ちたりしたの?」ケイトは訊いた。そう簡単に海に落ちるものではない。雨で足元の石が滑りやすくなった防壁の縁ぎりぎりを歩くなら別だが、それは文字どおり運命に戦いを挑む行為だ。スカボローで育ったアメリーがそんなことをするとは思えない。とはいえ、アメリーになにがあったのかはまだわからない。混乱して自分がなにをしているのかわかっていなかったのかもしれない。

「どうしてなのかはわからんな」バーテンダーは肩をすくめた。

テレビ画面にケイレブ・ヘイルが映った。警察署前の階段で記者たちに取り囲まれ、顔の前に突き出されたマイクに向かって話している。ただ、なにを言っているのかは聞こえない――おそらく、いまはまだなにも話すことはできない、と言っているのだろう。テレビからケイレブの声ではなく、スタジオにいるアナウンサーの声が響いた。

「多くは今後のアメリー・ゴールズビーへの事情聴取にかかっています」

賢明なコメントだ、とケイトは思った。ケイレブの姿を見ると胸が痛んだ。よりによっていま、あの鬱陶しいコリン・ブレアと一緒にいるときに……。

「そのうちテーブルに戻ってくる気はあるの?」ないがしろにされて腹を立てているコリンの声が響いた。いつの間にかケイトの横にいて、テレビを見上げている。「この事件のなににそんなに興味があるの?」

私に自分のことを話す機会をくれていたら、いま頃私がスカボロー出身だって知ってたかもね、とケイトは思った。それにゴールズビー家のことも、私との関係も、話せたかもしれないのに。

突然ケイトは、同時にふたつの状態になった。一方で、コリンと彼の独白と思い込みの強さにうんざりしていた。そして他方で、まるで雷に打たれたかのように意識が冴えた。アメリーが戻ってきた。姿を消してからほぼ正確に一週間後に。

「よかった！」ケイトは心からそう言った。

「へ？」コリンが言った。

ケイトはウェイターを手招きした。「お会計をお願いします」

「ちょっと待った」コリンが叫んだ。「まだ食べ始めたところじゃないか！」

「私、お腹すいてないの。でももちろん約束どおりここはおごるから」ポンド紙幣を何枚かテーブルに置く。

コリンは憤激のあまり口をぱくぱくさせていた。「冗談だろ！　あのな、ケイト、いくらなんでも失礼じゃ……」

「食事も飲み物もただになったんだから、今夜は成功ってことでいいじゃない」ケイトは言った。そしてコートを着て、バッグを肩にかけた。家に帰ろう。ケイレブに電話をしてもいいかもしれない。それにデボラ・ゴールズビーにも。ニュースを見て、インターネットで検索する。さらなる情報が得られるだろうか。いずれにせよ、一晩じゅうコリンの自分語りを聞いて過ごす気はなかった。

「信じられないよ」コリンはそう言って頭を抱えた。「信じられない」

ケイトはコリンをその場に残して、ぎっしり並んだテーブルのあいだを抜け、地上へと続く階段を上がった。外に出ると、深く息を吸って、吐いた。雨。寒さ。全身に汗をかいていることに気づいた。地下のよどんだ空気のせいだ。だが興奮しているせいでもあった。

もしかしたら、アメリーは本当にどこかに隠れていただけなのかもしれない。けれど、もっとずっとひどい目に遭っていたのかもしれない。もしそうなら、戻ってこられたのは奇跡だ。

本当にわけのわからない事件だ、とケイトは思った。

十月二十二日日曜日

1

アレックス・バーンズというのが、アメリー・ゴールズビーの命の恩人、地元メディアがいまやヒーローともてはやす男の名前だった。クリーヴランド・ウェイで、高い防波堤にぶつかる荒れた海からアメリーを救い出した男だ。ちなみに防波堤の上には金属製の柵も取り付けてあった。

デボラはずっと、いったい娘はどうしてあんな場所から海に落ちたりしたのだろうと考え続けていた。

実際、まずあり得ない。だからこそ、娘は落ちたのではないのではという疑念が頭をもたげるのだった。

誰かに突き落とされた。または、自分から飛び込んだ。

デボラにとって最も耐え難い想像は、後者だった。

問題の晩、時刻はもうずいぶん遅かった。暴風雨の寒い晩だったから、当然外にはほとんど人影がなかった。海沿いのクリーヴランド・ウェイとなればなおさらだ。街灯に照らされてはいるものの、あれほどの悪天候の夜にはとても行きたいと思える場所ではない。雨と波しぶきでずぶ濡れになるだけだ。道の一方には黒々した危険な海。もう一方には町へと続く崖。崖の上の町まで昇れるロープウェイがあるが、あの時間にはすでに運行していなかった。常識的に考えれば、アメリーを目撃したり、轟く波音の向こうから助けを求める彼女の叫び声を聞き分けたりする人間などいなかったはずだ。ところが、そこにはふたりの人間がいた。アメリーは想像もつかないほどの幸運に恵まれたのだ。

なかでもアレックス・バーンズは決定的な役割を果たした最重要人物だった。

「叫び声が聞こえたんです」と、毛布を肩にかけられ、ずぶ濡れで震えながら救急車のなかに座り、砂糖をたっぷり入れた温かいお茶を飲みながら、バーンズは警察にそう語った。「助けてっていう声でした。ほとんど聞こえないくらいだったんだけど、波の音が大きかったから。でも一度か二度、なんか人が叫んでるような気がして……最初は目の前のどこかだと思ったけど、誰もいなかった。後ろにも。それで防波堤のほうへ行ってみたんです。そしたら、手が見えたんです。あの子、壁からぶら下がってたんです。壁にしがみついてたんですよ。でも、いまにも滑り落ちる寸前でした」

それは少女だった。行方が捜索されているアメリー・ゴールズビーだということは知らなかった。アレックス・バーンズは彼女の濡れた冷たい手をつかんだ。その手で少女は、ほとんど超人的な努力で、ぬるぬるした石にしがみついていたのだ。波は繰り返し少女の体の上で砕け、彼女をさらっていこうとした。アレックスは防波堤の上に腹ばいになって、金属柵の下に腕を潜《くぐ》らせた。柵のせいで少女の体を引っ張り上げることはできなかった。とはいえ、体は重すぎて、たとえ柵がなくてもおそらくは不可能だっただろう。アメリーは小柄な痩せた少女ではあったものの、服が海水を吸い込んでいたため、アレックスにとって体重は三倍にも感じられた。自分の力でいつまで彼女をつかんでいられるだろうと、アレックスは考えた。一度、片手を引っ込めて――アメリーは驚愕の悲鳴をあげた――、ジーンズのポケットから携帯電話を取り出そうとしたが、手がかじかんでいたせいでしっかりつかめず、携帯は堤を越えて海に落ちてしまった。

「あと少しだけ頑張るんだ！」アレックスは轟音をたてる波に負けないように怒鳴った。「きっともうすぐ誰か来るから！」

確信はまったくなかった。けれど少女が泣いている声が聞こえたため、落ち着かせようと思ったのだ。実を言えば頭のなかにはパニックの兆しが芽生え始めていた、と後にアレックスは語った。こんなひどい天気の夜に通りかかる人などいるだろうか？　あとどれくらい持ちこたえられるだろう？　土砂降りの雨と、何度かの高波を頭からかぶったせいでずぶ濡れだった。凍えるほど寒かった。氷のように冷たくかじかんだ手は痛み、腕の筋肉は伸びすぎてちぎれそうなバネのように感じられた。

心の声がアレックスに、どう考えても一晩じゅうは持ちこたえられないぞ、と告げていた。だが自分が諦めれば、少女は助からない。

奇跡は約三十分後に起こった。別の男がやって来たのだ。嵐が来たため、ヨットがきちんと係留されているかを確認しに港に行って、家に帰る途中だった。家を出る前に酒を飲んでいたので、車に乗ってはいかなかった。男は奇妙な光景を目にしてやって来ると、アレックスを解放して、代わりに自分が少女をつかんだ。おかげでアレックスはすっかりかじかんで半ば凍えた手を温めることができた。その後、再びアレックスが少女のもとに戻り、見知らぬ男は携帯で警察と救急車を呼んだ。しかも、助けがやって来るまでに、ふたりの男はなんと、寒さでほぼ意識を失ったアメリーをついに海から引き上げるばかりでなく、金属柵を越えて持ち上げることにまで成功していた。

そしていま、アレックス・バーンズはゴールズビー家のリビングルームにいる。デボラは彼の足に口づけしたいほどだった。ジェイソンもまた感激と感謝の念で胸がいっぱいだった。たったひとりの我が子の命を救ってくれた男。

「いやいや」と、アレックスは謙遜《けんそん》した。「あとから来たもうひとりが僕たちふたりを救ってくれたんですよ」

「でもそれまで長いあいだ持ちこたえてくれたのはあなたでしょう」デボラは目に涙を溜めて言った。「超人的なことをしてくださって。本当に感謝しています！」

「このご恩は決して忘れませんよ」ジェイソンも言った。「一生忘れません」

アレックス・バーンズは三十一歳、失業中だった。デボラには、あまりうまく行かない人生を送る覇気のない青年に見えた。さまざまな勉強や職業訓練を始めてはみるものの、どれも最後までやり通したことがない。スカボロー市内の小さなフラットに住んでいる。そのフラットがあるのが、汚くみすぼらしい家々の立ち並ぶ地域であることを、デボラは知っていた。アレックス・バーンズは、どこからどう見てもほとんど金を持っていないようだった。服と靴、それにもうずいぶん前から理容師の手に触れられたことがなさそうな長く伸びた髪を見ればわかる。警察は、アレックスがあんな時間に、あの天候のなか、あの場所でなにをしていたのかと尋ねた。もちろんデボラは事情聴取の場に居合わせたわけではない。けれどヘイル警部が、その点を明らかにする必要がある、と知らせてくれた。その声の調子から、警察がアレックス・バーンズのことをその英雄的行為にふさわしい礼儀正しさをもって扱ってはいるものの、一方でこの一連の出来事に彼が果たした役割についてより詳しいことを知りたがっているのがわかった。すべてアレックス・バーンズの供述どおりなのかもしれない。だが、まったく違っていたのかもしれない。

「警察はなにを疑ってるのかしら?」デボラは怒りに駆られてジェイソンに言った。だがジェイソンは警察に理解を示した。

「全部確かめなきゃならないだろう。そうじゃなきゃ職務怠慢だよ。アメリーが話をしない限り、警察には彼の供述しかないんだからね。実際、アメリーがあの場所から海に落ちるなんて、あり得ないんだ。柵があるんだから。不可能だよ」

アメリーが話をしない限り……問題はまさにそこだった。アメリーはいまのところ、一言も口をきかないのだ。重度の低体温症とショックとで入院しているアメリーは口を閉ざしたままだ。誰かに話しかけられると顔をそむける。海のなかにいたときには、助けを求めて叫んでいたという。だがいまは沈黙している。母親に話しかけられても、なんの反応も示さない。デボラは何時間も娘のベッドの脇で過ごしたが、娘からはちらりとも視線を向けてもらえなかった。デボラがいま家に帰ってきたのは、シャワーを浴びて着替えるためと、なによりアレックス・バーンズに会って感謝を伝えるためだった。

医師によれば、アメリーの体調は総じて良好とのことだった。だから屋外で生活していたとは思えない。飢餓状態でもなかった。とはいえ、デボラにとってショックな情報がひとつあった。アメリーには性交体験があるというのだ。しかしそれがいつのことなのか、正確にはわからない。

「まさか、そんなはずありません」デボラは言った。「アメリーにはそんな経験はありません。ボーイフレンドもいないんですよ。いれば私が知っています」

医師とその場に同席した警察官の顔から、彼らがなにを考えているかは明らかだった。親がそれを知るのは、たいてい最後なんだよな……。

「いや、やっぱり誰かいたのかもしれないよ」再び夫婦ふたりきりになったとき、ジェイソンがデボラをなだめるようにそう言った。ジェイソンはそうであってほしいと思っているのだった。ほかの可能性を考えると耐え難い。「きっとアメリーが姿を隠したのも、それが理由なんだ。〈ムーアの殺人鬼〉だのなんだのじゃない。スコットランドに行かなくて済むように、彼氏のところに逃げ込んだんだよ」

「で、最後に海に飛び込んだっていうの？」

「失恋したとかじゃないか？　彼氏とうまく行かなかったんだ。あの子の歳だと、恋愛の終わりは世界の滅亡と同じだからね」

　そうであったら一番いいんだけど、とデボラも思った。けれどどういうわけか、それが真相だとは思えなかった。

　いずれにせよ、デボラの目にはアレックス・バーンズは犯人には見えなかった——そもそも犯罪があったのかどうかさえわからない。アレックスには少しばかり得体の知れないところがあるような気はしたが、決して犯罪を犯すような人間ではなさそうだ。警察でアレックスはしばらく言葉を濁したあと、シフト制でウェイターとして働いているピッツェリアから帰るところだったと打ち明けていた。問題はそれが不法就労であり、彼が給与と同時に失業手当も受け取っていることだった。ピッツェリアのほうもアレックスを不法に雇用していたせいで当初はごまかそうとしたものの、最終的にはアレックスの供述を認めた。

　では、あの悪天候にもかかわらず海沿いの道を通って帰ったのはなぜなのか？　それはアレックスがあの道を好きだという理由からだった。いつもあそこを通るのだという。

　その言葉を信じるか、信じないか。いずれにせよ、あの道は遠回りだった。晴れた日や、寒くても星のきれいな晩ならわかる。だが、夜遅く、あの悪天候のなか……。

　とはいえ、あとから通りかかった二人目の男の供述は、アレックスの主張を裏付けた。アレックスは防波堤の縁に腹ばいになって、アメリーの手をつかんでいた。いまにも力尽きる寸前だった。その点は救急隊員も請《う》け合った。

「アレックスがアメリーになにかしたんなら、どうしてわざわざあとから助けたりするの？」

デボラはそう訊いた。アレックスに対して深く感謝しており、その感謝の念が揺らぐようなことは考えたくなかった。

ジェイソンもまた、何度も何度もアレックスの手を握った。

「ありがとうございます。心からお礼を言います。なにをしたところでとてもお返しし切れるものではありませんが、もし私どもになにかできることがあれば……」

アレックスは手を振って遠慮した。「いいえ、本当にお気遣いなく。それに感謝していただく必要もありませんよ。だって……誰だって同じことをしたでしょうし。若い女の子が助けを求めて叫んでるのが聞こえて、その子がどんな目に遭ってるかがわかったら……あれ以外の行動に出る人間なんていませんよ」

「あなたは私たちの悪夢を終わらせてくださいました」デボラは目に涙を溜めて言った。

実際、デボラはそう感じていた。恐ろしい悪夢を見ていたけれど、突然それが消えて、まるで奇跡のように良い結末がもたらされた。いまだに麻酔をかけられたかのようで、すべてが終わったのだと実感できずにいた。ただ、脳の片隅のどこかで、すべては決して終わることなどないという予感があった。なぜなら、この一週間がデボラとジェイソンとアメリーの人生を一変させてしまったからだ。すべてが元どおりになることなど二度とない。それはあまりに大きな出来事で、あまりに深いトラウマを残した。これまでの人生に常にあった安心感が、壊れてしまった。再び安心感を得ようと努力はするだろう。けれど意識の底ではデボラはすでに、その安心感はこれまでとは別の種類のものになるだろうと理解していた。安心感は大きな傷を受け、その傷は残るだろうと。

「これからは、我が家はあなたの家でもあります」ジェイソンが言った。「いつでも歓迎しますよ。助けや支援が必要なときには我々のところにいらしてください。どんなことでも。我々の感謝の念をぜひ証明させてほしいんです」

アレックスは少しばかり戸惑った様子を見せた。「自分の意思でやったことですから。当たり前のことですよ。僕の望みは……」

「なんでしょう?」デボラは訊いた。

「なにがあったかが明らかになることです」と、アレックスは言った。「なにかを終わらせるためには、ちゃんと知ることが大事ですからね」

2

「アレックス・バーンズのことをどう思う?」署の部屋の窓際に立つケイレブ・ヘイルは尋ねた。ロバート・スチュワート巡査部長がちょうど入ってきたところだ。ここ数日の出来事のせいでケイレブは疲れていたが、同時に心の底から安堵してもいた。またひとり死者が出る事態は避けられた。アメリー・ゴールズビーになにがあったにせよ、結局両親のもとへ戻ることができた。とはいえ、アメリーの帰還を自分の手柄にするわけにはいかないこともわかっていた。「あの子を両親に取り戻してやった」などと言うことはできない。アメリーはそもそも誘拐などされなかったのか、それとも誘拐されたが解放されたのか、それとも逃げるのに成功したのか。または、すべてはまったく別の出来事だったのか。それがわかるのは、アメリーが口を開くときだ。だがいまのところ彼女は一言も話さない。体もまだ回復していない。病院に運ばれたときには力尽きていて、重度の低体温症だったのだ。けれどいずれは回復するだろう。少なくとも身体的には。彼女の心になにが起こっているのかは、時間が明らかにしてくれるはずだった。

ケイレブは週末ずっと仕事に忙殺されていた。特にクリーヴランド・ウェイでアメリーを海から救い出した男性ふたりの事情聴取に。すでに地元メディアの電子版が怖れ知らずの英雄として熱狂的にたたえるアレックス・バーンズの聴取が最優先だったことは当然だが、あの嵐の晩、あれほど遅い時刻に、思いがけずあの道をやって来たもうひとりの男も重要だった。ひととおり調査した限りでは、ふたりの人間が偶然にも適切な瞬間に適切な場所にいた理由に矛盾点は見つからなかった。少なくとも彼らがそもそも外出していた理由には。一方、彼らがなぜ海辺の道を選んだかについては、ケイレブにはどちらの言い分もあまり腑に落ちなかった。

ケイレブ同様、静かな日曜日を過ごすことなどとうに諦めて署に出勤してきたロバート・スチュワート巡査部長は、部屋のドアを閉めた。「バーンズのことを？　我らが英雄のですか？　僕が彼をどう思うかって、どういう意味です？」

「彼がピッツェリアからの帰り道に海沿いの道を通ったこと、君には理解できるか？　街なかを突っ切ったほうがずっと近道なのに。それに穏やかな夏の晩じゃないんだぞ」

ロバートは考え込んだ。「バーンズはいつもあの道を通ると言っていましたね。少し歩きたいからだと。あそこを歩くのは彼にとって一種のスポーツなんだそうです。まあ、あり得る話じゃないですか?」

「あの天気でも?」

「僕もどんな天気でもジョギングしますよ。時間が許せばの話ですけど」

「なるほど。あとから来たもうひとりのほう、デイヴィッド・チャップランドは、アレックス・バーンズが腹ばいになってるのを見かけたと言っている。バーンズはアメリーの手をつかんでいたと。アメリーをつかまえていたのか? それともちょうど彼女の手を放そうとしているところだったのか? そこに邪魔が入ったとか?」

「チャップランド自身はどうなんです?」ロバートが訊いた。「彼だってやっぱり変な時間にあの場所を歩いてたんですよ」

「ああ、そのことも気になってる」ケイレブは紙に書きつけたチャップランドの名前に鉛筆で丸をつけた。「デイヴィッド・チャップランド。ヨーロッパじゅうでヨットツアーを主催および仲介する会社を経営している。本人の供述によれば、あの晩、所有する数隻のヨットがきちんと係留されているかどうかを確かめに港に行った。嵐のせいで気になったと。チャップランドがヨットを所有しているのは事実だ。これは確認した。だが港で彼を目撃した人間はいない。とはいえ、あの天候だったんだから、それも無理はない。チャップランドは徒歩で港まで行った。自宅のあるシー・クリフ・ロードから。車ならすぐのところだが、徒歩となると……」

「あとからもう一度外出することになるとは思わず、自宅ですでに酒を飲んでいたんですよね。だから車を置いて出た」

「優等生だな」ケイレブは言った。「ちょっと優等生すぎないか？」

「どういう意味です？」

「いや、泥酔してたわけじゃないからさ。少なくともチャップランドと一緒にいた同僚たちはそう証言している。飲んだのはビール二杯だという本人の供述は、どうも本当らしい……それならほとんどの人間は車を使うだろう。街なかをほんの少し運転するだけだし、おまけに土砂降りだったんだ」

「ビール二杯だって酒は酒ですよ。それに、いつ検問に引っかかってもおかしくない。危険は冒したくなかったんでしょう」

「でも、どうして海沿いを帰らなきゃならない？　崖の上の駐車場を通らずに？」

「どっちを通ってもそれほどの違いはありませんよ。彼は海沿いを歩くほうが気分がいいと言っています。ああいう状態の海を見るのが好きな人間もいますからね――暗くて、波が高くて、荒れている海。チャップランドはヨットに乗るんですよ。それほどおかしいとは思いませんね」

ケイレブは考え込んだ。ロバートの言うとおりかもしれない。他人の無害な習慣を、自分ならそうはしないというだけの理由で怪しい行動だと決めつけているのかもしれない。もちろん、今回の事件そのものがあまりにも謎めいているからでもある。そもそも事件があったのかどうかもわからないのだ。

「アメリーは突き落とされたのか、飛び込んだのか」ケイレブは言った。「あの場所でうっかり海に落ちることはあり得ない。もちろん、柵を乗り越えて防波堤の上を歩いていたのなら別だが、そんなことをする人間はいないだろう」

ロバート・スチュワートはもうずっと前から、すべては失恋に由来するものだという推論を打ち立てていた。「アメリーが一週間のあいだ路上で寝起きしていたわけじゃないことはわかっています。ということは、誰かの家にいたことになる。きっと男ですよ。賭けてもいいな。親がなにも知らないのは当然です。昔から、そんなことを知らされる親なんていますか？　で、アメリーと男は最後には喧嘩になった。またはアメリーが、自分が相手を愛するほどには相手は自分を想っていないと気づいた……とかなんとか、そういう経緯があって……で、アメリーは泣きながら男の家から走り出て、命を断とうと決めた。そして海に飛び込んで……」

「……で、直後に必死で防波堤にしがみついたのか？」

「自殺しようって人間の場合、珍しいことじゃありません」ロバートは言った。「生存本能のスイッチを切るにはよほどの堅い決意が必要ですからね。海は冷たくて、黒々していて、恐ろしかった。溺死は楽な死に方じゃありません。だからやっぱり陸に戻りたくなるのも当然ですよ」

「そうかもな」ケイレブは認めた。ロバートの推測には多くの点でうなずける。そうだとしたらアメリー・ゴールズビーと殺されたサスキア・モリスのあいだにはなんのつながりもないことになり、すべては格段に簡単になる。あたりをうろつく連続誘拐犯はいないことになるのだから。それでも、なぜか……あのアレックス・バーンズという男が気に入らない。人として。あの男にはどこか計算高いところがあるような気がする。

結局、すべてはアメリー・ゴールズビーが口を開いてくれるかどうかにかかっていた。

十月二十三日月曜日

1

じめじめした嫌な朝。どうして今年の十月は急に暗くて雨ばかりの嫌な秋になってしまったんだろう。十一月でもおかしくない。マンディが家を出たときには、十月はまだ晩夏のように感じられた。晴れていて、太陽が輝き、暖かかった。それがどうして突然、変わってしまったのか? それもこんなに極端に。

マンディは最初、キャットの家に泊まっていた。キャットの本名は知らない。単にキャットと呼ばれている。たくさんの猫を飼っているからだ。彼は町の中心部にある崩れかけた建物の地下に住んでいる。なにをして生活費を稼いでいるのかはわからないが、仕事をしているわけではなさそうだ。一度、本人に尋ねてみたら、キャットは笑って、そんなにあれこれ訊くもんじゃないと言った。もしかしたら泥棒なのかもしれない。それに、たぶん大麻も売っているだろう。少なくとも本人は大麻を吸っているし、ほかにももっと強いクスリをいろいろ試している。

マンディはストリートパーティーの際に知人を通してキャットと知り合い、メッセージアプリで緩くつながっていた。ときどき海岸で待ち合わせをすることもあった。だがキャットは律《りち》儀《ぎ》に約束を守るタイプではなかった。だから待ち合わせをしても、ときには会えないこともあった。

マンディはよくキャットに家族の愚痴をこぼしていた。愚痴でもこぼさずにはやっていられなかったからだ。母は非常に攻撃的で、歩く核爆弾のようなもの。そして姉のリンはそんな母に服従し、母を刺激しないためだけにあらゆることに妥協する。リンは波風を立てないことにひたすらこだわる人で、マンディはときどき軽蔑以外の念を抱けなくなる。

そして、なによりあの父……もう言葉もない。臆病者というのはまだ親切な表現だ。とにかく一ミリも自分の意思を通せず、常に口を閉じて、目を伏せている。妻に怒鳴られ、負け犬だの意気地なしだのと罵られても、黙っている。父が反抗するところを、マンディはまだ見たことがない。反抗などそもそもできないのだろう。ただうつむいて、背中を丸め、嵐が通り過ぎるのを待つばかり。

ヤカンを投げつけられたのは、ひどい事件だった。自分が母を挑発したことはよくわかっていた。なんとなくそんな気分だったのだ。ときどき自分のなかの悪魔が囁きかけることがある……そうすると、誰かに喧嘩をふっかけずにはいられなくなる。母はうってつけの相手だった。ちょっと火をつければロケットのように飛び上がる性格のせいもあるし、マンディはいずれにせよいつも母に腹を立てていたからでもある。リンや父では、すぐに逃げるので喧嘩にならない。だが母とは血みどろの戦いを繰り広げることができた。母のことは大嫌いだったが、それでも家族のなかの誰よりも母に一目置いていた。

とはいえ、ヤカンはやりすぎだった。確かに母はすぐに手が出る人だ。マンディは幼い頃から青あざや打ち身だらけだった。母に髪を引っこ抜かれたこともあるし、一度など腕を折られたことさえある。でも、沸騰したお湯を……となると、まったく次元が別だ。目に入ってもおかしくなかった。もしお湯が顔にかかったらどうなっていたかと考えると……腕の火傷だってたいがいひどいのだ。傷口は赤く開いて、むき出しの肉はずっとジュクジュクしている。きっと大きな傷跡が残るだろう。腕ならまだいい。けれどもし顔だったら、取り返しがつかないところだった。

だから家を出た。驚愕のあまり。怒りもあった。それに、母に心配させたかった。今回ばかりはやりすぎたと気づいてほしかった。そして、じっくり――本当にじっくり――反省してほしかった。それに、困った目に遭えばいいとも思った。なにしろアラード家は問題のある家庭と見なされていたから、学校はマンディの欠席に気づいたらすぐに青少年局に連絡を入れるだろう。そして担当のキャロル・ジョーンズが事情を調べに来る。善人キャロル！　仕事熱心で、理想主義者。マンディはキャロルに対してもときどき嫌な態度を取るが、キャロルはいつも親切だ。こちらがどれほど力いっぱい向う脛を蹴飛ばしても優しい顔を崩さない人間が、マンディには理解できなかった。まあ、キャロルの場合は仕事だからかもしれない。きっと職業訓練で習ったのだろう。挑発に乗らないこと、常に冷静さを失わないこと。

マンディはタオルを間に合わせに巻き付けた腕で、町じゅうをさまよった。痛みはひどく、それが怒りの炎に油を注いだ。どこへ行けばいいだろうと考え始めたのは、かなり遅くなってからだった。友人と呼べる人間はいない。マンディは誰にも好かれていない。

「人に優しくしてごらん。そうすれば、みんなもあなたに優しくなるから」キャロルはいつもそう言う。そういう薄っぺらい教訓が好きな人だ。耳当たりだけはいいが、現実とはかけ離れている。少なくとも実行するのはそれほど簡単ではない。人に優しくしてごらん！　悪循環の始まりはどこだったんだろう？　誰もマンディには優しくなかった、だからマンディも優しくしない、だからほかの人もマンディに優しくしない……いつしかこの悪循環はもう止められなくなってしまった。もとに戻すこともできない。そうなるとマンディのような人生を送るしかなくなる。

キャットとはその日の朝にメッセージをやり取りしたところだった。たいしたことではない。ハートマークを送り合っただけだ。ふたりのあいだに恋愛関係はない。だからふたりとも平気でハートやバラやキスマークの絵文字を送り合うことができた。ただの遊びで、いつかどちらかが傷つく危険はない。

キャットは地下室に置いたマットレスに座ってジョイントを吸いながら、マンディに人懐っこい視線を向けた。彼の周りには二十匹ほどの猫が寝そべっている。野良猫はみんなキャットのところに来る。ここには暖かい寝場所と食べ物があるからだ。肩より長い黒髪と緑の目を持つキャット自身も、猫のように見える。マンディは単刀直入にしばらく泊めてもらえないかと尋ね、キャットは、もちろんいいよ、と答えた。

マンディは八日間キャットのところで暮らした。何度か大麻を吸ったが、特別な効果はなにもなかった。夜には猫たちと身を寄せ合い、腕の手当てをした。腕はところどころ赤い肉がむき出しになっていた。

「バイ菌が入らないように気をつけろよ」キャットが言った。そして、どこからか火傷に塗るジェルを調達してきてくれた。マンディはなんとなくもっと強い薬が必要な気がしたが、ジェルがあるだけでもずいぶん気が楽になったし、実際、痛みも、とんでもないことになるのではという不安も小さくなった。傷を清潔に保つために、毎日包帯を取り換えた。だが傷からは嫌なにおいがしていて、それが心配だった。

「医者に行ったほうがいい」キャットが言った。

「私、十四歳だよ」マンディは答えた。「医者がなんにも訊かないわけない！　それにうちの親と話をしたいって言うに決まってる」

「だからなんだよ？　おふくろさんが痛い目を見たって自業自得だろ」

「私がどんな痛い目に遭うと思ってんの？　そのうち青少年局の連中が、私を家に置いておくわけにはいかないって言いだすんだって。そうしたら施設に入れられるか、変な里親のところに行かされるんだよ」

マンディはキャットのところが気に入っていた。とはいえ、キャットと一緒にいて今後どうなるのかはよくわからなかった。一日じゅう地下室のマットレスの上でダラダラしているだけの生活。ときどき海岸に行くこともあったが、マンディはそれほど嬉しくもなかった。いつ人に見られるかと心配だったからだ。自分のことを誰かがもう探しているのか、どれほどの規模で探しているのかわからない。両親やリンに海岸で出くわす心配はない。海辺に行く人など家族のなかにはいない。だがキャロルとばったり出くわしたり、学校の教師や同級生に会う可能性はあった。地下室なら安心していられた。それでもときどき、退屈でやりきれないと感じることはあった。

八日目にキャットが、もうすぐ女友達が遊びに来て、一、二週間、もしかしたら三週間くらい泊まっていく、だからそのあいだマンディはどこか別の場所を探してほしいと言いだした。

「ちょっとやきもち焼きなんだ」にやりと笑いながら、キャットはそう言った。

「その人、恋人なの?」マンディの頭に警報が響いた。キャットはマンディの恋人ではない。恋愛関係はない。だがそれでも、自分以外に別の女性がいると思うとなんとなく気分が悪かった。

結局キャットが打ち明けたところによると、ふたりは本当に恋人同士だということだった。ただ、女性のほうが世界を放浪していて、たまにしかスカボローに来ないのだという。それがよりによっていま連絡してきたというわけだ。彼女がどれくらいの期間泊まっていくのかは、キャットにもわからなかった。「二週間かな。四週間かも。もっと長いかもしれないし。さっぱりわかんないよ」

よりによって天気が急変し、突然のように秋が始まったタイミングだった。マンディは火傷用のジェルと包帯を五ロール持っていっていいと言われた。それにキャットは百ポンドもくれた。それがとてつもなく寛大なプレゼントであることは、よくわかっていた。なにしろキャット自身もほとんど金を持っていないのだから。

だが、結局のところ路上に放り出されたことには変わりなかった。泣きたい気分だった。もちろん家に帰るべきだとわかってはいた。もう充分両親の度肝を抜いただろうし、いまは一刻も早く腕の傷を医者に診てもらう必要がある。けれどなんとなく、家に帰るなんてみっともないという気がした。まるで負け犬だ。

こうしてマンディは、二週間目を町はずれの庭の小屋で過ごした。その小屋は、どこかの大きな家の広い庭の片隅にあった。家の住人はどうやら旅行にでも行っているようだった。いずれにせよ、すべての鎧戸が閉まっていて、人の気配はまったくなかった。小屋には鍵がかかっていなかった。なかは庭仕事の道具でいっぱいだったが、折りたたまれたガーデンチェアもあり、それを広げて眠ることができた。寒かったが、小屋には毛布もあった。それに調理用ストーブも。ストーブ用のアルコールとマッチと缶詰を買い込み、温めて食べた。腕の手当てもした。腕はひどく痛んだ。このままではそう長くは耐えられないだろうと、自分でもわかっていた。

そして昨日の夜、家の住人が帰ってきた。マンディが毛布にくるまってガーデンチェアで丸くなり、うとうとしていたとき、車の音が聞こえた。それに人の声。ドアを開け閉めする音。マンディは飛び起きて、家のほうを覗き見た。いくつかの窓の鎧戸が開いていて、夜の闇に光が漏れていた。間違いない、彼ら——といっても誰だかは知らないが——が帰ってきたのだ。

マンディは、彼らが今夜中に庭の小屋まで見に来ることはないだろうと踏んで、朝になるまでそこに留まった。だが、食べ物を温めるのは諦めた。調理用アルコールストーブで小屋に人がいることがバレるかもしれない。缶詰の中身を冷たいままかき込んだマンディは、自分が落ちるところまで落ちたように感じた。

ところがいま、海から再び霧が昇ってきて通りのあらゆる家を隠してしまった月曜日の寒い朝、雨風をしのぐ小屋を失ったマンディは、昨夜はまだ落ち切ってはいなかったのだと悟った。落ちるところまで落ちたのは、いまだ。とはいえ、まださらに落ち続ける可能性もないとは言えなかった。

アルコールストーブとマッチはリュックに入れ、毛布は巻いて肩に載せ、持ち出してきていた。腕が痛い。あとはラヴィオリの缶詰ふたつと六十ポンドが残された全財産だ。通りの端を足を引きずるようにしてとぼとぼ歩きながら、マンディはどこへ行けばいいのか見当もつかずにいた。通りの交通量はそれほど多くはない。それでも、いつまでもここを歩いているわけにはいかないことはわかっていた。もし警察のパトロールカーが来たら、すぐに呼び止められるだろう。なにしろ明らかに未成年で、学校へ行っていなければならない年齢だし、リュックサックと毛布、もじゃもじゃの髪に洗濯していない服という姿のいまはホームレスのように見える。きっと警官の注意を引くだろう。

でも、と、心の声がマンディに囁きかけた。そのほうがいいのかも。いまは助けがいる。どっちにしても、そう長くはもたない。

もう諦めろ！

だが、諦めるという言葉はマンディの辞書にはなかった。これまでうまく諦められたことなどなかった。一度、運動会で気絶するまで走ったことがある。走りながらずっと、このままではすぐに倒れると気づいていたし、立ち止まったほうがいいこともわかっていたが、できなかった。不可能だった。結局、目の前が真っ暗になって、意識を失って倒れたのだった。意識を取り戻してみると、体育教師が心配そうな顔で覗き込んでいた。

「どうして走り続けたの?」と、教師は訊いた。「ふらふらしてるのが見えたわよ。止まりなさいって声をかけたのに、走り続けるんだから!」

「止まれないの」と、マンディは答えたのだった。

いまもまた、あのときと同じだった。止まれない。二週間にわたって厳しい環境に耐えたのだ。いま家に帰れば、苦しかった時間がすべて無駄になってしまう。母の嘲るような笑み……パツィは勝利の味を噛みしめることだろう。それに、家に帰れば当然キャロルにつかまる。そしてきっと、別の家族のもとで暮らしたほうがいいのではないかと訊かれることだろう……だがそれだけは絶対に嫌だった。自分の家庭はおぞましい。けれど少なくとも、あれこれうるさく管理されることはない。いつでも好きなときに家を出入りできる。マンディがなにをしようと、誰も興味など持っていない。だがきっと里親の家庭では違うだろう。規律正しく、決まった時間に食事のテーブルにつくことを求められるだろう。規律と規則が重要視されるだろう……考えるだけで身震いする。そんな目に遭う気はさらさらなかった。

もちろん、帰る時期を先延ばしにしたところで事態が好転するわけではない。家出期間が長くなればなるほど、青少年局がなんらかの措置を講じる可能性も大きくなる。いや、待て。もしあとから――ずっとあと、この問題がなんとかうまく片付いたとき――まさにその青少年局のことが怖かった、だから家に帰れなかった、と言えば……。そうすれば、キャロルもついに口を出さなくなるかもしれない。

物思いに沈み込むあまり、一台の車が背後から近づいてくるのに気付かなかった。あとになってからマンディは、きっと霧がエンジン音を飲み込んでもいたのだろうと思いついた。そういうわけで、紺色の車がすぐ隣で停まったとき、マンディは驚いて飛びすさった。窓ガラスが下りて、男の顔が現われた。三十代前半くらい、とマンディは見当をつけた。ダークブロンドの髪の、感じのよさそうな男だ。少なくとも悪いことをしそうには見えない。

「なにか困ったことでも？」男が訊いた。

「どうして困ってると思うわけ？」マンディはそっけなく答えた。パトロールカーではないものの、一般車を使う警察官もいる。用心に越したことはない。

「いや、普通の月曜日の午前中には学校に行ってるような歳に見えるから。郊外の道をとぼとぼ歩いてるんじゃなくてさ。それに、なんていうか……こう……身だしなみが整ってないというか」

「それがあんたになんか関係あんの？」

男が笑った。「カリカリしてるんだなあ。おせっかいを焼く気はないよ。ただ、助けが必要なんじゃないかと思っただけで」

すぐに断わりの返答をしようと思ったところで、ふとためらった。確かにこの男は、ある一点では正しい。マンディには助けが必要だ。お金はもうすぐ底を突くだろうし、食べ物と腕の包帯がいる。

雨風をしのげる屋根もないし、これからの計画もない。

「もし必要なら、なんなの？」マンディはそう訊いてみた。

すると男は再び笑い声をあげた。さっきから、いったいなにがそんなにおかしいのだろう。

「車に乗せてあげるよ」男は言った。「どこかで一緒にコーヒーでも飲もう。そこでなにがあったのか話してくれ」

コーヒーと聞いて、心が動いた。いまのこの状況では「コーヒー」は文字どおり「天国」に等しい言葉だ。

それでも不信感はあった。見知らぬ人間の車に乗ったりしたら、恐ろしい結果を招きかねないことはわかっていた。この男は本当に親切で無害に見える。とはいえ、最悪の犯罪者はだいたいいつもそう見えるものではないだろうか？

「コーヒー飲むって、どこで？」

男は肩をすくめた。「どこがいい？」

「わかんない……」どこかのカフェに入るのは危険でもあった。現時点でマンディの捜索はどれほど真剣に行なわれているのだろう？

「君、家出してきたんだよね」男が言った。「だからこんな町はずれをうろうろしてるんだろ。

カフェに行くのはあんまり得策じゃない、違うかな？」

マンディは答えなかった。

「じゃあ、ひとつ提案するよ。受けてもいいし、断わってくれてもいい。僕の家へ行くのはどうだろう。なにか食べさせてあげるよ。それにシャワーを浴びて、体を温めるといい。それから話をしよう。なにがあったのか、これからどうすればいいのか。どうかな？」

「あんた青少年局の人？」

「いや。ただの人助けが好きな男だよ」

そんな人間がいるのだろうか？　と、マンディは疑問に思った。

「僕はブレンダン」男が期待をこめた目で見つめてきた。

「あ、そ」と、マンディは言った。

男はため息をついた。「で、どうする？」

マンディは車をぐるりと回り込んで、後ろのドアを開けると、リュックサックを後部座席に置いた。そのときにはブレンダンがすでに助手席のドアを開けていた。マンディは助手席に乗り込んで安堵の息をついた。心地よい暖かさが体を包み込む。雨からも守られている。座ると気分がよくなった。コーヒーのことを考えると。

ふたりは出発した。

2

月曜日の晩、ケイトが仕事を終えてベクスリーにあるフラットに帰ってくると、驚いたことに留守番電話に三件もメッセージが入っていた。誰かがプライベートで電話してくることなど滅多にないため、ボタンが赤く点滅しているのを見て、最初は電話機が故障したのだと思った。こわごわボタンを押してみると、三件の新しいメッセージがある、と自動音声が伝えた。

「まさか」ケイトは思わず声に出して言った。

最初のメッセージは、スカルビーの隣人からのものだった。家の片付けと清掃が無事に終わった、と隣人は伝えてきた。家は空っぽになり、月曜日の今日、すでに改修業者が修復作業を始めたという。

「心配しないでくださいね。私がちゃんと見ときますから」との言葉でメッセージは締めくくられていた。

そうか。両親の家具はなくなった。子供時代と青春時代を過ごしたあの家はもうない。それを想像して自分がなにを感じるか、ケイトは心のなかの声に耳を澄ましてみた。そして、ひんやりした悲しみが湧き上がってきたので、慌ててもう一度電話機のボタンを押した。

いまあれこれ思い悩んでもしかたがない。

次のメッセージはコリン・ブレアからのものだった。土曜日の晩の失敗に終わったデートの相手だ。ケイトはわけがわからなかった。男性と直接会ったあとに電話が来るなんて、人生初の出来事だ。

「やあ、ケイト。僕だよ。コリン。ちょっと電話してみようと思って。一昨日、あんなふうにいきなり帰っちゃうなんて、変だったからさ」ここでコリンは少し間をあけた。「それで、僕のことがなにか気に障ったんじゃないかって思ったんだけど」

きっとコリンにとっては珍しいことなのだろうと、ケイトは思った。おそらく自分自身と自分の行動を疑問視することなど、滅多にないに違いない。

実際、次の瞬間にはコリンはもうもとのコリンだった。「でもまあ、そんなはずないよね」

ケイトは思わずにやりとせずにいられなかった。

「テレビでやってたあのニュースとなんか関係あるんだよね。行方不明だった女の子が見つかったとかいう。あのニュースが君になんの関係があるのか知らないけど、なんかすごく興味持ってたよね」ここで再び一息。「君の携帯番号を知らなくて残念だよ。知ってたら昼間に電話して、すぐに話せたのに」

ケイトは仕事と無関係の人間にはまず携帯電話の番号は教えない。勤務中に電話をするのは非常に難しいからだ。いや、正確に言えば、非常に難しいだろうから。実際には誰もかけてこないのだから、難しいもなにもない。

ただ今日は例外のようだ。

「ま、そういうわけで」と、コリンは続けた。「かけ直してくれないかな。もう一度会って話をしよう、ね？　よし、じゃあね」

メッセージはそこで終わりだった。

本当にびっくり、とケイトは思った。

三件目のメッセージはデボラ・ゴールズビーからのものだった。デボラは泣いていた。そして、すぐにかけ直してほしいと頼んでいた。

アメリーが話を始めたというのだ。

ケイトはグラスにワインを注いで、ソファに足を載せて座った。いまではケイトとともに暮らす消えた借家人の猫が体を寄せてきて、小さく鼻を鳴らした。家で自分を待っていてくれる生き物がいるっていいものだな、とケイトは思った。

それから、じっくり考えた。三十分以上デボラと電話で話したあとで、たったいま聞いたことを頭のなかで整理しようとした。

アメリーは母親ではなく、心理カウンセラーの資格を持つ女性刑事に対して口を開いた。刑事は今朝、退院したアメリーを自宅に訪ねて、慎重に質問したのだった。アメリーは長いあいだ黙っていたが、やがて突然泣きじゃくり始めた。そして、その男について語ったのだった。彼女が語ったことはそれほど多くはなかった。事件のすべてとはほど遠いし、それで全容が一気に明るみに出るといったこともなかった。だが彼女の話から、バーニストン・ロードにいたひとりの男の存在がわかった。その男が彼女を誘拐したという。そして監禁した。けれどアメリーは逃げ出すことに成功した。海に飛び込んだのは、男が追いかけてきて、すぐ後ろに迫っていると思ったからだった。飛び込めば、防波堤の後ろに隠れるか、泳いで逃げることができるのではと考えたのだ。

アメリーは溺れ死にかけた。もう少しで死ぬところだった。

その話を、アメリーは何度も何度も繰り返した。高い波。氷のように冷たい海。引き波の吸引力。必死でしがみついていた防波堤のぬるぬるした石。凍り付いたような手。その手にいつしか力が入らなくなったこと。

「死ぬかと思った」と、アメリーは言った。大きく目を見開いて。「死ぬかと思った。死ぬかと思った」

ひとりの男性が現われて手をつかんでくれたことは記憶にあった。けれど彼はアメリーを陸に引き上げることはできなかった。ふたりは土砂降りの雨のなか、暴れる波を一緒にかぶりながら、絶体絶命の状態だった。それでも、少なくともその男性はそこにいてくれた。やがてもうひとりの男性が現われた。あらゆる希望を失っていたアメリーは、結局救出された。だが、自分でもいまだにそれを実感できずにいた。

「本当ならいま頃死んでるところなのに」と、アメリーは何度も言った。

刑事たちはより詳しいことを聞き出そうと頑張ったが、うまく行かなかった。アメリーはしゃべりにしゃべったが、すべては海のなかにいたときのことだった。波が防波堤にぶつかり、海水が口や鼻や目に入ってきたこと。何分間も水中にいるような気がしたこと。そして、何度も何度も同じ言葉。「死ぬかと思った」

「警察のカウンセラーの人は、ほかのことのほうが辛い体験だったんだって言うんです」デボラは泣きながら、ケイトにそう訴えたのだった。「だからアメリーはそのことは話せなくて、代わりに海の話ばかり始めるんだって。堂々巡りなんですよ。ずっと同じことばかり話してるんです」

命の恩人アレックス・バーンズの写真を見せられたアメリーは、これまで一度も会ったことがない男だと言った。自分を連れ去った男でないことは間違いないと。ふたり目の救出者であるデイヴィッド・チャップランドについても同じだった。一度も会ったことがない。

それを聞いてもケイトは驚かなかった。そんなに簡単な話だとは、最初から考えていなかった。

何時間にもわたって慎重に質問されて、アメリーは犯人の特徴を描写した。それをもとに警察がモンタージュを作ったが、アメリーはそれが実物とどれほど似ているかはわからないと言った。犯人の特徴を話すあいだ、アメリーは何度も話をそらし、話題を替えようとした。ケイトには、ケイレブ・ヘイルがなにを考えているか手に取るようにわかった。この子の証言はどこまで正確なのか。トラウマを抱えた少女がとにかく早くことを終わらせたくて適当なことを話している可能性はどれほどあるのか。

証言が正確だという前提に立つならば――そしていまのところ警察にはアメリーの証言以外なにもない――誘拐犯は男で、年齢は五十歳前後、背が高く、痩せていて、どこかぼんやりした表情の持ち主だった。

「子供みたいな顔なんです」と、デボラが言った。デボラとジェイソンもモンタージュを見せられたが、そんな人間には会ったことがなかったし、知人のなかに似た雰囲気の人間もいなかった。

「近所の人はどうです？」とケイレブ・ヘイル警部が訊いた。「またはドクター・ゴールズビーのお仕事関係の人間は？　以前の患者とか？　または、このB&Bの以前の客はどうです？　最近、気になった人間はいませんか？　どこかで目にしたとか？　〈テスコ〉の駐車場はどうです？」

いいえ、いいえ、いいえ。いくら記憶を必死でかき回しても、そんな外見の知人はいなかったし、どこかで見かけたこともなかった。

その男にどこかでばったり出くわしたら犯人だとわかるか、と訊かれたアメリーは、最初ははぐらかしていたが、最後にはうなずいた。うん、わかると思う。

「いま、家の前に警察がいるんです」と、デボラは電話でケイトに言った。「車のなかに警察官がふたり。それで、見張ってるんです。もし……」

ケイトには「もし」の続きがわかった。当然だ。アメリーは犯人の手から逃れた。そして犯人の顔を知っている。犯人の特徴を描写できる。犯人はスカボローかその近郊に住んでいる可能性がある。彼にとっては悪夢だろう。通りで、スーパーマーケットで、バスのなかで、海岸で、いつアメリーに出くわしても不思議ではない。犯人が再びアメリーをさらい、沈黙させようとする可能性は排除できない。もし犯人がいまいる場所から引っ越せないのなら——ケイトは経験から、犯人は平凡な生活を送る目立たない男で、定職を持ち、家庭があり、自宅のローンを抱えている可能性が大きいと踏んでいた——非常に大きな問題だ。日々、犯人だと特定されて逮捕される危険に直面しているのだから。

「最悪なのは、あの子がそれ以上なんにも話さないことなんです」と、受話器の向こうのデボラは震える声で言った。「逃げたときのことも、監禁されていた場所のことも、なにひとつ具体的なことは言わないんですよ。それに……誘拐犯のことも。なにを訊かれても、柵を乗り越えて海に飛び込んだことと、そこから先がどれほど恐ろしかったかという話ばかりで。まるであの子のこれまでの人生すべてが、あの海のなかの時間に凝縮されてしまったみたいなんです。そのことを話すのを、やめたくてもやめられないみたいな」

理由はふたつ、とケイトは思った。ひとつは、自分が味わった本物の死の恐怖に対して心の整理をつけること。そしてもうひとつは、残りの体験を抑圧して記憶から消すこと。それについて考えることにとても耐えられないのだろう。

やがてデボラはさめざめと泣きだした。

「もう悪夢です。あの子が戻ってきて、最初はとても安心したし、本当に嬉しかったのに。生きて戻ってきてくれて、少なくとも外見は無傷だった。だから……きっと好きな男の子がいて、その子にそそのかされて家出したんだろうって思ったんです……というか、そうであってほしいって。結局クラス旅行に行きたくない一心だったんだって。それとも、彼氏と一緒にいたかったのに、うまく行かなくて、また逃げてきたのか……とにかく、今回のこと全部、他愛のない説明のつく些細なことであってほしいって願っていたんです。思春期にはよくあることだって。なんていうか、ホルモンに支配されてる年齢の子たちって、なんでもすぐ大げさにとらえるでしょう。でも、まさかこんな……こんな恐ろしい。とても考えられません」

ケイトは通話のあいだずっと落ち着きを失わず、現実的でいようと努力した。かつて警察学校で習ったとおりに。特に足元の地面が崩れ落ちるような思いをしている被害者家族に対しては、そういう態度が重要だ。

「捜査員はいまなにをしているんでしょう?」と、デボラに尋ねた。「ご存じですか?」

「一日じゅう、アレックス・バーンズさんともうひとりの方がアメリーを助けてくださった場所とその周辺を、あらためて捜査しています。アメリーの逃走のことがなにかわかるんじゃないかと期待して。あの子がどこから来て、どれくらい走ったのか、とか。あの子が自分の足でどれくらいの距離を走れたのかを割り出したいんだそうです。とはいっても、どれくらいの時間逃げていたのかわからないんですけど。それに、あの子の持ち物があんなに遠くで見つかったのも不思議なんです。ほら、バッグがムーアに捨ててあったでしょう。でもアメリーがクリーヴランド・ウェイまで自分の足で行けたんなら、監禁されていたのは町のすぐ近くのはずです。ヘイル警部が今日の午後またうちにいらっしゃって、アメリーと話そうとなさったんですけど、やっぱりまた、もう百万回は繰り返した海のなかでの話しか聞けませんでした。明日の朝、警察のカウンセラーの方がまたいらっしゃることになってます。ヘイル警部がおっしゃるには、アメリーから聞き出せることはどんな些細なことでも、とても重要なんですって」

確かにそのとおりだ、とケイトはソファの上で考えた。警察は犯人を捕まえる一歩手前まで来ている。おそらくは遅かれ早かれアメリーを殺していただろう男を。なにしろ犯人は、顔を見られたあとではアメリーを逃がすわけにはいかなかっただろうから。サスキア・モリスを殺したのもその男かもしれない。それに、もしかしたらハナ・キャスウェルも。それだけではない、これまで彼女たちの事件との関連性を疑われることのなかったほかの少女たちをも殺しているかもしれない。アメリーがなにも話してくれないことで、ケイレブは頭を掻きむしっているに違いない。

しかし、少なくともモンタージュ画像がある。それに犯人の特徴もわかっている。五十歳前後の男。どこかにいるはずだ。もしかしたら自分から姿を見せるかもしれない。なぜなら、十四歳のアメリー・ゴールズビーがとてつもなく危険な存在だから。

でも逆に、アメリーにとっては犯人が危険な存在だ、とケイトは思った。

ケイレブがナーバスになるのも無理はない。ふたりの警官を二十四時間ゴールズビー家の前に配置している。危険は非常に大きいと見ているのだ。実際そのとおりだろう。

「ケイトさん、こちらにいらしてくださいません?」やがてデボラはそう訊いたのだった。

「お願いします！ ケイトさんには……ヘイル警部とは全然違う捜査ができるでしょう！」

ケイレブが訊いたら大喜びね、とケイトは思った。そしてデボラに対して慎重に、そういうわけにはいかないことを説明しようとした。

「私の管轄の事件じゃないんです。そちらに行って勝手に捜査をするわけにはいかないんですよ。私の管轄はロンドンなんです。もちろん要請があれば別の地方で捜査することもありますよ。でもいまのところ、そういう要請はありません。それにね、デボラさん、ヘイル警部は経験を積んだとても優秀な捜査官です。本当に。私がヘイル警部以上にうまくやれることなんて、ひとつもありません」

ケイトはデボラにまた連絡すると約束した。だが、ケイレブに不当な出しゃばりだと思われかねないことはできないとわかっていた。以前、ケイトの父が殺されたとき、ケイトはあらゆる捜査に首を突っ込んで、ケイレブをひどく怒らせた。だがあれはケイトの実の父の事件だった。だからケイレブも、ケイトがただ手をこまねいてはいられないことを、怒りながらもどこかで理解してくれていた。だが今回はそんな言い訳はきかない。たまたまゴールズビー家の宿に数日泊まったからなどというのは理由にならない。ゴールズビー一家を友人と呼ぶには無理があるし、もっと言えば親しい知人でさえないのだ。

ケイトはこの事件には関係ない。それでも、ほんの少し自分だけのために調べてみるくらいはできるかもしれない。

ノートパソコンを立ち上げて、グーグルでもう一度ハナ・キャスウェルの事件を検索した。古い新聞記事に再び目を通した。今回はアメリーが行方不明になったあの晩よりも念入りに。ケヴィン・ベントの名前はあらゆるところに登場していた。無実なら気の毒なことだ。今後の人生は楽なものではないだろう。いまでもスティントンデールかスカボロー近郊に暮らしているのだろうか？　ケヴィン・ベントの住所についての記述はどこにも見つからなかった。きっとメディアは、警察がベントを容疑者候補から外したために、やがてベントへの興味をなくしたのだろう。それとは別に、気になる事実がひとつ見つかった。ケヴィン・ベントには兄がいる。五歳上で、いま二十八歳だ。

その兄は未成年のときに性犯罪に巻き込まれていた。

メディアはその事実を大きくは取り上げなかった。おそらくポリティカル・コレクトネスを重んじたのだろう。ひとりの人間の犯罪容疑を固めるために親族の行為を持ち出すことは、連帯責任を負わせるに等しいと見なされる。それでももちろん、それに言及せずにはいられなかった者がいたようだ。ケヴィン・ベントの兄マーヴィンは、とある十五歳の少女を廃業した工場跡に誘い込んで何時間も性的暴行を加えた少年グループの仲間だった。マーヴィン・ベント本人は、その日は仲間と一緒にはいなかったと主張していたし、実際ふたりの友人がマーヴィンの主張を裏付ける証言をしていた――マーヴィンは本当にあの場にはいなかった、と。マーヴィン・ベントはその頃ちょうど学校を中退して、港にあるカフェで見習いウェイターとして働き始めたところだった。事件のあった日もマーヴィンはカフェに出勤していたが、働いたのは午前中だけだった。犯行時刻である午後には、もうカフェにいなかったのだ。結局真相はわからないままだった。被害者である少女はマーヴィンを加害者のひとりだと特定しなかったが、彼女は犯行をすでに自供していた少年たちのうち数人のことも、同じように特定できなかった。少女のトラウマはあまりに深く、その混乱した証言の信憑性は限定的だった。結局、マーヴィン・ベントの加害の証拠はなにひとつなく、彼に対する捜査は打ち切られた。それでもマーヴィンに対する一抹の疑いが完全に拭い去られることはなかった。なにしろ、おぞましい犯罪を犯したのは彼と仲の良い友人たちだったのだ。それにマーヴィンには犯行時刻のアリバイがない。結局のところマーヴィンを救ったのは、彼はその場にいなかったというふたりの友人の証言と、被害者が彼を特定しなかったという事実だった。

マーヴィンの無実は、ぐらぐらする屋台骨に支えられた心もとないものだった。

不思議なものだ、とケイトは思った。兄弟ふたりがそれぞれ犯罪の疑いをかけられた。ふたりの容疑はどちらも証明されることがなかったが、だからといってはっきりと疑いが晴れたわけでもなかった。証拠不在のため無罪……古くからある、もやもやする話だ。捜査官にとっても、疑われた者にとっても。

今回のアメリー・ゴールズビー事件の犯人像とマーヴィン・ベントでは年齢がかけ離れている。それでもケイトは、今回の事件捜査にハナ・キャスウェル事件を組み入れるべきではないかという思いを拭えなかった。どうしてハナ・キャスウェルの件を重要だと思うのか、具体的な理由は自分でもわからない。実際、重要ではないのかもしれない。ただ単に、その他の事件と時間的に隔たりがあるというだけの理由でハナ・キャスウェルを無視するべきではないと思うからだろうか。万一ハナ・キャスウェルがすべての事件の始まりなら、彼女を無視することは致命的な過ちだ。

自分の考えを伝えるためにケイレブに電話をしたくてうずうずした。だが、やめておいた。

出しゃばりすぎだ。自分はケイレブの事件になんの関係もない。もしも自分がケイレブの立場で、他人にそんなことをされたら、ひどく頭に来るだろう。それに、ケイレブはもうとうにケイトと同じことを考えているかもしれない。彼は優秀だ。ケイレブを侮るのは間違いだと、ケイトにはわかっていた。

ため息をついて、ケイトはノートパソコンを閉じた。気の毒だとは思うが、デボラにはなにもしてあげられない。それに、デボラには有能な捜査官がついている。ケイトが心配する必要はない。

これからコリン・ブレアに電話するべきだろうかと考えた。なんといっても、彼はケイトともう一度会いたいと言ってくれているのだ。けれど、ケイトのほうはどうだろう？　コリンは自慢屋で、ケイトは彼のことをかなり嫌な奴だと思った。とはいえ、ケイトは男性を選び放題の人生を送っているわけではない。コリン・ブレアに——そして自分自身に——もう一度チャンスを与えてやるべきかもしれない。最初に会ったときにピンとこなかったというだけの理由で、二度目に会うのをやめてしまうのは間違いかもしれない。ケイトはときどき、ほかの人たちはどうやって誰かとカップルになれるのか、そしてその多くがどうやってかなり長い期間カップルでいられるのか、と考える。自分がうまく行ったことが一度もないせいで、ケイトにとっては誰かとつき合うのは非常に複雑なミッションに思われた。そのミッションで、自分は常にすべてを間違ってしまうようだ。もちろん、自分が特別に魅力的でないことも、ほとんどの男が自分に狩猟本能を刺激されることなどないのも、わかってはいる。それでも、ケイトより見た目も悪く、人づき合いの下手な女性たちが、献身的な夫だけでなく四人の子供まで持っているという例はよくある。つまり結局のところ、大切なのは誰かの狩りの獲物になることではないのだ。きっと大切なのは、ほかの人間に自分の魅力や長所を積極的に伝えていくことなのだ。その際、すぐに諦めてしまわないことは重要なポイントに違いない。コリン・ブレアは自分のことばかり話していた。恐ろしいほどの大口叩きだった。けれどそんな行動の背後にも、やはり自信のなさが潜んでいるのかもしれない。安心感を得られれば、もっと感じのいい男になるかもしれない。

それともこれは、現実を美化したいだけの願望だろうか。

まあいい。それを知るにはコリンに会ってみるしかない。

ケイトは携帯をつかみ——まだコリンに知らせるつもりはないので、番号は非通知にした——コリンにかけた。三回目の呼び出し音で、相手は電話に出た。

「もしもし」ケイトは言った。「私。ケイト。話がしたいってことだったけど?」

十月三十日月曜日

1

マンディはすでに一週間、ブレンダンの家にいる。問題は、これからどうするかだった。いまではブレンダンもマンディの名前を知っている。二日目の晩に名乗ったからだ――マンディだと。その他の点ではブレンダンを信用しておきながら名前だけは言わずにいるなんて、馬鹿ばかしいと思った。ブレンダンはマンディに食べ物と飲み物、雨風をしのげる住まいを提供してくれて、話し相手になってくれた。職業は小説家だという。だからいつも家にいるのだと。

「なら、なんか書かなくていいの?」マンディはそう訊いた。

するとブレンダンは、微笑みながら手をひらひらと振った。「いまはいいんだ。創造的な休みってやつさ」

ブレンダンはスカボロー中心部にある狭い屋根裏のフラットに住んでいた。フラットのある建物は、マンディが家族と暮らす家とそれほど変わらないおんぼろ具合だ。フラットは狭苦しかった。キッチン、バスルーム、部屋がふたつ。窓は北向き。どんより曇った秋の日には、一日じゅう電灯をつけていなければならない。だがきっとよく晴れた夏の日でも同じことだろうと、マンディは推測していた。このフラットに明るい陽光が射し込むことなど決してないに違いない。

たったひとつの美点は、たくさんの花があることだった。ブレンダンはあらゆる場所に植木鉢の植物を置いていて、愛情こめて世話しているようだった。だがそれを除けば、なんともみすぼらしい住まいだった。

どうやら小説家というのは、あまり稼げる商売ではないようだ。

ブレンダンの乗っていた大きな車も、ただのまやかしだった。というのも、持ち主はブレンダンの知人で、ブレンダンはただそれを持ち主の代わりに修理工場に受け取りに行っただけだったのだ。ブレンダン自身は車を持っていない。二年前に新聞社の編集局の仕事を失ったため、売るしかなかった。どうやらそれ以来ブレンダンは、亡くなった祖母の遺産を食いつぶしながら、小説家としてかつかつの暮らしをしているようだ。マンディはすぐに、ブレンダンが孤独で退屈していることを見抜いた。マンディを拾ったのもそのせいだったのだと。ブレンダンは傍にいてくれる誰かを欲していた。一日じゅう、狭くてみじめったらしいフラットでなにをしていいのかわからずにいたのだ。

最初の数日、マンディは快適な暮らしを楽しんだ。暖かく、雨に濡れることもなく、シャワーが浴びられて、充分な食べ物がある。おまけにブレンダンはマンディの腕の手当てもしてくれた。痛みを緩和する新しい塗り薬を買ってくれて、一日に二回、包帯を取り換えてくれた。

腕の傷はいまだに目覚ましい回復を見せてはいないが、庭の小屋にいて最後にはバイ菌が全身に回って死ぬに違いないと恐れていたときほどひどい状態ではなかった。どうやらゆっくりとはいえ傷は癒《い》えつつあるようだ。体が徐々に力を蓄《たくわ》えていくのが嬉しかった。

だが、数日たって元気を取り戻したマンディは、退屈し始めた。そしてブレンダンのことを鬱陶しいと感じるようになった。ブレンダンはとにかくおしゃべりだった。朝から晩までしゃべりまくり、口を閉じるのはお茶を淹れ直すときと、昼食を作るときくらいだった。この一週間で二度、ブレンダンは買い物のために家を出た。マンディはその時間を利用してフラットを徹底的に調べてみたが、面白そうなものはなにもなかった。とある引き出しに十ポンド札が一枚あったので、失敬した。いつ必要になるかわからない。

フラットには本が山ほどあったが、マンディはこれまで本に興味を持ったことはなかった。ブレンダンの蔵書のほとんどは心理学関係のものだった。実際、ブレンダンはマンディに、本当は大学で心理学を勉強したかったが「うまく行かなかった」と語ったことがあった。マンディは賢明にも、なぜうまく行かなかったのか、とは訊かなかった。おそらく成績が悪くて入学できなかったか、そもそも高校を卒業していないかのどちらかだろう。

「十七歳のときから抱いている」という心理学者としての使命感を、ブレンダンはマンディに対して思う存分果たそうとした。何時間もマンディと向き合って座り、すべてを訊き出そうとしたのだ――どんなふうに暮らしているのか、両親との関係はどうか、姉との関係は、教師や同級生との関係は。どうして友達がいないのか、どうして常に母親に喧嘩をふっかけるのか、どうして父をそんなに軽蔑しているのか。実際、ブレンダンがそれほど無能でないことは、マンディも認めないわけにはいかなかった。マンディがなにかちょっとしたことを口にしただけで、ブレンダンは次の質問で正確に痛いところを突いてくるので、彼が問題の全容を理解したことがわかる。たとえば、父が妻に決して逆らわないという話をしたとたん、ブレンダンはマンディが父に対して抱く軽蔑心について尋ねた。軽蔑しているなどとは言わなかったのに、ブレンダンの口からその言葉を聞くと、確かに自分が感じているのは軽蔑なのだとわかった。深い軽蔑。そして、だからこそマンディは男性全般をよく思わないのだということもわかった。「負け犬だ」と、男という男に対して、出会った瞬間に思ってしまうのだ。同じ年頃の女の子たちにはもう彼氏がいたが、マンディに言い寄ってくる男はいなかった。マンディよりずっと年上の男たちでさえ、彼女の毒舌ときつい評価に恐れをなす。日常的にそんな目に遭いたいと思う男はいなかった。

マンディの心のなかにこれほど興味を持ってくれた人間は、これまでいなかった。だから最初の数日は、ブレンダンが次々に質問をし、注意深く耳を傾けてくれることが嬉しかった。だがやがて、うるさくなってきた。それに退屈で、辛くもなってきた。ブレンダンが決まりきった月並みなことしか言わないのが、だんだんわかってきたのだ。「そう言ってるいま、君はなにを感じてる？」「いまこの瞬間、自分の攻撃的な気持ちに気づいてる？」「僕にこんなことを訊かれて、君はどんな気持ちになる？」

根本的にはすべてが同じことの繰り返しだった。疲れるだけだ。

月曜日の今日、マンディは反旗を翻《ひるがえ》した。ふたりはフラットのリビングルームでジンジャーティーの大きなポットを挟んで向かい合っていた。シャワーを浴びたばかりのマンディの髪はまだ濡れていた。機嫌は最悪だった。

「君からすごい攻撃性を感じるよ……」ブレンダンがそう話し始めた。実際、今日のマンディの不機嫌でイライラした顔を見れば、そう言い当てるのはそれほど難しいことではないだろう。

「へえ、そう?」マンディはそっけなくそう返した。

ブレンダンは気遣うようにうなずいた。「ああ。話してみないか……?」

「いい加減にして、ブレンダン。話なんかするつもりないから。これからどうするかって話以外はね。このままずっとこの小汚いフラットで、あんたのしょうもない質問に答えて暮らすわけにはいかないんだからね!」

ブレンダンがびくりと体を引いた。「いまので誘発された僕のなかにある感情は……」と話し始めたが、マンディはまたしても遮った。「ねえ、もうちょっと普通に話せないの? ちょっとはまともな人間っぽくさ」

「僕をそんなふうに攻撃することで、君の気持ちは軽くなる?」

「そんなふうな話し方ばっかりすることで、いつかアホになっちゃうんじゃないかっていう不安はある?」マンディは怒鳴った。

「マンディ……」

「私は残りの一生ここに座って、あんたとおしゃべりしてるわけにはいかないの! あんたもそろそろ仕事すること考えたほうがいいんじゃないの!」

「君との会話は仕事の一環だと思ってるよ」とブレンダンが言った。「だから……」

「金になる仕事のこと言ってんの！　私たち食べたり飲んだりするし、あんたは家賃だって払ってるでしょ。どうすんの？」

「まだ貯えがあるから」

「でもいつかはなくなるじゃん」

「それは僕の問題だ」

「とにかく私、もう行かないと」マンディは深い疲労を感じて、突然泣きだした。

ブレンダンが深刻な顔でうなずいた。「どこへ？」

それが大きな問題だった。勢いで両親の家を飛び出してから、いつの間にか三週間がたった。もうすぐまる一か月だ。冬がやって来るまでそれほど時間がない。

家に帰る頃合いだろうか？

「家には帰れない」マンディは泣きながら言った。「母親に大笑いされるだけだもん。きっと大笑いする。で、あんたは父さんとおんなじ意気地なしだって言われる」

「お母さんにそう言われることを考えると、どんな気持ちになる？」

これまでの人生で、誰かに平手打ちを食らわせたいとこれほど強く思ったことはなかった。

「痛み！」マンディは怒鳴った。「痛みを感じる！　このクソッタレが」

マンディは飛び上がり、その拍子にティーポットをひっくり返した。ポットは粉々に砕け、お茶がテーブルをつたって絨毯の上にこぼれた。

ブレンダンも勢いよく立ち上がった。「マンディ……」

「ほっとけ！　みんな、私のことなんかほっとけって言ってんの！　特にあんた、間抜け面でガタガタ言うのやめろ！　あんたの車に乗るなんて、私、どんだけアホだったんだろ」

ブレンダンの表情が突然冷たくなった。

「君にはほかに選択肢がなかった」ブレンダンはそう言った。「ひどいなりをしてたし、どこへ行けばいいかもわからなかった」

「あんたと同じ。あんただってひどい暮らしをしてるじゃん。あんたのことなんて、鶏だって気にかけない。それでめちゃくちゃ傷ついてるくせに。作家だの、創造的休みだの、笑わしてくれるわ！」マンディは怒りの目でブレンダンをにらみつけた。「あんたの書くクソみたいな話を読みたがる奴なんて、この世にひとりもいない。あんたもそのことがわかってるから、こんなところでなにもせずにちんたらしてるんでしょ。あんたには私が必要なんだよ。自分より惨めな誰かが側にいると、優越感を持てて、自分がちょっと大きくなったみたいな気がするから。でもね、はっきり言うけど、それ大間違いだから。確かに私はドツボにはまってるけどね、あんたみたいな惨めな男とは違うから。全然違う。私の人生はまだ丸ごと目の前に広がってんだからね。あんたよりは賢い一歩を踏み出すつもり。いつかこんなあばら家に住んで、おしゃべりで人を煩わせるような大人にならないように」

マンディの一言ひとことにブレンダンはびくりと体を震わせた。「僕より賢い一歩を踏み出す？」そう言い返す。「それはぜひ見てみたいもんだ。ちょうど最近踏み出したみたいな一歩かな？　衝動的に家出したのに、どこに行けばいいかもわからないみたいな。金もなにも持ってない。泊めてくれる友達もいない——一週間世話になったっていうヤク中を除けばね。でもそのヤク中にさえ追い出されたじゃないか。ほかの女が来たとたんに。君のことを両手を広げて歓迎してくれる人がどこにもいないなんて、おかしいなあ。同情するよ、マンディ。ほんとに心から」

「クソ野郎」マンディは言った。「クソッタレの負け犬！」

「どうぞいくらでも罵ってくれ。そういう口汚い言葉を連発する以外にどうしようもないみたいだからね」

「出てく。もう一秒だってこんなとこにいたくない」

「どうぞどうぞ」ブレンダンが言った。

マンディは一瞬ブレンダンをにらみつけたあと、バスルームに駆け込み、バタンとドアを閉めると、鍵をかけた。

ひとりになりたい。せめてしばらくのあいだ。

鏡に映る自分の顔は青白く、目が充血していた。まだ半分濡れた髪があらゆる方向にはねている。火傷をした腕はドクドクと脈打っていた。

これからどうする？

もうここにはいたくない。あの男にはもう耐えられない。いまになってようやく、これまでずっとブレンダンがどれほど無遠慮だったかに気づいた。興味と心配という建前を隠れ蓑に、ブレンダンはマンディの心の奥深くにまで踏み込んできて、役に立つという触れ込みであれこれ質問した。だがそれはマンディに自分の至らなさと寄る辺なさをますます痛感させるばかりだった。ブレンダンはマンディを病的な人間に仕立て上げようとした。単にあるがままのマンディ――難しい状況に自分を追い込んでしまった、難しい家庭で育った難しい年頃の少女――を見ようとはせずに。

とはいえ、マンディが実際に自分を非常に難しい状況に追い込んでしまったのは事実だった。

「どこに行くかちゃんと考えるまでは、出ていかないほうがいい」マンディは鏡に映る自分に向かってそう言い、微笑もうとしてみた。だがその試みは大失敗に終わった。

そっとバスルームのドアを開けてみる。いますぐ出ていくわけにいかないのなら、ブレンダンに少しは歩み寄らなくては。たとえ悔しさに歯ぎしりしながらでも。ブレンダンはきっと仲直りの申し出を受け入れるだろう。なにしろマンディが外の寒さと危険を怖れるのと同様、ブレンダンも孤独を怖れているのだから。

ブレンダンの声が聞こえた。まだリビングルームにいるようだ。囁き声でなにか話している。

「うん、そう言ってるじゃないか。ここにいるんだ。そう。いますぐ？　わかった」

マンディは凍りついた。

ブレンダンは誰と話しているのだろう？

電話で話しているのは間違いない。でも呼び出し音は聞こえなかったから、ブレンダンのほうからかけたのだろう。

警察だ。ブレンダンの「ここにいるんだ」という言葉と、確かめるかのような「いますぐ?」という言葉は、ほかに解釈しようがない。あのクソ野郎、本当に警察に電話をかけて、家出少女が家にいるって通報したんだ。単に自分がムカついたからって。私があのアホくさい心理セラピーごっこにもうつき合わないからって。それを私がかなり汚い……ていうか、かなり容赦ない言葉で、あいつにはっきり言ったからって。

マンディは数秒間その場にじっと立ち尽くし、どうするべきかと考えた。逃げなくては。いますぐに。でないと警察がやって来る。自分の意思で家に帰るより嫌なことがあるとすれば、警察に家に連れ戻されることだ。そんなことになれば、怖れているすべてが現実になってしまう――キャロル、青少年局、その他いろいろ……。

リュックサックはブレンダンの寝室に置いてある。ブレンダンは寛大にもずっとマンディに自分のベッドを使わせてくれていたから。寝室に行くにはリビングを横切らねばならないが、リビングにはブレンダンがいるのでそれは無理だ。きっとフラットを出るのを力ずくで阻止されるに違いない。なにしろ、これから警察の注目の的になれるのだ。あの男はそのためならどんなことでもするだろう。

冷汗が出てきた。リュックサックにはわずかな所持品がすべて入っている。アルコールストーブと最後の缶詰。家から持ち出した下着。替えのセーター一枚。靴下。それに現金と身分証明書。少なくともブレンダンからくすねた十ポンド札は着ているジーンズのポケットに入っている。それにマッチも。上着はフラットの玄関脇のコート掛けに掛かっている。携帯は充電中で、やはり寝室だ。ここからの逃避行は、ほとんどなにひとつ持たずに続けることになる――以前よりもいっそう不利な状況だ。

でも、しかたがない。ほかに道はない。

忍び足で、マンディは狭い廊下を歩いた。幸いなことに、このフラットではどこへ行くにも長々と歩く必要はない。リビングのほうに耳を澄ましてみたが、もうなにも聞こえなかった。ブレンダンは通話を終えたのだ。おそらくいまは窓際に立って、警察の車が来るのを待っているのだろう。ということは、マンディが通りに出れば姿を見られることになるが、彼が階段を駆け下りて通りに出る頃には、マンディはとうに角を曲がって姿を消している。マンディは自分の足が速いことを知っている。それに、自分が小柄で機敏なことも。隠れるのは得意だし、ほかの人にはとても通れないような場所もすり抜けることができる。

コート掛けから上着をつかむと、壁際に置いてあったスニーカーに足を突っ込んだ。そして息を殺して玄関ドアを開け、同じようにそっとまた閉めた。ほとんど聞こえないほどかすかな音を立てて、ドアは閉まった。無事にフラットを出た。マンディは一段飛ばしで階段を駆け下りた。ブレンダンの一階下のフラットのドアがわずかに開くのに気づいたが、気にしてはいられなかった。通りに飛び出すと、湿った空気に身を震わせた。

もう一度あたりを見回したりはしなかった。次の角を曲がって、狭い通りが入り組む界隈に紛れ込んだ。きっと警察がこのあたりを探し回るだろう。

できるだけ早く次の隠れ家を見つけなければ。

2

「あのこと」以来、デボラはほぼ泣きどおしだった。娘の誘拐のことは、意識して「あのこと」と呼ぶようにしている。ジェイソンは「誘拐」または「連れ去り」と言うが、デボラはそんな言葉を使うとすぐに涙が出てくるので、とても無理だった。たまには泣き止んで、少し心を休ませることも必要だ。いまでは四六時中、目は腫れぼったく、顔の皮膚は涙の塩分で荒れて赤らんでいた。

アメリーは学校に行かず、一日じゅう自分の部屋にこもっている。必要最小限のことしか話さない。毎日のように警察のカウンセラーが来て、トラウマの克服を手助けし、さらなる情報を引き出そうとする。だがアメリーはそのカウンセラーに対してもほとんど口をきかなかった。誘拐に関しては、そのあともわずかな情報しか口にしなかった。それによれば、一台の車がバーニストン・ロードを歩くアメリーの横に停まり、運転席の男が道を尋ねた。アメリーはそんな通りは知らないので、助けにはなれないと言った。すると男は、カーナビの地図は自分にはややこしすぎるのでちょっと見てくれないかと頼んだ。どちらの方向へ行けばいいかアメリーならわかるのでは、と。そこでアメリーは助手席側から車のなかに身を乗り出した。次の瞬間、刺激臭がして、気を失った。

「クロロフォルムですね」ヘイル警部がデボラとジェイソンに言った。「犯人はおそらくアメリーの顔にクロロフォルムをしみ込ませた布を押し付けて、素早く車のなかに引きずり込んだんでしょう。アメリーが被害に遭ったのはまず間違いなく偶然だったと我々は見ています。犯人はあたりを車で流しながら、獲物を探していたんでしょう。どこかに女の子がいないか、いいタイミングが訪れないかと。クロロフォルムは普段から持ち歩くようなものじゃありませんから、犯人が犯行の機会をうかがっていたのは間違いありません。アメリーが通りを歩いているのを見た。たまたまそのとき、ほかの車を見かけなかった。前にも後ろにも。そのわずかな好機をうまく利用したんです。なんというか……運が悪かった。アメリーは間違った瞬間に間違った場所にいたんです」

その言葉を聞いて、デボラは再び泣きだした。

男が尋ねたという通りは存在しなかった。スカボローにもその周辺にも、かなり離れた場所にも。どんな車だったかという質問に、アメリーは色を伝えることしかできなかった。黒っぽい車。黒か、黒に近い紺色。その後なにがあったかを訊かれると——「ねえアメリー、目が覚めたときにどこにいたの？　そのあとなにがあったの？」——アメリーは顔をそらして、唇を噛みしめた。

いまではジェイソンも仕事を再開した。だからデボラはアメリーとふたりきりだ。何度も二階のアメリーの部屋へ行ってみるが、毎回そっけなく追い返される。デボラはアメリーに、散歩をしたくないか、お茶を飲みたくないか、昼にはなにが食べたいか、一緒に映画を見ないかと尋ねる。だが毎回、答えは「いいからほっといて」だ。

そうするとデボラは二階に戻って、泣く。

アメリーとの関係は「あのこと」以前にもすでに悪かった。悪いどころではない。アメリーは攻撃的で、なにも話さず、なにも理解しようとしなかった。だがそれはアメリーの側の話だ。デボラは娘を攻撃したこともないし、無理解だったこともない。むしろ何度も何度も会話を試みてきた。けれどうまく行かなかった。何度もこう訊いたものだ。「どうしてなの、アメリー？　どうして私のこと、そんなふうに拒絶するの？　私があなたになにをしたっていうの？」「知らない」というのが、いつもの答えだった。

ところが、今日は違った。

デボラはリビングの窓から外を見た。私道の前にふたりの警察官の乗った車が停まっている。何時間も車のなかで、なにも起こらない家を見張るなんて、どれほど退屈で気の滅入る仕事だろう？　もちろん、なにか起こってほしいわけではない。まさか。それに、ふたりの警官――男性と女性――がいてくれることにとても感謝している。それでも彼らのことが気の毒だった。車のなかは寒いに違いない。暖かそうな上着を着ていても、震えているように見える。デボラは何度も家のなかに入りませんかと誘ったのだが、そのたびに断わられた。そういう規則なのかもしれない。

デボラは窓から離れて、再び溢れてきた涙をセーターの袖口でぬぐった。

今日、アメリーはいつもの「知らない」とは別の答えを口にした。

今日アメリーは突然、顔に冷たい軽蔑の念をにじませて母をじっと見つめると、こう言ったのだ。「どうしてマムを拒絶するか？　いつかマムみたいになるんじゃないかって怖くてしかたないからだよ。マムみたいな人生を送ることになるんじゃないかって。だからだよ。気をつけないと」

「気をつける？」驚きのあまり思考が麻痺して、デボラは機械的にそう言った。

「そう。マムみたいにならないように気をつけないと」

「どうして？　私のなにが……」

アメリーは顔をそむけた。「ほっといて。もうほっといてよ」

デボラは最後の力を振り絞って、部屋を出るまでは泣くのをこらえた。これまで読んだアドバイス本にはいつも、人は的を射た批判に最も傷つくものだと書いてある。暗にほのめかされた批判にしろ、はっきりとぶつけられた批判にしろ。逆にそれがまったくナンセンスなただの攻撃ならば、どんと構えていることができると。

「くだらない」デボラが一度そう話したとき、ジェイソンは一蹴した。「まったく正当性のない的外れな批判だからこそ怒りに火がつくんだよ。根拠がないにもかかわらず、そんな批判を表明するような図々しくて考えなしの相手に。僕はそういうのが一番頭に来るよ。批判の内容にうなずけるところがあれば、むしろ僕ならこう思うね——なるほど、こいつの言うこともそれほど間違ってはいないぞって」

どうやらデボラはジェイソンとは違うようだった。アメリーの言葉にデボラが傷ついたのは、それがすでに存在する傷口を直撃したからこそだった。デボラ自身が、自分の人生と、自分が人生で成し遂げたことについて、毎日のように疑問を抱いているからだ。これまですでに、よくこう考えてきたからだ――私は失敗した。どこかで間違った道を選んでしまった。するべきでないなにかをしてしまったか、するべきなにかをしなかった。怠惰から、恐怖から、臆病から、優柔不断から、間違った決断をした。私のような人間は、巡ってきたチャンスをつかまない。慣れ親しんだ川から出ようとしない。たとえ川の水が冷たく濁っていて、自分の望まないほうへ流れていても。

リビングとダイニングのあいだのアーチ形の仕切りの横に掛けられた鏡の前に立ってみた。そして自分の姿をじっと見つめた。泣きはらした顔、乱れた髪。もうとうに美容院に行っていなければならないところだ。こんなふうに外見にかまわずにいるわけにはいかない。

そのとき、玄関ドアの呼び鈴が鳴った。

たぶん女性の警察官だろう。ときどきトイレを貸してくれないかと頼みに来るのだ。男性の同僚のほうは、家の裏の草原のどこかで用を足しているようだ。

デボラは目をこすったが、顔はいっそうひどくなっただけだった。まあいい。どうせあの警察官はデボラの泣きはらした顔しか知らないのだ。

玄関へ行って、ドアを開けた。そこにいたのはアレックス・バーンズだった。旅行鞄を手に持っている。

「こんにちは」アレックスが言った。

車のほうから男性警官が近づいてきた。

「ミスター・バーンズ。ミセス・ゴールズビーを訪ねていらしたんですか?」

アレックスはたちまち不安げになった。「僕は……ええと、実は……」

「大丈夫です」デボラは急いで言った。そしてアレックスの手をつかんで、家のなかに引っ張り入れた。「アレックス・バーンズさんなら、いつでも歓迎です」

「ですが、規則ですので……」警官がそう言いかけた。

デボラは疲れた笑顔を警官に向けると、ドアを閉めた。彼は事情を知らない。彼はデボラがどれほど孤独かを知らない。ついに話し相手ができた。「規則」なんかで台無しにされてたまるものですか。


「うちに泊まるってどういうことだ?」ジェイソンは声を潜めて訊いた。

デボラは立ち上がると、リビングのドアを閉めた。アレックス・バーンズが客室のひとつに引き取ったあと、デボラはジェイソンの帰りを待ち構えていたのだった。

「とりあえずよ。フラットの契約を解消されちゃったんですって」

「賃貸契約っていうのはそう簡単に切られるものじゃないだろう!」

「どうも、もうだいぶ前から家賃を払ってなかったみたいなの。しばらく前に退去通知が来てたんですって。で、もう少しで強制退去になるところだったの」

ジェイソンはため息をついた。

「追い返すことなんてできなかったのよ」デボラは言った。「私たちの子供の命の恩人なんだから」

ジェイソンは再びため息をついた。一日じゅう働いたあとで、退職する同僚の送別会にも出席せねばならず、疲れ切っていた。家庭にはなにも問題がありませんようにと願っていたのに。少なくとも、トラウマを抱えた娘、四六時中泣きどおしの妻、家の前で見張る警察官といった、いますでに存在する以上の問題はあってほしくなかった。ところが帰ってみると、アレックス・バーンズがうちに泊まることになっているばかりでなく、女性警官がアメリーの部屋の前で見張りに立っているという。なぜなら、バーンズは本来ここにいてはならない人間だから。

「ヘイル警部はどうして承知したんだ?」ジェイソンは訊いた。

「どうしてもって私がお願いしたからよ」デボラが言った。「でも警部にだってわかるはずでしょ? あの人はアメリーの命の恩人なのよ。その人が困ってるって言うんだから。ここにはあなたの居場所はありませんって言えばよかったの?」

「彼はまだ警察の容疑者リストから完全に外れたわけじゃないんだぞ」

「ちょっとやめてよ、ジェイソン! アメリーがあんなにはっきりとバーンズさんにはこれまで会ったことがないって言ったのよ。それにあのモンタージュにも少しも似てない。ヘイル警部だって、バーンズさんが犯人である可能性はまずないって考えてるのよ。でなきゃあの人がここに泊まるのを許可するはずないじゃない」

「でも、安全のために警官を家のなかに配置はしたじゃないか」

「だからなに? あの警官なら、私たちの目にはまったく入らないじゃない。だいたいこの家は宿泊施設なのよ。寝泊まりする場所ならちゃんとあるんだから」

「残念なことにね」ジェイソンは言った。

おなじみの話題だ。ふたりは互いににらみ合った。ふたりとも途方に暮れていて、こんなことで喧嘩をしたくはなかったが、話が危険なほうへと向かっているのは疑いようもなかった。

「バーンズさんのなにが気に食わないのよ?」

「なにも。彼にはとても感謝してるよ。ただ、彼がここに住む理由はないと思うだけだ」

「アメリーが戻ってきた次の日、あなた自分であの人に言ったじゃない。いつでも歓迎するって」

「ああ、言ったよ。本心で言ったんだ。でももちろん、うちに遊びに来ることを想像してたんだよ。たとえば食事に招待するとか……夏のバーベキューだとか、クリスマスの時期にワインを一杯やりに誘ったらどうかって。まさかうちに泊まりに来るなんて考えもしなかったよ」

「どっちにしろ、明日にはなにか別の方法を考えなきゃならないのよ。ヘイル警部が、バーンズさんが一晩以上泊まるのはよくないって言うから」

「私も賛成だね、だいたい……」

「でも力になってあげなきゃ。見捨てるわけにはいかないでしょう」

「力になるって、どうやって?」

「金銭的に援助するのよ。新しいフラットを借りられるように」

「冗談だろう!」ジェイソンは立ち上がると、戸棚から半分中身の残っているウィスキーボトルとグラスを取り出した。気付け薬が必要だ。「援助だって？　おいデボラ、うちはいまでもカツカツなんだぞ！」

「私たち、それほど貧乏でもないと思うけど」

「ああ。でもローンはかなりの負担だろう。収入源がひとつだけなんだから……」

「どうしてひとつだけなのよ？　私だって稼いでるじゃないの」

ジェイソンはウィスキーを喉に流し込んだ。「君が？　悪いけど、君が夏のあいだに手に入れるわずかな金を稼ぎとは呼べないだろう！」

「じゃあなんて呼ぶのよ？」

「君がせめて趣味を持てるようにと、この家を宿泊施設に改装したローンだって、まだ返し終わってないんだぞ！」自分の言葉が残酷なことはわかっていた。だが、疲れ切っていた。それに、すべてにもううんざりだった。

デボラの唇がまたしても震え始めた。近いうちに妻が一日じゅう泣かずにいられる日は来るのだろうかと、ジェイソンは考えた。「趣味？　趣味ですって？」

「悪かったよ。でも、実際それ以上のものじゃないだろう。君の心は満たされていないけど、それでも夏のあいだこの家を赤の他人がうろうろして、我々のプライベートな空間を奪ってしまうのは事実なんだ。おまけに収入のほうは……」

「そのおかげで少しは貯金ができたわ」

「ああ。だがその貯金は改装のために借りたローンの返済にあてなきゃならない。それを収益とは呼べないだろう！」

「あらそう。あなたにとって仕事っていうのは、最大限の利益を上げるためだけにするものなの？　仕事が喜びをもたらしたり……」

ジェイソンは冷たい声でデボラを遮った。「君のロマンティックな空想を壊すようで悪いんだが、かなりのローンを抱えてるうちの財政を考えれば、仕事で稼ぐ金はかなり重要な役割を果たしていると言えるんじゃないかな。それは別にしても、私の印象では、そのいわゆる仕事が君にそれほど喜びをもたらしているようには見えないんだがね。少なくとも私の目には君はちっとも幸せそうじゃないよ！」

「じゃあ私、どう見えるっていうのよ？」

「自分のことをよく見てみろよ！　不満だらけで、いまなんてほとんど世をすねてるみたいだぞ。それに抗鬱剤を飲んでるだろう——まさかバスルームの棚の小箱に私が気づかないなんて思うなよ。君はもう微笑むことも笑うことも、どうやっていいのかわからないありさまじゃないか。それにすぐに泣きだして」

「あんなことがあったあとじゃ、不思議じゃないと思うわ」

「いや、誘拐事件の前からそうだったよ。君にもそれはよくわかってるはずだ。アメリーのことがあってからよりひどくなったのは確かだけどね、それ以前にも大きな違いはなかったよ」

デボラは頭が痛くなるのを感じた。質の悪い、刺すような痛み。

「アレックス・バーンズが一晩ここに泊まるってだけで、あなたは……」

「そういう話じゃないんだ」

「でも始まりはその話でしょ」

確かに。それが始まりだった。ジェイソンは、この件に関して自分が抱く嫌な予感には客観的な根拠があるのだろうかと考えた。それとも自分はただ苛立っているだけなのだろうか――来ては去っていく宿泊客たちに、もはや自分だけのものと呼べる我が家がなくなってしまったという感覚に。もちろんバーンズに感謝せねばならないのは当然だ。社会福祉局をだましてアルバイトをしていたもうそれほど若くないあの失業中の男に。それとも、そんなことで人を判断するのは独善的だろうか？　闇のアルバイトなど今日では誰もがしていることで、自分が大げさに問題視するのは、単にそれがバーンズのことだからだろうか？

「少し用心したほうがいい」ジェイソンは感情的にならないよう落ち着いた口調で話そうと努めた。「もちろん、アレックス・バーンズにはこれからも永遠に感謝し続けるよ。でも……彼の陥った状況は問題にもなりかねないからね」

「あの人が私たちの助けを必要としているから？」

「最終的にどれくらいの助けが必要になるかわからないからだよ。それに、彼がいつか自立できるのかどうかも」ジェイソンはそこで声を潜めた。バーンズが階段や廊下をうろうろしていないとも限らない。「デボラ、彼のことを悪く言うつもりはないんだ、でも……」

「でもずっと悪く言ってばかりよ」

「私は事実を言ってるだけだ。バーンズには仕事がない。ピッツェリアでのアルバイトの口もなくした」

「それはあの人がうちの娘を救ってくれて、そのせいで急に警察に事情を説明しなきゃならなくなったからでしょ」

「そうだ。でも彼が仕事をなくしたという事実は変わらない。そしていま、住まいまでなくした。彼が自分でした話は少しわかりにくかったが、私の理解が正しければ、なにか手に職があるわけでもないんだよな。あれこれ始めてはみたものの、どれも最後までやり遂げたことはない。三十歳を過ぎていて、なんの職歴もない。ということは、もう一度仕事を見つけるのはそんなに簡単じゃないということだ。バーンズの未来はバラ色とはほど遠いんだよ。唯一の光を除けばね」

「光って?」デボラは訊いた。

「我々さ」ジェイソンは言った。「我々が彼の光なんだ。彼にとっては宝くじを当てたようなものだろう」

「私たちは別にお金持ちじゃ……」

「いや。考えてみろよ。バーンズは失業者で、わずかな生活保護費で暮らしてるんだ。もう長いあいだ家賃も払っていなくて、ついに放り出された。自分の未来を考えて絶望的な気分になっていただろうと想像がつくよ。そこに我々の登場だ。うちは金持ちとはほど遠いが、彼の目には裕福でなに不自由ない暮らしをしているように映るだろうな。彼はうちの娘の命を救ってくれた。だから我々には、彼に永遠に感謝し続ける義務がある。彼はきっと我々のことを、そういう恩を決して忘れない人間だ、決して自分たちの責任を放り出したりしない人間だと考えているだろうし、実際そのとおりだ。そうして……あっという間にここが彼の新しい我が家ってわけだ」

「そんなことない。ただ今夜一晩……」

「だけど実際、君はもう彼を援助する話を始めてるじゃないか。新しい住まいを見つけるのを手伝って、金を渡すって。デボラ、君が善意で援助したいと思うのはわかるよ、でも、いつまでだ？　あと数か月？　あと数年？　数十年？」

「私たちを利用するような人じゃないわ」

「確実にそう言えるほど、あの男のことを知っているのか？」ジェイソンは訊いた。

デボラは黙り込んだ。しばらくして、ようやく口を開いた。「あの人がしてくれたことを考えたら、私たちには関係ありませんなんて言えない。もし私たちが裕福だったら、きっとあの人はすごい額の謝礼を受け取ったでしょう。うちはお金持ちじゃないけど、それでも……どうなろうと知ったことじゃないって見捨てることなんてできない」

「私も彼には感謝してるよ。アメリーを海のなかから救い出してくれたんだ。大変なことだよ。でもね、正直に言うが、あの場に居合わせてアメリーを助けない人間なんていると思うか？あの子が必死で生き延びようと闘っているのを見て、自分には関係ないって素通りするような人間がいると思うか？　アレックス・バーンズがしてくれたことを矮小化《わいしょうか》しようっていうんじゃないんだ。でも、あれはある意味では当たり前の行動でもあったんだよ」

「そう言うことがすでに、あの人のしたことを矮小化してる」

「違う。ただあの男を聖人だとは思ってないだけだよ」

デボラは顔をそむけた。「それでも私はあの人を助ける。私のお金で」

「へえ。で、家の改修のローンは私が払わせていただくってわけか?」

デボラは肩をすくめた。

「君は単純に考えすぎなんだ」ジェイソンは言った。

「あなたもよ」デボラが言い返した。

ジェイソンはグラスとウィスキーのボトルをテーブルに叩きつけるように置くと、部屋を出た。

今日はもうたくさんだ。

十一月一日水曜日

1

警察官はヘレン・ベネットという名前で、心理カウンセラーの資格を持っている。親切な人だと、アメリーは思う。自分のことは「ヘレン」と呼んでほしいとアメリーに言ってくれたし、すごい階級や肩書があるのかもしれないが、それをひけらかさないばかりか、口にしたこともない。ヘレンは毎日のようにやって来ては、アメリーの部屋に座って、母のデボラが運んでくるお茶を飲み、おしゃべりをする。まるで日常の些細な出来事について尋ねる親切な友達のように。ところが、そうしておいてヘレンはいつも、いつの間にか話題を誘拐のほうへと向ける。

アメリーは毎回その時点で会話をやめる。

ところが今日、ヘレンはお茶を飲んでいない。デボラが運んでこないからだ。そもそもデボラは家にいない。妙だ。アメリーが戻ってきてからというもの、デボラは一歩も家から出ず、まるで番犬のように一階に居座って、ときどき二階を覗きに来ていた。そしてあれこれ提案してはアメリーを苛立たせてきた。お茶が飲みたい？　ココアは？　ケーキは？　散歩に行かない？　カードで遊ばない？……しない？……しない？……しない？　アメリーの反応はどんどんそっけなくなっていった。自分の無愛想な拒絶が母を傷つけていることはわかっていた。だが、そうでもしなければ耐えられなかった。

ところがいま、母は突然いなくなった。不思議だ。少々腹立たしくさえある。ヘレンにとっては間違いなくそうだろう。なにしろいつもお茶に大喜びして、カップに砂糖を山ほど入れるのだから。

「甘いのが好きなの」と、ヘレンはいつも言う。

まあ、それは見ればわかった。

あと十キロ痩せれば見栄えするのに、とアメリーは思っている。そうすればきっととてもきれいなのに、と。

「お母さん、私が来たときに、ちょうどお出かけになるところだったわよ」ヘレンが言った。

「どこへ行かれたの?」

アメリーは肩をすくめた。「知らない。買い物じゃないの」

ヘレンがうなずいた。そして勉強机の前の椅子を引き寄せて、腰かけた。アメリーは窓の下に置かれた木のベンチにうずくまっている。一日じゅうこうしている。窓の下の木のベンチで。何時間もほとんど動きさえしない。ここから頭をそらすと、窓の外が見える。とはいえ、目に映るのは空だけだ。垂れ込める暗い灰色の雲の海だけ。もう何日も日が射していない。

ヘレンはしばらくのあいだ、この嫌な天気のことを話題にしていた。朝起きるのがどれほど辛いかといった話をしながら、ときどき指にはめた指輪をもてあそんでいた。いつもはお茶のカップを手に持っているから、もっと落ち着いた印象なのに。アメリーは初めて、ヘレンがどれほどナーバスになっているかに気づいた。

お茶のカップがないだけで、いろいろな変化が起こるものだ。ほんの些細なことが意味を持つ場合もある。

「どんな些細なことでも意味を持つ場合があるのよ」面白いことに、ちょうどそのときヘレンがそう言った。「あなたが思い出すことはなんでも。たとえたいしたことじゃないと思えても」

いつものようにアメリーは答えなかった。いまのこの状況はとても快適だった。アメリーはトラウマを抱えている。そしてそれはどうやら、通常の規則にはもはや縛られないことを意味しているようなのだ。たとえば何時間も質問に答えないといった失礼な態度を取っても許され、誰にも叱られない。みんなが親切で、機嫌を取ってくれる。

いま椅子の上でもぞもぞしながら自分の手をどこへ置いていいかわからずにいるかわいそうなヘレンもそうだ。

母が家にいないなんて、おかしい。

「お母さんが出かけるなんて、珍しいね」アメリーは言った。

ヘレンは嬉しそうに食いついてきた。会話の目的にはそぐわないものの、とにかくアメリーが口を開いたからだ。

「きっともうすぐ帰っていらっしゃるわよ」

「アレックスはまだうちにいるの？」

「アレックス？」ヘレンが訊いた。

「アレックス・バーンズ。私を助けてくれた人。月曜日にうちに来たの」

「へえ？」ヘレンは驚いたようだった。「ヘイル警部は知ってるの？」

「うん。あんまり嬉しそうじゃなかったけど。だからミスター・バーンズは一晩泊まるだけってことになったの。でももう二晩泊まってる」

「アレックス・バーンズと、もう話はした？」

「ううん」

「彼のことを考えると、どんな気持ちになる？」

「どんな気持ちになればいいわけ？」

「だって命の恩人でしょう」

「そのことは考えたくない」体の上で砕けた波。死ぬんだという感覚。痛む両手……。

アメリーはそっとため息をついた。

「アメリー？」ヘレンが心配げに声をかけてきた。

「そのことは考えたくないの。嫌なの。だってすごく怖かったんだから。あの夜はひどすぎた。海もひどすぎた。冷たくて。それに手がめちゃくちゃ痛くて。めちゃくちゃ怖かった。死ぬかと思った」

「わかってるわ、アメリー、わかってる」

「私、飛び込んだの」アメリーは言った。「自分で飛び込んだの。どこに逃げればいいかわからなかったから。あいつが追ってきてると思ったの。すぐ後ろにいるって。もうあれ以上走れなくて、すぐにつかまるって思った。すぐに」

「誰なの、アメリー？　誰があとを追ってきたの？」

「車の男」

「あなたを車に引っ張り込んだ男？」

アメリーは首を振った。「もうひとりの男」

ヘレンが身を乗り出した。そわそわ動いていた指がぴたりと止まった。「男がもうひとりいたの？」

アメリーは泣きだした。「車の男」

「もうひとりの男も車を持ってたの？」

「その車で逃げたの。車のなかに隠れて、逃げたの」アメリーは両手で顔を覆った。涙が滝のように溢れてくる。「私、車に隠れたの。で、車が停まったときに飛び出したの。それから走って、走って……命がけで。めちゃくちゃ命がけで走った」

2

フラットの所有者は、アレックス・バーンズにあまり好感を持ったようには見えなかった。デボラにはそれが一目でわかった。なにしろアレックスのいでたちは、あまりにみすぼらしい。はき古したジーンズ、あまり清潔とは言えないスウェットシャツ、底がすり減ったスニーカー。

それに伸びすぎた髪。もちろん、大家に見せる雇用契約書も、定期収入を証明する預金通帳もない。住居の貸主が大喜びで飛びついてくるようなタイプではない。たとえ、いまデボラとアレックスが内覧しているようなみすぼらしいフラットの大家であっても。そこは狭くて暗いフラットだった。

「だめだね」大家が言った。「だめ、だめ。話にならない。家賃なんか一銭も入ってこないって、すぐにわかる。悪いけど、とても貸せないね」

あっという間にふたりは通りに放り出された。フラットの所有者はなにかよくわからないことをつぶやきながら、急ぎ足で去っていった。口調から察するに怒っているようだった。デボラとアレックスは近くのカフェに入って、とりあえずコーヒーを注文した。デボラは、私のおごりだから、とアレックスを安心させた。彼の不安げな視線に気づいたからだ。

「そんな親切をお受けするわけには」不幸せそうな顔で、アレックスが言った。

「なにを言ってるんですか」デボラは言った。「コーヒーくらいおやすいご用ですよ、なにしろ……」

「アメリーを助けたから？　もう、頼みますよ！　僕は本当に、あそこを通りかかった人間なら誰でもしただろうことをしただけです」

まったく同じことをジェイソンも言っていた。デボラにとって、それでアレックスの行為の価値が下がることはなかったが、それでもジェイソンがなにを言いたかったかは理解できた。

「でも、アメリーを助けてくださったのはアレックスさんですから。あなたが勇敢に助けてくだから家族の生活はいま頃崩壊してました。このご恩は永遠に忘れません、アレックスさん」

「警察はまだ僕に対する疑いを完全に捨ててはいないみたいですけど」

「警察っていうのはいつも被害者と関係のある人間のことは全員疑うものなんですよ。どんな関係かにかかわらず」デボラはそう説明した。これはケイトから聞いた話だ。だから間違いない。「警察は最初、ジェイソンと私のことも疑ったくらいですから。特にジェイソンのことを。彼には犯行時刻のアリバイがないから。考えてもみてくださいよ。娘が行方不明になったっていう理由で、実の父親が急にアリバイを求められるんですよ！」

「親が子供に対する犯罪の加害者になるのも、きっと珍しくないんでしょうね」と、アレックスは言った。そしてコーヒーカップをかきまぜ、スプーンでミルクの泡をすくうと、口に持っていった。「でも今回の場合ははっきりしてますよね。もしも父親が犯人なら、アメリーはすぐに気づいたはずですから。実際、アメリーの話では犯人は全然違ったわけですし」

「アレックスさんが犯人だったとしても、アメリーは気づいたはずですよ。だからヘイル警部がアレックスさんに不信感を抱くのは、少しおかしいわ」デボラは言った。

アレックスは肩をすくめた。「かまいませんよ。僕は自分が事件とは関係ないって、自分でちゃんとわかってますから。だからあんまり心配はしてません。少なくとも事件のことは」最後にそう付け加える。

デボラはアレックスがなにを言いたいかを理解した。「新しい住まいを見つけなきゃなりませんね」

アレックスは暗い顔でうなずいた。「僕が悪いんです。退去通知はもう何か月も前に来ていたのに。もっと早くに手を打つべきでした。結局ホームレスになっちまった」

「私たちがいるじゃありませんか」

「ヘイル警部は、今日までずっと大目に見てくれたんですよ。今晩は別の宿を探さないと」

「もしどうしてもとなったら、ホテルに泊まりましょう」

「泊まりましょう？」

デボラは、自分の言葉が妙な意味を持ちかねないことに気づいた。「ええと、つまり、アレックスさんがホテルに泊まって、料金は私が払うってことです」

「そんなわけには……」

「いいんですよ、アレックスさん。私がそうしたいんです。私がどれほど感謝しているか、どうか証明させてください」

「なんかお宅に寄生してるみたいだなあ」

「そんなことありません。そんなふうに思わないで。当たり前のことなんですから」

ジェイソンの意見は違うだろうと、デボラにはわかっていた。アレックスがこれから数日間デボラの金でホテルに泊まると知ったら、ジェイソンがどう反応するかも想像がついた。でも、どうでもよかった。これはデボラが決めたこと。それに、とりあえずはデボラの金ですることだ。

それでも新しい住まいを早急に見つけねばならないことには変わりがない。

「フラット探し、別の方法でやってみましょうよ」デボラは言った。「借りるのは私ってことにするんです。賃貸契約書にも私がサインします。私ならなんの問題もなく借りられますよ、きっと」

アレックスはコーヒーカップを置いて、にやりと笑った。「きちんとした人ですからね！僕と違って」

アレックスの口から出た「きちんとした」という言葉には苦々しい嘲りの響きがあって、デボラの傷を直撃した。胸が痛んだ。

「私、きっととてもきちんとして見えるんでしょうね」デボラは言った。「でも心のなかは……」それ以上なにを言っていいかわからなかった。アレックスが手を伸ばして、一瞬デボラの手に重ねた。

「すみません、傷つけるつもりはなかったんです。皮肉のつもりで言ったんですよ。もちろんデボラさんのことじゃなくて、人の表面だけを見て判断する世間のことを皮肉ったつもりだったんです。もちろん、デボラさんの境遇はきちんとして見えますよ。ご結婚なさってて、娘さんがいて、素敵なお家もあって、お金も充分あって。人が見るのはそういう部分です。ほとんどの人はそれだけ見れば満足で、あとはどうでもいいと思ってる」

「でもアレックスさんは違うんですか？」

「僕は見かけの奥にある人間の本質を探り出すことに興味がありますね。人が世間に見せる顔の奥にある姿に。もちろん、いつでも人の本質を見抜けるってわけじゃないですよ。それに、この人はこういう人だっていう僕の想像がいつも当たっているとは限らないし。それはそうなんですけど、でも僕は少なくとも、表向きの顔は疑ってみることにしてます」

デボラは思わずこう質問せずにはいられなかった。「じゃあ、私の表向きの顔の奥にはなにが見えます？」

アレックスは検分するかのようにデボラをじっと見つめた。文字どおりデボラの皮膚や何層もの皮下組織を突き通して、体の奥を覗こうとするかのように。

「あまり幸せじゃない、そうでしょう？　人生に満足していない？」

たちまちデボラの目に涙が溢れた。ああもう。全力で押し留めようとする。誰かに同情するような口調で不幸なのかと言われただけで、町のど真ん中にあるカフェで泣きだすなんて。

「ええ、まあ……」デボラは曖昧にそう答えた。

「でも正直に言えば、みんなだいたいそうですよ」アレックスが言った。「誰だって、いつも幸せで自分の人生に満足してるわけじゃありませんよ」

「確かにそうね」取り繕《つくろ》ってもしかたがない。デボラは顔を両手で拭った。涙が頬を流れ落ちるからだ。「なんてこと。泣く理由なんてないのに。そこまで不幸ってわけでもないんだから。ただ……」

「なんですか？」

「アメリーは私にすごい憎しみを向けるんです。でも、どうしてなのかわからない。ジェイソンは私にイライラしてばっかりだし。それに仕事――B&Bのことですけど――は、まずいアイディアでした。少しも満足感が得られなくて。まあ、簡単に言うとそういう感じです」

「ご主人と娘さんのことはすぐには変えられない。でもお仕事なら変えられるんじゃ？」

デボラは頭が痛くなってくるのに気づいた。

「君は不満が言いたいだけで、アドバイスを聞こうとはしない」と、ジェイソンはよく言う。それはアドバイスをくれる人がたいてい押しが強いからだ。自分のアドバイスを実行しろとしつこく圧力をかけてくる。「え、まだ何も変えてない？　どうすればいいか詳しく教えてあげたのに。いい加減に実行しなさい！」

「でも私……自分の計画を投げ出したくないんです。そんなことをしたら……」それ以上なにも言えなかった。

「そんなことをしたら、負けたような気がする」アレックスがデボラの言葉を引き取って、最後まで言ってくれた。

「私……」頭のなかの刺すような痛みが強くなってくる。

アレックスはそれに気づいたようだった。「すみません。僕、なんか圧をかけちゃってますよね。わかってるんですけど……」

「なにがです？」

「ああするべき、こうするべきって言ってくる人間がどれほど鬱陶しいか。外から全部が見えるわけでもないのに」

アレックスは男性にしては珍しく高い共感力と自己省察力を持ち合わせているようだ、とデボラは思った。それでもデボラは、アレックスと一緒にいるとなんだか居心地が悪かった。アレックスにはどこか……得体の知れないところがある。デボラからの援助の申し出を何度も断わりはする。あの夜の自分は当然のことをしただけだと言って。だが同時に、彼はデボラの感謝の気持ちと援助とをたっぷり当てにしているような気もする。アレックスはあまり正直でないような気がして、デボラは戸惑っていた。

「さあ、これからホテルを見つけないと」デボラはそう提案した。再び声も落ち着いていた。

「で、明日また家探しをしましょう」

「家賃もホテルも、たとえ一部だけでも払ってもらったりしたら、ご主人が嫌な顔をされるんじゃないですか」

「夫だって私と同じくらい感謝の気持ちを示したいと思ってますよ」

アレックスは首を振った。「いや、ご主人がどう思ってらっしゃるか、僕だって気づきましたよ。お宅に泊めていただいたのも、ご主人から見ればあんまり馴れ馴れしすぎたんでしょうね」

そのとおりだったので、デボラはもう一度反論しようとは思わなかった。数ポンドの札をテーブルに置くと、立ち上がり、コートをつかんだ。「行きましょう。あまりくよくよ考えないで。橋の下で眠るようなことはさせませんから」

アレックスが微笑んだ。

3

「二人目の男」は衝撃だった。それに、アメリーの逃避行に関してとりあえずいくつかのヒントが得られたことも。ケイレブ・ヘイルは、ようやく再びエンジンがかかったような気がしていた。もう長いあいだ刺激がなさすぎた。なにひとつ動かず、どこを探してもなにをつついても、手にしている材料でなんとか成果を出そうと頑張っても、個々の断片的な手がかりからでは簡単に間違った方向へと導かれてしまうとわかっていた。核になる事実が欠落していたからだ。だがようやくいま新しい手がかりが手に入った。それにどうやら犯人は二人いるらしい。

「二人目の男と、車での逃走」ケイレブは言った。「これでかなり変わってくる」

三人はいまケイレブの部屋にいる。ケイレブと、ロバート・スチュワート巡査部長、それに心理カウンセラーの資格を持つヘレン・ベネット巡査部長。ヘレンはこの場の英雄だった。天使のごとき根気強さと粘りで、アメリーから新しい情報を聞き出したのだから。なにより、今後さらに情報を得られるだろうという希望があった。なにしろアメリーは、少しずつとはいえ心を開きつつあるのだから。

そう、ゆっくりではあっても前進している。

「ということは、当然アメリーが救出された地点から徒歩圏に絞って犯人の自宅を探すのは中断していいということですね」ロバートが言った。「アメリーはもっとずっと遠くにいたんですから。おそらく、そもそもスカボロー市内にはいなかったんでしょう」

「それで彼女の所持品が町から遠く離れたムーアで見つかったことにも説明がつきますね」ヘレンが言った。「この点がずっと謎だったわけですけど」

「とはいえ、所持品が発見された現場の近くにも、犯人の隠れ家はおそらくないと思う」と、ケイレブは言った。「犯人は残念ながらそれほど馬鹿じゃないだろう。被害者の個人的な持ち物を自分の居場所の近くに捨てたりはしないはずだ」

「でも、あの場所を通ったことには変わりないでしょう」ロバートが言った。「それでだいたいの方向はわかります」

「まあ残念ながら、非常に曖昧な方向だがな」ケイレブは言った。「犯人はあの場所からさらにどちらの方向へ向かったとしてもおかしくないんだから」

「アメリーは、車に乗っていた時間がどれくらいかは非常に曖昧にしか憶えていないようですし」ヘレンが言った。決定的な情報を手に入れたあと、ヘレンはもちろんさらに詳細を聞き出そうとした。だが、捜査に大きなはずみをつけるような情報はなにひとつ得られなかった。

「車に引きずり込まれた際にはクロロフォルムで意識を失っていますから、まったく記憶がありません。それに、逃げたときには……だいたい四十五分くらいだったような気がすると言っていますが、私の率直な印象では、そう言ったときのアメリーはまったく自信がなさそうでした。もちろん状況を考えれば無理もないことですけど」

「それでも、とりあえずはその証言に基づいて捜査していくしかない」ケイレブは言った。

「彼女の証言が事実とそれほどかけ離れていないことを祈ろう」ケイレブはそわそわとボールペンをもてあそんだ。「さて、こちらの手のなかにあるのは？　ヘレン、これまでにアメリーから得られた情報をもう一度まとめてくれないか？」

ヘレンはうなずくと、メモ帳にちらりと視線を走らせた。

「車について。アメリーは車種はわからないと言っています。彼女が後部座席の床にうずくまっていたことを考えると、小型車ではなかったと思われます。運転していたのは男性で、それ以前に犯人のもとを訪れたことがあったかもしれません。この点はアメリーにはよくわからないそうです。彼女自身は男をそれまで見たことがなかったものの、声には聞き覚えがあったような気がすると言っています。とはいえ、その点もやはり自信がなさそうですが。ちなみに、アメリーは男に二度目に会ったとき、つまり逃亡の際にも、男の姿は見ていません。ですから残念ながら人相を描写することはできません。彼女は一週間半前の金曜日、ふたりの男が話す声を聞いて、逃げるチャンスがあると気づきました。そして二人目の男の車のなかに隠れて待ちました」

「その点については、もう少し詳しいことが知りたいよなあ」ロバートが言った。「その二人目の男はアメリーの誘拐のことを知っていたのか？　おそらく犯人の友達なんだろうけど、だからといって共犯者とは限らない。アメリーは一度その男の声を聞いている、というか、少なくとも聞いたかもしれないと思っている。だけど顔は見たことがないんだよな？　じゃあ、男のほうはアメリーを見たことがあったんだろうか？　アメリーがそこにいることを知っていたんだろうか？　そもそも、その隠れ家はどんなところだったんだろう？　アメリーはどこに、どんなふうに閉じ込められていたんだろう？　どうも地下室なんかに監禁されて、鎖につながれていたってわけじゃなさそうだ。少なくとも人が訪ねてきたことに気づいたわけだし、車のなかに隠れることもできたんだから。車は外に停めてあったはずだから、アメリーは家だか小屋だか、とにかく監禁されていた場所を出ることができたことになる。それなのに、その機会を利用して徒歩で逃げることはせずに、知らない人間の車に隠れるという大きな危険を冒した。見つかるかもしれないのに」

「それはつまり、隠れ家が人里離れた大自然のなかにあったことを意味するんじゃないか？」ケイレブは言った。「まあ、ムーアなんだから、充分あり得る話だ。アメリーは、徒歩では逃げられない、道に迷って何日もさ迷い歩くことになるとわかっていたんだ」

「うーん」ロバートがうなった。「それと、謎の二人目の男が出ていく前に、アメリーがいなくなっていることに犯人はどうして気づかなかったんでしょうね？」

ヘレンが悔しそうに首を振った。「アメリーはその点についてはなにも言わないんです。まったくなにも。こちらが犯人や隠れ家や、アメリーの監禁生活のことや、例の二人目の男のことを持ち出すと、すぐに口を閉ざしてしまって。そのときの記憶は呼び起こしたくないようです」

「そのうち変わるかもしれない」ケイレブは言った。「いや、変わってもらわないと。我々にはまだまだ情報が必要だからな。でもヘレン、君はアメリーと非常にいい関係を築いたようだね」

ヘレンは喜びで頬を紅潮させた。「いま言ったとおり、アメリーは四十五分間ほど車に隠れていたということですが、不思議なことに、運転していた男にはアメリーの逃亡を知らせる電話はかかってこなかったそうです。もし犯人がアメリーの逃亡に気づいたら、論理的に考えて、その友人だか知人だかに電話をしたはずです。ということは、アメリーを誘拐した犯人は一時間近くアメリーが逃げたことに気づかなかったんでしょうか？　この点を明らかにするためには、隠れ家がどうなっていたのかを知る必要があります。それに、アメリーの監禁生活がどんなだったかも。もしかしたらアメリーはよく長時間にわたって放置されていたのかもしれません。だからこそ逃げたのに気づかれなかったのかも。いずれにせよ、やがて車は停まりました。運転していた男は車を降りた。でも鍵はかけなかった。そこでアメリーは、きっと男はすぐに戻ってくるに違いないと考えたそうです。そしてドアを開けて車から飛び出し、走った。真っ暗闇のなかを。自分がどこにいるのかわからなかったけれど、あたりを見回すような時間はなかった。ただ目の端で街灯の明かりをとらえたと言っています。車のすぐ横は傾斜の急な道で、そこから砂利敷きの急な下り坂が続いたそうです。波の音も聞こえたと言っています。最後まで、つまり海に飛び込むまで、自分がどこにいるのかわからなかったそうです。あのあたりはアメリーのよく知る界隈だったにもかかわらず。パニックがあまりに大きかったんですね。なにも考えず、ひたすら本能に従って行動していたんです」

「場所なら想像がつきます」ロバートが言った。「アレックス・バーンズがアメリーを助け出した場所と、砂利の坂道を下ったという話とを一緒に考えると、車が停まったのはシー・クリフ・ロードとウィートクロフト・アヴェニューのあいだの駐車場だったとしか考えられません。そう考えると辻褄が合います。土手に、砂利に、海岸まで直接下る道。あの場所しかあり得ませんよ」

ケイレブはうなずいた。ウィートクロフト・アヴェニューに住んでいるので、その点は明らかだった。「あの駐車場に鑑識班を送った。いま頃あそこをしらみつぶしに調べている。もちろんずいぶん遅いが、それでもなにか見つかる可能性はある。いや、あのあたり全体は当然もう調べたが、これで範囲をぐっと絞ることができるようになったわけだ。それに、アメリーが車に乗って逃げたこともわかった。明確な手がかりが手に入った」

なんだか虚しい励ましの言葉のようだった——ケイレブ自身もそれに気づいた。なにしろまだ捜査が大きく前進したとはとても言えないからだ。

ヘレンがアメリーの証言の説明に戻った。「アメリーは海岸沿いのクリーヴランド・ウェイにたどり着きました。そしてさらに走り続けました。〈スパ・コンプレックス〉の手前まで来たとき、すぐ後ろに追手が迫ってくるのが聞こえたと言っています。いえ、より正確には、追手がすぐ後ろにいたと確信しています。ただ、この点は少し慎重に判断したほうがいいと思います。あの暴風雨と荒れた海の轟音のなかで……本当に人の足音なんて聞こえたんでしょうか？　つまり、車を運転していた男がアメリーの逃亡に気づいてあとを追ったかどうかはわからないということです。いずれにせよ、アメリーは方向を変えて、右手の壁を越え、道の下に張り出したテラスのような場所に降りました」

ケイレブとロバートはうなずいた。ふたりとも何十年もスカボローに暮らしている。ヘレンが言うのがどの場所のことなのか、よくわかっていた。

「一瞬、防波堤の下で立ち止まると、石壁にぎゅっと体を押しつけて縮こまりました。そうしたら追手は頭上を駆け抜けていったと、アメリーは言っています。ところがその後、追手が戻ってくる足音が聞こえた。そこでアメリーは柵を乗り越えて、海に飛び込んだ。先ほど言ったとおり、追われていたというアメリーの証言は慎重に取り扱う必要があります。彼女が自分の言っていることを心から信じているのは間違いありません。でもパニックによる妄想だった可能性もあります」

「その可能性は充分あるな」ケイレブは賛成した。海が凄まじい轟音でほかのあらゆる音を飲み込んでしまうことがあるのは、よく知っている。嵐で波が防波堤に叩きつけられれば、自分の口から出る言葉さえ聞こえない。それでも、アメリーが追手に気づいた可能性はある。聴覚ではなく、本能によって。そういうことは起きるものだ。とはいえ、追われていたというのはアメリーの思い込みである可能性も同じくらい大きかった。

ケイレブは目をこすった。集中して考えをまとめるときの癖だ。

「いくつか疑問がわくな」かなり控えめな表現だった。実際には疑問の大群が押し寄せていたが、いまは最も重要な点のみに集中するべきときだった。

「運転していた男はなぜあの人気《ひとけ》のない駐車場に車を停めたのか？　そして、なぜ車を降りたときにロックしなかったのか？　実際、すぐに戻ってくるつもりだったという説には説得力があるな。つまり男はあのあたりに住んでいるわけではない」

「あのあたりに住んでいて、車を施錠するのを忘れただけかもしれません」ロバートが言った。

「でも、あの駐車場は近隣の住民が車を停める場所じゃない」ケイレブは言った。「すぐ後ろに二本の通りがある。あそこは住宅街で、車を停めるならあの通り沿いにいくらでも場所がある。おまけに、ほとんどの家にはガレージがある。あの駐車場に車を停める住人なんていない。あれは観光客のために造られた駐車場で、実際ほとんど観光客しか使わない。本当だ。私は知ってる」

「ほとんど、ですよね」ロバートが言った。「必ずしもそうだとは限らない」

「確率の問題だよ」ケイレブは答えた。

「じゃあ、実際は男がその二本の通りのうちどちらかに車を停めたんだとしたら？」ロバートが問いかけた。「アメリーは自分の証言に確信が持てないんですよ。車が停まった場所がどこだったかにさえ」

ヘレンが首を振った。「でもアメリーは、車を降りたらすぐに道で、それが砂利道につながっていたと言ってるんですよ。それにあたりは暗くて、少し離れたところに街灯があったって。この点はかなり具体的に話してくれました」

「それでも、運転していた男があのあたりに住んでいる可能性を排除するべきじゃない」ロバートは言い張った。「または、誰かを訪ねたのかもしれない。急いでいたんで、車をロックし忘れた。車にもうひとり乗っていることなんか知らなかったわけですから」

「もちろん、付近の住民に質問して回るよ」ケイレブは言った。「それに住人の車は全部調べる。ちなみに、たまたま通りかかってアメリーを陸に引っ張り上げるのを手伝った二人目の男、デイヴィッド・チャップランドは、シー・クリフ・ロードに住んでいるんだ。もちろん偶然かもしれないが、それでも彼のことはもう一度じっくり調べてみるつもりだ」

「単に小便がしたくて車を停めただけかもしれませんね」ロバートが言った。「そういうときには、わざわざ鍵をかけたりしませんし」

ケイレブは眉をひそめた。「それにしては場所が変だな。住宅街の二本の通りのあいだなんて。わざわざ目指さない限り、偶然通りかかる場所じゃない」

「道に迷ってうろうろしていて、どうしてもすぐに小便がしたくなって、駐車場が見えたとか」ロバートが言った。

「なるほどな」ケイレブは納得できなかったが、とりあえずそれ以上この点には深入りしないことにした。

「もしそうなら」ヘレンが言いだした。「男はすぐに車に戻ってきて、後部座席のドアが開いているのに気づいたんでしょうね。というか、たぶん車のすぐ近くに立っていたんで、アメリーが逃げ出した瞬間に気づいたのかも。そうだとすると、追手の足音がすぐ背後で聞こえたっていうアメリーの証言にも納得がいきます」

「だとしたら、そもそもアメリーが逃げられたことが驚きだな」ケイレブは言った。

「相手の意表を突いたんですよ。それに相手より敏捷だったんでしょう」ヘレンが言った。「それに、アメリーには失うものがなかった。だから夢中で飛び出した。男のほうは、嵐と暗闇のなか、急な坂道を走って彼女のあとを追うかどうか、一瞬ためらったんじゃないでしょうか。たとえ自分の友人だか知人だかが少女を誘拐したことを知っていたとしても、自分の車から飛び出したのがその子だと気づくまでには一瞬の間があったでしょうし。もしかしたら、誘拐された少女がいることすらまったく知らなかったかもしれません。そうだとすれば、いきなり人が自分の車から飛び出してきたんだから、非常に驚いたと思いますよ。だから車のなかのものを盗まれたんだと考えて、あとを追ったのかもしれませんね。それでも、あの場所と時間と天候を考えれば、ためらいを乗り越える必要があったはずです。あの道を走って下りるのは本当に危険ですから」

「それに加えて、私はいまだにあの英雄的な救出劇の主役のことをどう考えていいのかわからないんだ」ケイレブは言った。「アレックス・バーンズ。まさにあの時間に、町のほうからクリーヴランド・ウェイを歩いてあそこまで来た。なんともおかしいじゃないか。あんなに遅い時間で、嵐だったんだぞ。それに家に帰るにはかなりの遠回りだ。どうしてそんなことをする？」

「その話はもうしたじゃないですか」ロバートがげんなりした調子で言った。上司がしつこく何度も同じ疑問をこねくり回すことに、時々うんざりする。おまけに、まったく新しい手がかりが手に入ったところだというのに。とはいえ――実際、奇妙な話ではあった。アレックス・

バーンズという人間そのものが奇妙だ。彼の行動も奇妙だ。だが、奇妙な人間であることは犯罪ではない。ときどき奇妙なことをする人間はいる。

「本来、バーンズはアメリーを追っていた男を見ているはずなんだ」ケイレブは言った。「それが追手だとは知らなかったろうが、それでも誰かを見ているはずだ。あの時間、あの場所なんだから、人を見ていれば憶えているはずだろう」

「それはアメリーが本当に追いかけられていた場合です。思い込みじゃなくて」ヘレンが口を挟んだ。「それに追手がもしすぐにきびすを返して車のほうへと戻っていったんなら、バーンズと出くわしたとは限りません」

「または、アレックス・バーンズが通りかかったのはずっとあとだったか。そのときには追手はもうとっくにいなくなっていた」ロバートが言った。

「アメリーがそんなに長く海のなかにいられたはずはない」ケイレブは言った。「本人は永遠だったと言っているが、あの状況じゃあ五分でも永遠に思えるだろう。すべては非常に短い時間内に起こったんだと思う。アメリーは丘を駆け下り、追手がすぐ背後に迫っていると考えて、防波堤の下にしゃがみ込む。追手が頭上を走り去っていく足音を聞いたが、その数秒後には戻ってくる足音が聞こえたと思い込む。本人の証言によれば、そこで柵を乗り越えて、海に飛び込んだ。そしてぬるぬるする石壁にしがみついた。何度も波をかぶった。アレックス・バーンズが現われたのはその直後のはずだ」

「アメリーは壁の割れ目に手を入れることができたんですよね。だからある程度はしっかりしがみついていられた」ロバートが言った。「それに、波は確かに激しかったけれど、そのおかげでアメリーの体は何度も壁に押し付けられることになった。僕は、かなりの時間、持ちこたえられたんじゃないかと思いますね」

「同じような条件下で一度実験してみるべきだな」ケイレブは提案したが、ふたりの部下の乗り気でなさそうな顔に気づいた。実験に自発的に名乗り出てくれる人間を見つけるのは難しそうだ。

「バーンズのこともう一度徹底的に洗い直してみたい」ケイレブは続けた。「できれば彼の自宅の捜索令状が欲しいところだが、現時点ではあり得ない夢だな。それでも、できる限りバーンズのことを洗ってみる。それに、あの時間にあの場所にいた合理的な理由を本人が説明してくれるまで、事情聴取を続けるつもりだ」

「なにを考えていらっしゃるんですか、サー？」ヘレンが落ち着かない様子で訊いた。「万一アレックス・バーンズが車を運転していた男だったとしましょう。それに追手でもあったと。アメリーは、その男の姿は一度も見たことがないと言っていますから、確かにバーンズの顔を見てもそうだと特定はできないでしょう。声を聞いたことはあるとのことですが、その点でも自信がなさそうです。ひとまず、アメリーの言葉はすべて事実であり、思い込みでもパニックでも極度の神経過敏でもないと仮定しましょう——そうすると、車を運転していた男は本当にアメリーのすぐ背後に迫っていたことになります。彼は本当に道の下にいたアメリーの頭上を走り去り、本当に向きを変えて戻ってきた。そしてアメリーは海に飛び込んだ」

「でも、助けてって叫んだんだよな」ロバートが言った。

「それは矛盾でもなんでもないわ」ヘレンが答えた。「海のなかで、死ぬかもしれないっていう恐怖を味わったんだから。本能的に叫び声が出たのよ。追手に聞こえるかもしれないっていう恐怖にもかかわらず。ああいう状況に置かれれば、人は合理的な行動を取るとは限らない」

「そしてバーンズはアメリーを見つけた。そして彼女の手をつかんだ」

「そして、そのままつかんでいてあげた？」ロバートが不信感もあらわに言った。

「アメリーのほうはつかんでいてくれたと思っていたが、実際には彼女の手を壁から引きはがして、海のなかに放り込もうとしていたとしたら？」

「どうでしょう、あまりにも……」

「アメリーを海中に押しやるのはあまりに危険が大きすぎます」ヘレンが言った。その声から、彼女がケイレブの仮説を理解しつつあるのがわかった。「だって、そうしたからってアメリーが溺死するとは限りませんから。泳いで逃げ切る可能性だってあります。そうなったら、アメリーは自分が隠れていたのはバーンズの車だったと気づくかもしれません。そしてふたりの男を特定するかもしれない——誘拐犯とその友人を。まあ、現時点ではその友人というのが共犯者かどうかはわからないわけですが、かなりの確率で共犯者だったと言えるでしょうね——もしバーンズが本当にアメリーを延々と追っていったのなら。そんなことをするのは、アメリーが逃げのびたら危険な存在になると知っている人間だけです」

　ケイレブはヘレンに感謝の眼差しを送った。

「だからアレックス・バーンズは、本当にアメリーを海から引き上げようとしたんだっていう可能性を考慮したほうがいいんじゃないですか？」ヘレンは続けた。「危険を避けるために、です。彼女を隠れ家にいる共犯者のもとへ連れ戻すために。いまのところ、アメリー・ゴールズビー誘拐の動機はまったく不明ですが、いずれにせよ彼女は犯人たちの獲物ですから、簡単に逃がすつもりはなかったのでは。おまけに、あの時点でアメリーはすでに危険な存在になっていました。だからバーンズは確実な方法を取りたかった。そのためには、アメリーを陸に引き上げなくてはならない。ところが、意外にもそれはなかなか難しかった。バーンズは必死に格闘した。そしてアメリーは、バーンズを救世主だと考えた。バーンズが救出後にアメリーをどうするつもりだったかなんて、彼女には知りようがないですから。ところがそこで、アメリーは大きな幸運に恵まれた。バーンズにとってはまさに不運です。つまり、もうひとり別の男が現われたんです。デイヴィッド・チャップランドが。チャップランドはすぐさま手助けに駆けつけ、警察と救急車を呼んだ。事態はバーンズの手に負えなくなった。彼にできるのは、せいぜい偶然通りかかってアメリーを助けたふりをすることだけ」

「その説にはふたつ問題点があるな」ロバートが言った。

「どんな？」ケイレブは苛立ちながら尋ねた。

「第一に、アレックス・バーンズはアメリーの逃亡中、本当にピッツェリアで働いていました。第二に、彼はそもそも車を持っていません」

全員が沈黙した。

「確かに」と、ヘレンが言った。

「クソ」ケイレブは言った。

「それにもうひとつ」ロバートが続けた。「バーンズは住まいを追い出されています。だからゴールズビー家を訪ねたんです。つまり、もし我々がいつか捜索令状を手に入れたとして……」

「馬鹿だった！」ケイレブは飛び上がった。「確かにそうだ。退去通知！　大家が住居を全面改装したら、あるかもしれない証拠が全部失われる。いまはこっちには令状もなにもないが、それでも大家を止めないと。きっとわかってくれるだろう。いや、もしかしたら令状なしでも住居に入れてくれるかもしれないぞ」

「サー、我々がなにを見つけるにせよ、最後には法廷で証拠として採用されなきゃならないんですよ。その点は頭に入れておかないと」ロバートが警告した。「手続き上の間違いを犯してはだめです」

「間違いにはならんさ。だが確かにそうだ。冷静でいなければ。でも、もしアレックス・バーンズが事件となんらかの関係があるんなら、彼からアメリーを誘拐した男にたどり着けるんだ。もしかしたらサスキア・モリスを殺した犯人にもたどり着けるかもしれない」

「ゴールズビー事件とモリス事件には関連性があるとお考えですか？」ヘレンが訊いた。

ケイレブは肩をすくめた。「まったく可能性がないわけじゃないと思う」

ロバート・スチュワートはそっとため息をついた。ケイレブ・ヘイルの問題点はここだ。有能な捜査官ではあるが、ときに一点に集中しすぎるきらいがある。たとえば容疑者であり得る人間に。事件の根底にある事情に。そのおかげで迅速、的確に動き、決断力を発揮できる場合も多い。正しい瞬間に正しいことができて、延々と疑念ばかり抱くロバートがまだ自分の立てたさまざまな仮説にがんじがらめになっているあいだに、すでに事件を解決していたこともある。だがときに間違った仮説に食いつき、その他の推測を無視し、自分が間違っている可能性を頭から追い出してしまうこともある。

いま、ケイレブはアレックス・バーンズに狙いを定めた。だがロバートには、あまりに多くの事実がこの説に反するように思われた。特に、バーンズがあの晩ずっとウェイターとして働いていたことは、雇い主も数多くの客も証言している。もちろん、それでもあらゆる仮説を当たってみるのが正しいことは、ロバートも知っている。たとえそれが、その仮説を完全に排除するためだとしても。だから捜査すること自体は問題ではない。問題は、ケイレブがときに、明らかに排除すべき仮説を排除することを拒むことだった。そうなるとケイレブは事実を自分の仮説に合うまで延々とこねくり回してしまう。だが実際にはもちろん、そうしたところで仮説が現実に合うことはない。

「アレックス・バーンズのフラットの大家を見つけてくれ」ケイレブが言った。「そして、フラットのなかのものには手を触れず、そのままにしておくよう頼んでくれ。それに近所の住人に質問もしなければ。バーンズが車を運転しているのを見たことがあるか？　バーンズが車を手に入れたとしたら、どこからか？　彼があの晩ピッツェリアにいたとしても関係ない。それでも知りたい。それから、バーンズ本人ともう一度話がしたい。いま彼がどこに滞在しているか、知ってるか？」
ロバートとヘレンは首を振った。
「バーンズを見つけてくれ」ケイレブが命じた。
「わかりました」とロバートは言った。

十一月三日金曜日

1

キャロルは、本来警察がするべき仕事を自分がせねばならないと感じたわけではなかった。ただ、事態がまったく動かないことに、どうにかなりそうなほど苛立っていた。マンディの失踪はとうに届け出た。失踪当時の状況も。それなのに……なにも起こらない。少なくとも、一般人が知ることのできる限りでは。約三週間前、アメリー・ゴールズビーが失踪したときにどれほどの騒ぎになったかを考えると、別世界だ。あのときはメディアが続々と報じ、いたるところに警官の姿があり、捜索隊が派遣されたというのに……今回はそのどれひとつとしてない。もちろんそれは、マンディが自分の意思で家出したことが明らかなせいでもある。アメリーの場合は、犯罪があったという前提からの出発だった。少なくとも犯罪の可能性が考慮された。だがマンディは、英国で毎年のようになんらかの理由から家を出て行方をくらます多くの若者たちのひとりだと見なされた――彼らは短期間または長期にわたって行方をくらませたあとに再び姿を現わすこともあるし、ときには二度と現われないこともある。

家族にとっては悲劇だが、警察がそのひとりひとりを熱心に探そうとすれば、現在の何千倍もの人材を投入せねばならない。それはキャロルにもよくわかっていた。それでも……今回の場合は、事情が違うのではないだろうか？　なにしろ、このあたりには十代の少女たちをさらって殺す人間がうろついているのだ。まさにマンディと同い年の少女たちを。サスキア・モリスは残酷に殺された。アメリー・ゴールズビーは逃げることができた。犯人はきっといまごろ新しい獲物を探しているだろうと、キャロルは考えていた。マンディは無防備な状態で外をうろうろしている。悪人にとっては楽な獲物だろう。

金曜日の今日、キャロルは再びアラード家を訪ねた。彼らがなにか聞いているかもしれないという曖昧な希望を持って。パツィ・アラードは、たとえ娘の居所に見当がつくか、娘からなんらかの連絡があったとしても、自分から警察に行くことはないだろうと思われた。なにしろ傷害の罪を負わされる恐れがあるのだから。いまのところ、どの証言も確認が取れないため、パツィは訴えられてはいない。マンディの姉であるリンはかなりひどい火傷だったと言ったが、パツィ・アラードは逆に、マンディにかかった熱湯はほんの数滴だったと言っている。マンディが戻ってくればこの件が調べられ、場合によっては母親であるパツィにとって不愉快な結果になるかもしれない。パツィのような女性にとっては、娘の発見に積極的に協力せず、放っておこうと思うだけの充分な理由だ。

冷たい風が北東の海から吹きつける日で、アラード家の暖房までもが力を失ってしまったかのようだった。おそらくきちんと閉まらないガタガタの窓にはかなわないのだろう。それともスイッチが切られているのか。いずれにせよ、キッチンは凍えるほど寒いとキャロルは思った。いつものようにパツィは飲み物もなにも勧めてくれず、キャロルの姿を見て苛立ったように天井を仰いだだけだった。マーロンもテーブルの前に座って、ぼんやりと宙を見ていた。

「なんにも知らないよ」コンロにもたれかかって、パツィが言った。これもいつものことだ。パツィは座らない。それが、キャロルに長居はするなと告げるパツィなりのやり方だった。

「マンディの知り合いを何人か知ってるの」キャロルは言った。「友人」という言葉は残念ながら適切ではない。「マンディと話したときに教えてもらったから。全員のところを回ってきたんだけど、誰もなんにも知らないの。誰もなにも聞いてない」

「へえ」パツィが言った。

「パツィ、マンディは誰かのところにいるはずでしょう。屋外で何週間も生き延びられるはずがないんだから。マンディは誰かのところにいるはずでしょう。お金もないし。怪我もしてる。だから……」

「腕にちょっとお湯が飛んだくらいのこと、怪我なんて呼べないよ」パツィが即座に口を挟んだ。

キャロルはため息をついた。「それならそれでいいわ。でも全然心配じゃないの?」

「マンディは賢い子だから。それに、私になにができるわけ? うちを出ていくって決めたのはあの子なのに。うちのドアはいつでも開いてる。いつでも戻ってきていいんだから」パツィが言った。

マンディは家に帰るくらいなら舌を噛み切るほうを選ぶだろうと、キャロルにはわかっていた。

「殺された女の子がいるのよ」キャロルは言ってみた。「サスキア・モリス。それにもうひとり、誘拐されて逃げてきた子がいる。犯人はまだ捕まってない。いまだに外をうろうろしてるの」

「マンディは賢い子だから」パツィは繰り返した。「どっかの変な男についていったりしない。頭がいいんだから」

「どうしても食べ物や暖かい場所が必要になって、誰にでもついていかざるを得ない状態かもしれない。マンディが無知でも馬鹿でもないのは知ってるわ。でもこの季節に路上で暮らせるはずない、絶対に」

「知らない」パツィが言った。「でも、どこかにちゃんと居場所があるはず。じゃなかったら、とっくに戻ってきてるもん」

「でも、もし具合が悪かったら？　危険な目に遭ってたら？」

「そんなことない。わかるの」パツィは言い張った。「母親ってのは、いつもそういうのがわかるもんなの」

「さあどうかしら、私には……」キャロルは言いかけたが、パツィに鋭い声で遮られた。「あんたがどう考えようと興味ない。そもそもあんたはなんにも知らないんだから、なんか考える資格なんてないよ、ちっとも。だいたい、あんたには子供いないじゃん。母親の感覚とか直感っていうのが、どうしてわかるわけ？　まずはそろそろ結婚して、妊娠してから出直してきな」

キャロルは話題を替えるつもりはなかった。

「いまは私の話じゃないでしょ」できる限り冷静にそう言った。「娘さんの話なのよ。パツィ、もう少し関心を持ったらどうなの。いつかマンディが戻ってきたら、彼女の家出の原因になった喧嘩のことが問題になる。そのときに、未成年の娘の居場所に何週間ものあいだ無関心だった理由まで説明しなくて済むほうが、あなたにとっても有利よ」

パツィの目が細められた。「脅してんの？」

「事実を指摘してるの。それだけよ」

「帰れ。あんたに教えられることはなんにもない。ここでいつまでギャアギャア言っても無駄だからね」

キャロルは立ち上がった。「もしもなにか思いついたら――私の連絡先は知ってるわね」

パツィは答えなかった。その場から動かない。キャロルはひとりで玄関ドアまで行った。最後の数分は、キッチンの寒さにもかかわらず体が熱くほてっていた。マンディのことが心配でたまらず、世界じゅうから見捨てられたような気がした。警察からも、マンディの家族からも。おまけに上司のイレーヌからも。

「いまのところ私たちにはなにもできない」と、イレーヌは言ったのだった。「それが現実よ。キャロル、自分ではどうにもできないことで悩んでエネルギーを浪費するのはやめなさい」

キャロルは外に出て玄関ドアを閉め、左右にみすぼらしい家々が立ち並ぶ通りに立った。涙が出てきて、まばたきする。仕事に入れ込みすぎるのがキャロルの欠点だった。仕事で関わる人たちや出来事から距離を置くことがどうしてもできない。たまには仕事と私生活のあいだのはね橋を巻き上げて、私人キャロルになることが。

先ほどここへ来たとき、駐車できる場所がなかなか見つからなかったので、車までかなりの距離を歩くことになった。車までもう少しというところで、背後で誰かが足早に近づいてくる音が聞こえた。振り返ると、驚いたことにマーロン・アラードが急ぎ足であとを追ってきていた。思い悩み、不安げに見える。

「はあぁっ」キャロルに追いつくと、マーロンは喘いだ。日頃体を動かしていないのか、体力はあまりなさそうだ。「はあぁっ」

それからマーロンは用心深く背後を振り返った。おそらくパツィが追いかけてきていないか確かめているのだろう。もしマンディに危険が差し迫っているとこれほど切実に感じていなければ、キャロルは笑ってしまうところだった。マーロンの妻に対する恐怖心には、どこか滑稽なところがある。

「パツィは俺が二階で昼寝してると思ってる」囁き声でマーロンは言った。「俺があんたと話してるところを見られるわけにはいかない」

「マンディのことで、なにか知っているの?」キャロルは即座に尋ねた。

マーロンは首を振った。「残念ながらなにも知らない。でも、思い出したんだ、マンディが前に誰かの話をしてたこと……どっかの男……友達みたいなもんだろうと思うんだ」

「誰なんです?」

「本当の名前は知らない。ただ〈キャット〉って呼ばれてる。たくさん猫を飼ってるから。エルム・ロードのぼろぼろの建物に暮らしてるらしい。マンディが前にそう話してたんだ。そういう関係じゃ……えっと、つまり恋愛関係じゃないと思うけど、なんかしょっちゅうチャットしてるみたいなんだ。マンディはそいつを信頼してる」

キャロルはマーロンの腕に手を置いた。「ありがとう、マーロン。ありがとう。すぐに行ってみる」

「心配なんだ」マーロンはつぶやいた。暗く悲しい目でキャロルを見つめながら。そこには挫折続きの人生の重荷があった。それに、娘のことを心配する気持ちが。「すごく心配なんだ。マンディはパッツィが言うほど賢い子じゃない。ときどき小さい子供みたいになる。外の世界にあるいろんな危険を全部かわせるはずがない。それに毎日どんどん心細くなってるんじゃないかな」

「私もそう思うのよ」キャロルは優しく言った。「手がかりを教えてくれてよかったわ、マーロン」

マーロンは重いため息をついた。それからきびすを返すと、家へ戻っていった。ゆっくりと、引きずるような重い足取りで。深くうなだれて。

いまにも倒れそうな建物は、すぐに見つかった。町のこのあたりには、もはや誰も住んでいないボロボロの建物がいくつかあるが、壁沿いを一匹の猫が歩いていた建物はただひとつだった。猫は暗闇に消えていった。きっとここが謎めいた〈キャット〉とやらの住処に違いない。キャロルは身震いした。建物はとうに立入禁止の立札を立てておくべき代物だった。いつなんどきぺしゃんこにつぶれても不思議ではない。

玄関ドアは蝶番から斜めにぶら下がっていて、きちんと閉まってはいなかった。だからキャロルが押すと、すぐに開いた。猫の尿の強いにおいがした。建物じゅうにこのにおいが充満しているようだ。外はすでにかなり暗く、建物には小さな窓しかないうえ、なかには板でふさがれたものもあって、かなり目を凝《こ》らさねばならなかったが、それでも上階に続く階段がすっかり壊れていて、もはや使えないのはわかった。だが地下へ続く階段のほうは石造りで、そこから光が漏れているのが見えた。キャロルはありったけの勇気を振り絞って――このあばら家が本当に怖かった――地下へと降りていった。

たどり着いたのは、窓がひとつもない空間だった。石壁に囲まれていて、空気は冷たく湿っているが、壁のくぼみや部屋の隅やあらゆる棚の上などに置かれた蠟燭《ろうそく》のまたたく光で、陰気な空間は明るく照らされていた。そしていたるところに猫がいた。十匹か、十五匹か、いや、二十匹はいるかもしれない。すぐには数えられない。染みだらけのマットレスに、若い男がねそべっていた。髪は長く、服は薄汚れている。目を閉じて、うっとりと煙草を吸っている――いや、ジョイントだろう、とキャロルは思った。猫のにおいのほかに大麻のにおいも漂っている。混ざり合ったふたつのにおいに、気が遠くなる。

男の横にはひとりの女が座っていた。一見しただけで、それがマンディでないのはわかった。その女は少なくとも二十歳にはなっている。きつい顔つきで、危険なほど痩せこけていた。もつれた長い髪も、着ている服も、いますぐ洗ったほうがよさそうだ。女はときどき男の持つジヨイントに手を伸ばして、深く吸い、また男に返していた。彼女の目もやはり閉じていた。ふたりともすっかり忘我の境地にいるようだ。

「すみません」キャロルは声をかけた。

女が目を開けた。その瞳はどこかとろんとしていた。

「どうも」女が言った。

「私、マンディを探してるんですけど」キャロルは言った。「マンディ・アラード。ここにいますか？」

女がどんな反応を見せると思っていたのかは自分でもよくわからなかったが、それでもキャロルは、こんな反応だけは予測していなかった。女は電流を流されたかのように飛び上がると、急に目を見開いて、怒鳴り始めたのだ。「出てった！　もう戻ってこないよ！　あのクソガキとなんか関係があるんだったら、あんたもとっとと出てけ！」

男――おそらくキャットだろう――が体を起こし、眠そうにまばたきした。「なんだよ？」

女は骨ばった人さし指をキャロルに向けた。「こいつがマンディを探してる！　本気で、ここでマンディを探してる！　噂にでもなってんの？　キャットはあのクソガキと関係があるって？」

「あの子と俺はなんの関係もないって」キャットが鼻にかかった声で言った。目の前の出来事に集中するのが難しいようだ。

「あたしが追い出してやったの」女が言った。「ほっぽり出してやった。何日も一緒にここで暮らして、あたしがなにに気づいたと思う？　あのガキがキャットを狙ってるってことだよ。でもキャットはあたしの男だから。わかった？」

「マンディはここにいたの？」キャロルは訊いた。

「ここに居座ろうとしてたんだよ。あたしがもうすぐ出てくと思ってたんだ」若い女は嘲るような笑い声をあげた。「でもあたしにそんなのは通用しない。ちゃんと反撃してやるからね。キャットはなんでも『うんうん』って受け入れちゃう残念な男だけどね、このあたしはレベルが違うんだ！」

ふたりの女性の喧嘩の原因であるクスリ漬けのキャットは、マットレスに再び体を投げ出すと、目を閉じてしまった。おそらくいま現在どちらの女が傍にいようと、放っておいてさえもらえればどうでもいいのだろう。

「あのガキに脳みそがあれば、もうここには来ないよ」女は悪意のこもった声で言った。「あのかわいい顔をもう一生男から見てもらえないように変えてやってもいいんだからね！」

キャロルはこの女を敵には回したくなかった。相当タフなマンディさえ逃げ出すのもうなずける。

「それ、いつのこと？」キャロルは訊いた。「マンディはいつまでここにいたの？」

「さっきまで」キャットが囁いた。「ほんの十分前までだよ」

キャロルは驚きのあまりキャットをじっと見つめた。「ついさっきまで？」そんなはずがない。きっとキャットは時間の流れを把握していないのだ。

「十分前までだよ」キャットの恋人も言った。

キャロルはすぐにきびすを返し、階段を駆け上がった。

「とにかくここには戻ってくるなって言っといて！」キャットの恋人が声をひっくり返らせて、キャロルの背中に言葉を投げつけた。

マンディとほんの一瞬の差で行き違いになったとは。まさかそんなことが！　マンディはここにいた。ほんの数分前まで。ばったり出会っていても不思議ではなかったのに。そうすればいま頃安全な場所に連れていってあげられたのに。

キャロルは足をもつれさせながら傾いたドアを潜り、暗い通りに出た。

「チクショウ！」と叫んだ。

あたりを見回す。人影はない。マンディの姿も、マンディを見かけなかったかと訊けそうな通行人の姿も。この身を切るような風のなか、家から出ようと思う人などいないのだ。

キャロルはあたりのあらゆる通りを走り回り、いくつもの建物の裏庭を覗いてみたが、誰もいなかった。冷たい空気に頬が燃えるようで、目には涙がにじんだ。マンディはどこへ行ったんだろう？　この寒さだ、外で眠るわけにはいかない。どこか寝泊まりできる場所を探さねばならないはずだ。キャロルは試しに、誰も住んでいないことが明らかな家々の玄関ドアを揺さぶってみたが、どのドアも開かなかった。どこにもしっかり錠がかかっている。

キャロルは車に駆け戻った。これからあたりを車で流してみよう。マンディはまだどこかをうろうろしているかもしれない。十分前、とキャットは言っていた。キャットの現在の状態を考えれば、あまり当てにはできない情報だ。だが恋人のほうも同じことを言っていた。彼女の頭はまだある程度しっかりしているようだった。たとえ怒りと嫉妬で我を忘れていたとはいえ。十五分から二十分はたっているかもしれない。時間の感覚など当てにならないものだ。たとえそうだとしても、マンディはまだそれほど遠くへは行っていないはずだ。

だが、ゆうに四十五分はたったあとにも、キャロルはまだあたりを車で流し、なにか気になるものが見えるたびにヘッドライトを向けては、毎回それがマンディではないとわかって失望を繰り返していた。別の人間だったり、ただの影だったり、風に吹かれてなにかが動いているだけだったり。

キャロルは車を停めると、こぶしでハンドルを叩いた。

マンディと行き違いになってしまった。ぎりぎりのところで。

マンディはどこかへ行ってしまった。

2

マンディは重い体を引きずるように歩いていた。風はあまりに鋭くて冷たく、涙が頰をつたう。それとも泣いているのは絶望のせいだろうか？　もう諦めるしかないと心の底ではわかっているから。母の強烈な嘲りと馬鹿にしたコメントが待っている家に、家族のもとに帰るしかないと。自分の殻に閉じこもってうじうじ悩むばかりの父親の姿を毎日のように目にしなければならなくなる。父親のいくじのなさを、恐怖心を、人生から逃げてばかりの卑劣さを。それに、規律正しくまっすぐに自分の道を行く姉。さらに、青少年局もまた姿を現わすだろう。悲しい目つきで押しつけがましい説教をするキャロル。そして厄介な結果が待っている。大人が敷いたレールから外れた子供を待ち受ける、クソみたいな「それ相応の結果」。

「それ相応の結果」というのは、キャロルのような人間の大好きな言葉だ。「自分の行動に伴うそれ相応の結果を受け入れなきゃだめよ。いつもね。人生ってそういうものなの」

人生なんてクソだ。

マンディはきわどいところでブレンダンのフラットから逃げ出して、警察の手を逃れたあと再びキャットを訪ねたのだった。ほかにどこへ行けばいいのかわからなかったので、もう一度キャットを当たってみたのだ。恋人がそこにいることも、だからキャットにははっきり出ていけと言われたことも承知のうえで。

キャットの恋人はエラという名前で、マンディの目にはやつれた魔女に見えた。彼女はマンディの登場をまったく快く思わなかった。

「一晩だけ」と、マンディは懇願した。「お願い。どこに行けばいいかわからないの!」

「マムとダッドのいる家でしょ」と、エラは言った。「そこがあんたにふさわしい場所だよ」

珍しくラリッていなかったキャットは、マンディの味方をしてくれた。「エラ、マジでひどい家なんだよ。あんなところには戻れないって。ほら、奴らがこの子の腕になにしたか見てみろよ」

マンディの腕はひどい状態で、優しさなど持ち合わせていないエラさえも驚いたほどだった。

「なにこれ！　ひどい！　これ親にやられたの？」

「母親に」

「警察に行きな」

「まさか。絶対やだ。結局私が施設に入れられちゃうもん」

「施設で暮らすのが一番あんたのためじゃないの」エラが冷たく言った。

マンディはエラの目をまっすぐに見つめて、「絶対やだ」と繰り返した。

自分の家であるこの地下室で、このふたりの女はどうも仲良くやれないらしいと悟り始めたキャットは、苦しそうな顔になった。「今夜はここに泊まっていいよ、マンディ、もちろん。でも……」

「どうしてもちろんなのよ？」エラが口を挟んだ。

「外はアホみたいに寒いし、俺にはとても追い出せないからだよ」キャットが答えた。「でもな、なんとか別の道を考えてくれよ、マンディ。ここは俺たち全員で暮らすには狭すぎる。それに……まあ……なんていうかさ……おまえにはこの先の人生ってのもあるわけだし……」

よりによってキャットの口からこんな言葉を聞こうとは。この先の人生。キャット本人はもう何年もふらふらした生活を送っていて、どうやってなんとか食べているのか誰も知らない有様だというのに。けれどももちろんマンディはそうは言わなかった。どうしてもキャットが必要だからだ。いまは批判的な問いなど投げかけるときではない。

結局マンディは四日四晩キャットのところで暮らした。雰囲気はひたすら悪くなる一方だった。二日目からエラはもうマンディに対する嫌悪感と敵意をこれっぽっちも隠そうとしなくなった。ふたりの喧嘩を見ずに済まそうと、キャットのクスリの量はどんどん増え、マンディはどうしていいかわからず泣きどおしだった。そしてついに金曜日の午後、事態は急激に悪化した。エラが買い物に行って、食料品を入れた大きな袋を抱えて戻ってきた。エラはその食料品の代金を「自分ひとりで払った」のだと何度も強調した。キャットはなんの反応もせず、マンディもなにを言えばいいかわからないので黙っていた。結局、エラがマンディにはっきりと告げた。

「マンディ、あたしたちに養ってもらって平気なの？　あんたも少しは金出したら？」

マンディはまだ十ポンド持っていた。最後の手段として残しておきたかった金だが、しかたなく差し出した。「ほら。これしかないけど」

エラは怒り狂った。おそらく徹底的に喧嘩をするきっかけを探していただけなのだろうと、マンディは思った。マンディがもう一文無しも同然だということはエラも知っていたはずなので、あんなふうに怒るなんて馬鹿ばかしいからだ。

「十ポンド？　十ポンドくれようっていうの？　冗談かよ！　もう何日もここでうだうだ過ごして、ただで寝泊まりして、あたしたちの金で飲み食いして、あたしたちの邪魔ばっかりして、最後に気前よく十ポンド払って、これでいいでしょ、とか思ってんの？」

マンディはまたもや泣き始めた。「もうお金ないんだもん。どこから手に入れられるわけ？

もかも。
涙がとめどなく流れた。すべて終わりだ。もう諦めるしかない。これ以上はもう無駄だ。なに
キャットの言うとおりだった。マンディは上着を着て、靴を履き、急な階段を上っていった。
「出ていったほうがいい」キャットがマンディに囁きかけた。
地下室の真ん中に仁王立ちして、わめき、暴れ始めた。
マンディは一瞬、エラはこぶしでキャットに殴りかかるのではないかと思ったが、結局エラは
キャットはエラを落ち着かせるために腕に手を置こうとしたが、エラはそれを振り払った。
エラは金切り声で叫んだ。「あんたらふたりとも、あたしを馬鹿だと思ってんのかよ?」
の?」
ん! あたしには前からわかってたんだからね! あんた、あたしのこと馬鹿だと思ってん
け? この子をかばうわけ? なら、この子と関係持ってるって、正直に言ったらいいじゃ
エラは跳び上がると、我を失ってキャットにつかみかかった。「あんたはこの子をかばうわ
いじゃないか。そういう言い方はないぞ、エラ。マンディは……」
キャットが割って入って、事態をさらに悪化させた。「マンディはほとんどなんにも食わな
てさ……」
よかったんだよ。どうやって暮らしていくかもわからないくせに! それで人の食べ物を奪っ
「はん、それなら大口叩いて家出なんかして、新しい生活を始められるなんて思わないほうが
持ってたら払うよ。でも……」

家に帰る。青少年局。大騒ぎが始まるだろう。マンディが家出したから。マンディの腕がひどい状態だから。きっと誰も彼もがマンディを家族のもとに置いておくわけにはいかないと考えるだろうから。

マンディは本能的に町の中心部を避けた。賑やかな場所では目立ってしまう。キャットの穴倉のような地下室には鏡がなかったが、それでも自分が薄汚れて見えるだろうとは推測できた。もう何日も体を洗っていないから、きっとホームレスのような体臭だろう。髪は脂じみてもつれていたし、服は汚れてよれよれだ。それに明らかに未成年だ。もし警察のパトロールカーに出くわしたら、あっという間に捕まるだろう。

でも、捕まったからってなんだろう? どちらにしても家に帰らなければならないのに。マンディのなかには、まだ最後のひとかけらの抵抗があった。なんとか道を見つけられるのではないかという希望が。どれだけ考えても、道などないにもかかわらず。

車が近づいてくる音が、今回は聞こえた。あれば音楽を聴くことができたはずの携帯電話はブレンダンのフラットに置いてきた。だからこちらへ近づいてくるエンジンの音が聞こえたのだ。車は速度を落とし、やがて停まった。

大きな紺色の車だ。それ以上のことはわからなかった。少しだけブレンダンの車に似ていた。いや、ブレンダンの知人の車か。だが同じ車なのかどうか、マンディにはわからなかった。

助手席側の窓が下りた。

逃げろ、とマンディの内なる声が囁いた。全速力で走って逃げろ!

以前――あれからそれほどたっていないのに、なんだかもう大昔のことのようだ――ブレンダンの車に乗ったときには、こんな内なる声は聞こえなかった。だが今回はなにかがあった。内なる抵抗、危険だという感覚。まるでどこかから警告が飛んできたかのようだった。

逃げろ、逃げろ、逃げろ！

だが、ここまでどん詰まり状態のマンディには、走って逃げる余裕などなかった。

マンディは車に歩み寄った。

第二部

十一月六日月曜日

I

すっかり空っぽの家に足を踏み入れるのは、なんとも妙な気分だった。けれど想像していたほど辛くはなかった。塗り直された壁。すべてが――本当にすべてが――撤去された両親の家。雰囲気がすっかり変わった。二階には明るい色の新しいカーペットが敷かれている。リビングルームの寄木張りの床は削磨されて艶々《つやつや》に輝いている。廊下とキッチンのグレーのタイルもサンドブラスターで研磨されていた。家具らしきものが残る唯一の場所がこのキッチンだ。作り付けのシンク、コンロ、冷蔵庫と、壁の棚が残っている。だがそれを除けばキッチンもまた空っぽだ。

ケイトはキャンピングマットと寝袋をロンドンから持ってきて、かつて自分で使っていた子供部屋に運び込んだ。一枚きりのバスタオルをバスルームに掛けた。そしてキャンピングチェアを二脚、リビングに取り付けられた電気式暖炉の前に置いた。調理器具とプラスチック製のカップ、皿、カトラリーをキッチンの棚にしまった。新しい砂を入れた猫用トイレを廊下に置いた。かつての飼い主たちの生活様式にちなんでメッシー（汚れた、雑然としたの意）と名付けた猫は、家じゅうを歩き回り、怒ったような様子であらゆる場所のにおいを嗅いだ。すでにケイトのロンドンのフラットに慣れてしまって、更なる引っ越しには賛成できないらしい。

「しばらくのあいだだけよ」ケイトはメッシーに言った。「この家を買ってくれる人を見つけたら、またフラットに帰ろうね」

メッシーは小声で鳴いた。ケイトの言うことを信じていいのかどうか、確信が持てないようだ。

ケイトはため息をついた。自分でもなぜわざわざここへ来なければならなかったのか、よくわからない。

「不動産屋に全部任せればいいんじゃないの」隣人は電話でそうアドバイスしてくれた。「買い手が見つかったら、契約のためにこっちに来ればいいんだし。いまスカルビーに来てどうするんです？　全部うまく行くように、私がちゃんと見ときますって」

もちろん彼女の言うとおりだ。二週間の貴重な有給休暇を空っぽになった家で過ごし、ひたすら買い手候補を待つなんて。不動産業者にはすでにロンドンから連絡を取ってあった。火曜日に業者がここへ来て、写真を撮り、広告を出すことになっている。だがすべてはケイトがいなくてもできることだ。

ほんとにあんたらしいわ、ケイト。ケイトは自分自身にそう語りかけた。これから二週間、猫と一緒にこの空っぽの家に座って過ごすなんて。スカボロー近郊のスカルビーで。十一月に。こんなひどい天気だっていうのに。ひとりっきりで。ときどき不動産業者が買い手候補を連れてくることはあるかもしれない。でもそれも「あるかもしれない」ってだけ。あとは数日に一回、スーパーのレジ係の顔を見るのを除けば、たぶん誰にも会わずに過ごすのよ。素敵！　最高！　なにかわくわくすること、素敵なことを求めるんなら、まさにぴったりのやり方ね。

とはいえ実のところ、迷いながらもここへ来たより深い理由は、この家を決定的に手放してしまうことがいまだに難しいからだった。家を売るという決意は変わらない――揺るぎない決意だ、とケイトは一日何度も自分に厳しく言い聞かせている。だがそれでも、もう一度ここへ来ることのないまま家を手放してしまうのは耐えられなかった。ケイトはまだこの家の所有者だ。ここに住む権利がある。庭の門を開けてなかに入る権利がある。庭の落ち葉を掃き集める権利がある――実際、見たところこれはすぐに実行する必要がある――それに、リビングの小市民的な電気式暖炉の前に座って、偽物の炎を眺める権利がある。子供時代と青春時代の毎冬、それに家を出たあともクリスマスや年末に父を訪ねたときに、そうしてきたように。この部屋の人工の炎ほどケイトの心を奥底まで温めてくれるものはない。この炎には両親がケイトを包んでくれた愛がいまでもこもっているような気がした。この家が売れれば、ケイトはもう二度とここへ来ることができなくなる。再び寒く暗い世の中に出ていって、温かさなどみじんもないその場所にしばらくのあいだ耐えるために、この温もりを体いっぱいに溜め込むことができなくなる。

ケイトに必要なのは、温もりを与えてくれる新たな源泉だった。

これまで、愛、温もり、親密さについて、何冊ものアドバイス本を読んできた。そのどれもが判で押したように、そういったものは自分自身のなかに見つけるべきだ、つまり自身がそれらの源泉であるべきだ、と説いていた。そうなって初めて、なんとも素晴らしいことに、外の世界からのご褒美が与えられるのだと。こういった類の本の最後の一冊を、ケイトは怒りのあまり部屋の隅に投げつけた。心理学者が説くことは正しいのかもしれない。けれど自分ひとりで充足すること、愛されたいという根本的欲求を自分ひとりで満たすことがどうしてもできない人間は、いったいどうすればいいというのだろう？　いつまでも孤独と、世界じゅうから見捨てられたという感覚に苦しみ続けるうえに、幸せな人生を送るための基本原則を満たせない惨めな負け犬であるという自覚まで背負わねばならないのだろうか。

ケイトは、残ったこの二週間にできる限りの温もりを自分のなかに溜め込むつもりだった。そして欲しいと言ってくれる人がいれば、この家を売る。その後はひとりでなんとかやっていくしかない。

ケイトはいったん外に出て、先ほどバーニストン・ロードの角の〈テスコ〉で買った食料品を車から運び出した。買い物をしているとき、アメリー・ゴールズビーと家族のことを思い出した。彼らはどうしているだろう？　アメリーは少しずつでもトラウマを克服しつつあるだろうか？

買ってきたものを冷蔵庫にしまい、メッシーの器にキャットフードを入れると、自分のためにコンロで湯を沸かした。お茶を淹れて、暖炉の前で飲むつもりだった。外は雨が降っていて寒い。おまけにもう秋の夜闇が迫っている。家のなかのすべての暖房は日盛りを最大にしてあった。塗りたてのペンキのにおいがかなり強烈だが、そのうち慣れるだろう。

熱湯をカップに注いでティーバッグを浸したとき、玄関の呼び鈴が鳴った。ケイトは眉間に皺を寄せた。自分がここにいることを知っているなんて、誰だろう？　ロンドンの同僚たちは知っているが、彼らはケイトのあとを追ってここまで来たりはしない。それにあの大口叩きのコリンも知っている。だが彼だって、わざわざこんな北の果てまでケイトを追ってくるほど情熱的な恋をしているわけではない。

ケイトはドアを開けた。玄関灯の光を浴びてそこに立っていたのは、ドクター・ジェイソン・ゴールズビーだった。

ケイトは一目見て、ジェイソンには大きな悩みがありそうだと思った。まるで一晩たりともぐっすり寝られていないかのように見える。

「お邪魔してもいいでしょうか？」と、ジェイソンは訊いた。

ふたりは電気式暖炉の炎の前に置いたキャンピングチェアに腰を下ろした。どちらも手にお茶のカップを持って。玄関からふらふらと家のなかに入ってきたジェイソンは、思い悩み、不幸そうに見えた。自分が空っぽの家のなかにいることに、最初はまったく気づいていないようだった。暖炉の前に座って、ほっとしたようにお茶を一口飲んでから、ようやくあたりを見回した。

そして、「おや」と言った。

ケイトはうなずいた。「全部空っぽにして、修復してもらいました。明日、不動産業者が来ます。この家は売るつもりなんです」

「なるほど」とジェイソンは言った。そして熱いお茶を用心深くもう一口飲んだ。

「なるほど」そう繰り返す。

「私がここにいること、どうしてご存じなんですか？」ケイトは訊いた。

ジェイソンは少し疚《やま》しそうな顔になった。「さっき〈テスコ〉にいたんですよ。今日は病院をちょっと早くに出たものですから、そのまま買い物を済ませてしまおうと思って。そうしたら、ケイトさんがレジで支払いをして店を出るのが見えたんです。スーパーの反対側の端から大声で呼びかけるのも憚《はばか》られたんで……まあそれで、家に帰って、買ったものをしまって、うちの宿のゲストブックを覗いたんです。ほら、うちにお泊まりになったとき、スカルビーのこの住所をお書きになったでしょう。そういうわけで、ここまで来てしまいました」ジェイソンはここで口をつぐみ、不安そうにケイトを見つめた。「あんまりご迷惑でなかったらいいんですが」

「いえ、大丈夫ですよ」ケイトは言った。できればひとりでいたかったが、ジェイソンは本当になにか重要なことを話したいようだ。ここで追い返したりしては、自分が残酷な人間になったような気がする。

ジェイソンはお茶に息を吹きかけた。どう切り出していいか迷っているようだ。

ケイトは待った。

やがてジェイソンは突然吐き出すように言った。「七日ですよ！　たった七日で、家族の生活がすっかり変わってしまった。想像できますか？　どうしてこんなことに？」

「娘さんが行方不明だった七日間のことをおっしゃっているんですか？」

「そうです。恐ろしい七日間でした。人生最悪の時間。でももう終わったんです。しかも娘は無事だった。これでまた以前の生活が戻ってくるはずなんです。悪夢はすべてゆっくり色あせていって、いつかは記憶のなかの影になるはずなんです。なんの意味もない影に。それなのに……」ジェイソンはここでまた口をつぐんだ。

「そういうわけにはいかなかった」ケイトはゆっくりとジェイソンが言わんとすることを口にしてみた。

「そう、そうなんです。なんだか変なんですよ。なにもかもが……変わってしまった」

「アメリーの具合はどうですか？」

ジェイソンは肩をすくめた。「いまだに学校には行っていません。それに……決定的なことはなにも話しません。どこにいたのか？　どんな場所だったのか？　誘拐犯に……なにをされたのか？」

ケイトはジェイソンの顔に苦悩を認めた。心から共感できた。我が子が無防備な状態でサイコパスの手のなかにあったと想像するのは、耐え難いことに違いない。我が子が公共の通りから連れ去られ、サイコパスの意のままの状態にあったなどと。それでも彼らは娘を取り戻した。

「きっと抑圧することでしか対処できないんですよ」ケイトは言った。「ということは、いまのところ犯人像はいまだにアメリーの描写に従って作られたモンタージュしかないんですね？

五十歳前後の男だそうですね」

「はい。でも、いまではアメリーはどう逃げたかも話しています」

「え、そうなんですか？」ケイトはそのことはまだ知らなかった。ジェイソンがかいつまんで説明してくれた。アメリーが「二人目の男」の車に乗って逃げたこと。暗闇のなかで追いかけられ、海のほうへと全速力で走ったこと。アメリーは車を運転していた男に追われていると確信していたこと。防波堤から海へ飛び込むほか逃げ道がなかったこと。

「そう、それから、ご存じのように、あの英雄的な救出者アレックス・バーンズが現われたというわけです」ジェイソンは言った。その口調からケイトは、少なくともジェイソン・ゴールズビーにとっては、アレックス・バーンズがもはや永遠の感謝の念の対象ではないことを悟った。むしろその逆だ。ジェイソンの声は苦々しかった。

ケイトは身を乗り出した。「アレックス・バーンズがどうかしたんですか？」

「あいつは寄生虫です」ジェイソンは吐き捨てるように言った。「丸々太った大きな鬱陶しい寄生虫ですよ。私たち家族に取り憑いてもう離れないんです！」

「どういう意味です？」

「あの男は、ある日我が家の玄関先にやって来たんです。旅行鞄を持って。どうも何か月も前から家賃を払ってなかったようで、フラットを追い出されたんですよ。デボラはもちろんあいつを受け入れました。ほかにどうしろって言うんです？」

「アメリーの命の恩人だからですね」

「ヘイル警部はまったく嬉しくなさそうでしたよ。バーンズがうちに泊まった二日間、いまだにうちの前の通りで男性の同僚と見張りをしている女性の警官が、うちに泊まり込みました。二晩泊まったあと、バーンズはうちを出ていくように言われました。ヘイル警部があまりに危険だと考えたので」

「警部は、バーンズが救出者としてではなく、別の形で事件に関わっているかもしれないと考えているんですね?」ケイトはそう推測した。いまの段階では決して不思議なことではないと思った。バーンズは事件の一部だ。当然、身辺を調査されることになる。

ジェイソンはうなずいた。「どうやらそのようです。いずれにせよバーンズはその後ホテルに移りました。〈クラウン・スパ〉の海の見える部屋にね。まあ、安い部屋じゃありません」

ケイトは眉間に皺を寄せた。ジェイソンが続ける。「それも五泊ですよ。費用は我が家持ちです。その五泊のあいだに、デボラがバーンズのためにとあるアパートの最上階にある小さなフラットを見つけました。奴は今日そこに移りましたよ。ニコラス・クリフのフラットです。公式には我々が借主です。だってあの男には誰もなにも貸そうとしませんからね。つまり家賃も我が家持ちです。そのうえバーンズはもう二回もデボラの車を借りて、仕事の面接に行っています。もちろん、バーンズがいい加減に仕事を見つけてくれれば、我々のためにもなりますからね。でもいまのところ、どれもうまく行きませんでした。私が見たところ、そもそも本人にまったくやる気がなさそうですから」

「それを全部、感謝の念からなさってるんですか?」

「バーンズには借りがあるような気持ちなんですよ。デボラは夏のあいだに宿で稼いだ自分の金を使っています。でもその金は本来、家の改装のために借りたローンの返済に充てなきゃならないんです。結局、ローンは私が払うことになります。それに加えて、家を買ったときのローンもあるんですよ。まったく……最近じゃ、もうよく眠れませんよ……まあ正直言って、私の稼ぎは決して少なくありません。でもあの家は……」

ケイトは自分の推測が当たっていたことを知った。なんとなく最初から気がついていた。ゴールズビー一家があの家を無理して買ったこと。なんとかやりくりしてはいるが楽ではなく、しかもすべては不測の事態が起こらないという前提のもとでの話だということ。

「うちはもう何年も旅行に行ってないんですよ」ジェイソンが言った。「ホテルに泊まるような余裕はまったくないからです。なのにあのいまいましい男を一週間近くも〈クラウン・スパ〉に泊めてやるなんて」

「ドクター・ゴールズビー」

「ジェイソンと呼んでください」

「ジェイソン。お気の毒に思います。とても難しい問題ですね。本当ならミスター・バーンズはそういった形の支援を受けるべきではないと思います。特にご一家が自分に恩を感じているとわかっているんだから、なおさらですよ。でもどうやらミスター・バーンズは頓着していないようですね。おそらくご夫婦ともどもはっきり線引きしたほうがいいでしょうね。もちろん、とても難しいでしょうけど」

「妻とはもう何度も夜を徹して議論したんですよ」ジェイソンが疲れ切った様子で言った。「デボラにとっては非常に大きな悩みなんです。我々の子供の命は、いずれにせよ金には換えられない。アレックス・バーンズがこの先何年も我々からいくら搾《しぼ》り取ろうと関係なく。デボラにとっては、バーンズにこれ以上は無理だなどと言うのは、運命に逆らうことのように思えるようです。なんとも非論理的な話ですが、デボラはどうやら、そんなことをしたらアメリーにまたなにか悪いことが起こると恐れているようなんです。娘が助かったことで天から贈り物をもらったようなものなのに、その贈り物にふさわしい振る舞いをしなかったという理由で。馬鹿みたいな話です……でも、妻の気持ちが私にもなんとなくわかるんです。もし私ひとりだったら……バーンズにはとっくにご退場願っているところなんですが」

ケイトはため息をついた。ジェイソンの絶望と迷いが理解できた。七日という短い時間は、ゴールズビー一家の生活のすべてを変えるに充分だった。家族の誰もがトラウマを抱えている。

「ジェイソン、私で皆さんの助けになれればいいとは思うんですが」ケイトは言った。「ただ……」

「私は毎日ヘイル警部と電話で話そうとしてるんですよ」ジェイソンが言った。「ただ、いつもつながるとは限りません」

かわいそうなケイレブ、とケイトは思った。ケイレブのことはよく知っているから、彼にとってジェイソンのような人間を拒絶することが難しいのはわかる。なにしろケイレブはジェイソンを悲劇的な事件の罪のない犠牲者だと考えているだろうから。とはいえ毎日電話がかかってくるとなると……たまらない！　時間もエネルギーも消耗する。どちらも難しい事件捜査においてはあり余っているとは言い難いというのに。

「警部がアレックス・バーンズを、事件となにか関係があると疑っていることはわかっているんです」ジェイソンが続けた。「そうじゃなきゃ、うちに泊まらせておけばよかったんですから。もちろん、あいつが家に泊まるのが嬉しいわけじゃありませんよ。でも少なくともいまより安くついた。ヘイル警部は、残念ながら捜査の進み具合についてはなにも教えてくれませんが、私だって一と一を足して答えを出すことはできますからね」

「ジェイソン……」

「娘は監禁されていた場所から逃げ出した。車の後部座席の足元に隠れて。シー・クリフ・ロードで車から飛び出した。そして海岸のほうへと駆け下りていった」

ケイトはその道をよく知っていた。嵐と暗闇のなか、あそこを走る……背筋が凍った。

「誰かがあとを追ってきた。おそらくは車を運転していた男が。娘は海に飛び込んだ。それからいくらもしないうちにバーンズが現われて、娘を陸に引っ張り上げようとした。ケイトさん、どう思われますか？」

「私ならいろいろな可能性を考慮に入れます。バーンズがなんらかの形で関わっている可能性も含めて」と、ケイトは言った。「ジェイソンさん、それに間違いなくケイレブ・ヘイル警部も部下の人たちも、その可能性に思い至っていますよ。彼らは徹底的にバーンズの身元を洗ったはずです。賭けてもいい。にもかかわらずバーンズが逮捕されていないこと、残念ながらいまだにお宅の援助で快適な生活をしていることを考えると、バーンズの身辺ではなにも見つからなかったということでしょうね。疑惑を裏付けるか、証明するようなものはなにも。残念ですが、バーンズに不利なものはなにも見つからなかったんですよ」

「でもだからといって、なにもないということにはならない！」

「でも、なにかあるという可能性は限りなく低くなります。捜査チームはバーンズの身元と生活を徹底的に洗ったはずです。信じてください」

ジェイソンはいまだに熱いお茶の入ったカップを床に置くと、ケイトをじっと見つめた。

「どうでしょう……？」

「え？」

「あなたはスコットランド・ヤードの方だ。アレックス・バーンズのことをもう一度調べてくださいませんか？」

何度も遭遇した場面だ。スコットランド・ヤードというのは、とにかく魔法の呪文に等しいのだ。この言葉を聞いたとたんに誰もが、これでどんな問題も解決だと信じてしまう。スコットランド・ヤードが取り組めば、事件解決は保証されたも同然。だがケイトはもちろん、それがまったくの間違いであることをよく知っていた。

「ジェイソンさん、それはできません。正式な要請がない限り、別の署が管轄する事件に勝手に首を突っ込むわけにはいかないんです。そんなことをしたら……とにかく無理です！」

「でも、いまは休暇中じゃないですか。私人として調べることならできるのでは？」

「そういうことは許されないんです。それに、そもそもヘイル警部も捜査チームのメンバーもみんな素晴らしい仕事をする人たちです。なにがあったのか、彼らなら見つけ出しますよ。絶対確かです」

ジェイソンの神経は焼き切れる寸前だ。それは明らかだった。娘が誘拐されたことですでに力尽きていたというのに、娘が帰ってきたいま、すべてが上向きになるどころか、悪化の一途をたどりつつある。アメリーはなにも話そうとせず、深いトラウマを抱えたまま。デボラは娘の救出者に対する義務を必死で果たそうとするあまり、家族の経済的問題を悪化させ続けている。ジェイソンはなすすべもなく立ち尽くすばかりだ。このジレンマに終わりが見えずに絶望している。

「仮にバーンズは誘拐事件とも誘拐犯とも無関係だとしましょう。本当にたまたま通りかかっただけなんだと。だとしても、いまのあいつの振る舞いはよくない、そう思いませんか?」ジェイソンは懇願するようにケイトを見つめた。「あいつは我々から搾り取れるだけ搾り取っている。それは……そういうことは、するものじゃないでしょう!」

「でも犯罪ではありません。ジェイソンさん、確かにバーンズは善良な人間ではないのかもしれません。ご家族が自分に恩を感じていることを容赦なく利用して。でもお気の毒だとは思いますが、そのせいで彼が刑務所に行くことにはなりません。ジェイソンさん、あなたがしなければならないのは、バーンズがあなたがたを図々しく利用しているんだと、デボラさんに納得させることです。それが唯一の方法ですよ」

「または、バーンズの人生にデボラがショックを受けるようななにかがあるか。そうすれば、あんなふうにバーンズに恩義を感じることもなくなるかもしれない。なんでもいいんです、あの男がどれほど冷たく、欲深で、厚かましいかがわかることなら」

「そういうなにかが実際あるのかもしれません。でも……」ケイトは同情を感じつつ、ここで言葉を切った。ジェイソンは自分の想像にすがりついている。そんななにかが見つかる気配はどこにもないというのに。

「その点を調べていただけませんか？　私人として。デボラの……友人として。デボラを心配する友人として」

「私になにをしろとおっしゃるんですか？」

「たとえばバーンズと話をするとか？」

「ジェイソン……」

「お願いです」

「そんなことをすれば、どうしてもヘイル警部の捜査に近づくことになります。大変な問題を引き起こしてしまいます」

「でも刑事として行動するんじゃなければ、問題ないのでは？」

ケイトはぐったりして、ジェイソンは引き下がるつもりがないのだと認めた。

「なにもお約束はできませんよ」ケイトは言った。「どうしたらご家族の、特にデボラさんのお力になれるかを考えてみることはできます。でも、なにか思いつくという保証はありません。

それに思いついたところでそれを実行に移せるという保証も。申し訳ありませんが」

ジェイソンはうなずいた。そしてカップに手を伸ばし、ちびちびと最後までお茶を飲むと、立ち上がった。

「すみません」ジェイソンは言った。「たぶん、ずいぶんと面倒な人間だとお思いでしょう。それにしつこいと。申し訳ない」

ジェイソンは部屋を出ていき、ケイトはそのあとを追った。

玄関先でジェイソンは立ち止まると、ケイトのほうを振り返った。

そして「場合によっては」と切り出した。「自分で調査をするつもりです。このままにしておくつもりはありません。生活を壊されるのを黙って見ているつもりは」

ジェイソンは暗闇に姿を消した。

ケイトは安堵と悲しみを感じながら、彼の後ろ姿を見送った。彼のことが気の毒でたまらなかった。あの家族全員のことが気の毒だった。

それでも私が首を突っ込むわけにはいかない、とケイトは考えた。

そして玄関ドアを閉めた。

2

ケイレブは早めに帰宅した。じっくり考えねばならないことがあると、ときどきそうする。

蜂の巣をつついたように騒がしいスカボロー署では考えをまとめることができないからだ。捜査チームの面々に、それで眉をひそめる者はいない。上司が早退した翌日にはよく素晴らしいアイディアを持って戻ってくること、その線を追っていけばうまく行くことをよく知っているからだ。だがケイレブは、今回はそうはいかないような気がしていた。それどころか、明日目を覚ましても、前夜眠りについたときと同じ壁の前に立っているだろうと、ほぼ確信していた。そもそも眠りにつければの話だが。この事件には消耗させられる。藪のようなものだ。分け入っていくことができず、支えになりそうななにかをつかむこともできない。

正直言えばパブに寄りたいところだった。パブが静かなわけではない。だがケイレブが求めるのは必ずしも静けさではない。人と、さまざまな音とに囲まれているのが好きだというのもあるが、パブのような公共の場所の一番の長所は、誰にも邪魔されることなくじっくりと思索に浸れる点だった。パブにいれば、孤独だと感じることなく、同時に思索の糸をたどってもいける。家にいるとすぐに息苦しくなる。何年も前に離婚して以来ひとりで住んでいる大きな空っぽの家……その家はケイレブには広すぎ、ときに頭上にのしかかってくるようだった。ただ、二階の各部屋から海が見える。その眺めが、ケイレブをこの家に押し留めていた。眺めがなければ、とうにどこかの小さなフラットを探していただろう。

結局パブには行かないことにした。たいていの場合はそうだ。パブには危険が多すぎる。いや、正確に言うと危険はただひとつ――パブには酒があり、酒のにおいがする。断酒中の――いやまあ、半ば断酒中の――アルコール依存症患者である自分が酒のにおいをこれほど正確に嗅ぎ分けることになろうとは、以前は想像もしていなかった。いつでもどこでもすぐに気づく。少し離れたところを歩いている誰かの吐く息、前夜に誰かがシャンパンを飲んだ部屋、署で回ってきた詰め合わせチョコレートの箱のなかにたったひとつ入った数滴のキルシュ入りのチョコレート。まるで麻薬探知犬が麻薬を嗅ぎ分けるように、ケイレブは酒を嗅ぎ分ける。そしてそのたびに額には汗がにじみ、ときには軽く手が震えだす。自分では制御できない。体じゅう神経、繊維、センサーが勝手に反応するのだ。そんなときに自分自身を制御できないことをのケイレブは恥じ、屈辱を感じる。同時に、そこに矛盾も見出す。なにしろケイレブは、ぐでんぐでんに酔っぱらったときには、しょっちゅうあらゆる制御を失ったからだ。なんの制限もなく飲みたいだけ飲んだ週末など、翌朝自分の嘔吐物にまみれて目を覚まし、倒れる前の自分がどんな恥ずかしいことを言ったりやったりしたか憶えていないこともしょっちゅうだった。それなのに、そういった過去のすべてより、いま誰にも気づかれないほどかすかに手が震えたり、額にうっすら汗が浮かんだりすることのほうをずっと恥ずかしいと思うとは。おそらくそれは、当時のケイレブが、いつかすべてを克服してみせると常に自分に言い聞かせていたせいだろう。その美しい妄想がケイレブの自信を支えていたのだ。だがいまのケイレブは、自分が決して完全にアルコール依存を克服することがないのを知っている。本当にすべてが終わることなどないのを。

自分はこの先もずっと依存症のままだろう。当時のセラピーでもそう言われたが、そのときは、それはただの漠然とした情報にすぎなかった。あとになって初めて、それが実際どういうことなのかを知ったのだ。

パブに行けば、そのうち耐えられなくなってビールを注文してしまうだろうと、自分でもわかっていた。最悪なのは、そうなれば一杯では済まないことだ。一杯に留めることが自分にはできない。どうしても。そしてもし運が悪ければ、偶然店に立ち寄った同僚に、思う存分飲んでいるところを見られてしまう。そうなったら致命的だ。

家にいても酒を飲んでしまう危険はある。キッチンに酒を保存してあるのだ。これは当時のセラピストとの取り決めに明白に違反する行為だった。家のなかの手の届く場所に酒を置かないことは、アルコール依存症治療の鉄則だ。ケイレブはもうずいぶん前にこの規則を破っていた。

けれど、少なくとも自宅には目撃者はいない。

いまケイレブは、カウンターでキッチンと仕切られた広々したリビングルームに、グラス一杯の水を前にして座っていた。だが、背後の戸棚に何本ものウィスキーボトルがあることを知っている。それにフランス産の赤ワインも何本か。冷蔵庫にはビールがある。

ケイレブは酒への思いを無理やり抑えつけた。考えなければならないもっと重要なことがある。

アレックス・バーンズ。彼のフラットにあったかもしれないなんらかの証拠を確保するには遅すぎた。アレックスはゴールズビー家を訪ねる数日前にすでにフラットを引き払い、友人の家に泊まっていたのだ。もうずいぶん前から家賃滞納でバーンズを追い出したいと思っていた大家は、即座に改修を開始していた。床板を剝がし、壁を塗り直していた。新しいシステムキッチンも注文済みだったが、まだ取りつけられてはいなかった。

「以前はどんなキッチンだったんですか？」ケイレブは大家にそう尋ねた。「それに家具はどうしたんですか？」

「前のキッチンはガラクタの寄せ集めだよ。大昔のコンロと壊れかけの冷蔵庫と、脚が折れそうなテーブル。バーンズはほかの家具はほとんど持ってなかった。寝袋で床に寝てて、服はあちこちに散らばってたり、大きな鞄《かばん》に詰め込んであったり。肘掛け椅子がひとつあったけど……とにかくバーンズは全部置いていったんで、私が粗大ゴミの収集業者に電話したんだ。まあ、たいした量じゃなかった」

ケイレブは思わず毒づいた。なんらかの手がかりになったかもしれないものは、もう見つけられない。

スチュワート巡査部長が慰めの言葉をかけた。「なにが見つかったはずだっていうんです？アメリー・ゴールズビーの痕跡を示すなにか？　アメリーがこのフラットにいたはずはありませんよ」

フラットは町の中心部にあり、近隣の多くの建物の裏庭に隣接していた。ここに誘拐の被害者を隠しておけると考えるのは非現実的だ。

「車だ」ケイレブは言った。「アメリーが乗って逃げた車を見つけなくては」

アレックス・バーンズは車を所有していない。この点は間違いなかった。捜査チームは町とその周辺のレンタカー店を残らず当たり、バーンズの隣人たちに聞き込みをしたが、バーンズの名前はどのレンタカー店にも残っておらず、誰ひとりバーンズが車を運転しているのを見たことがなかった。

「そもそもあの人、車を借りるお金なんてなかったはずよ」隣人のひとりは軽蔑の念をにじませながらそう言った。

シー・クリフ・ロードの駐車場周辺の住人たちへの聞き込みも、なんの成果ももたらさなかった。あの晩なにかを見たり聞いたりした人間はおらず、警察官からアレックス・バーンズの写真を見せられて、憶えがあると答えた者もいなかった。

「どん詰まりだ」ケイレブはつぶやいた。そして水を一口飲んだ――いまはウィスキーのことは考えるな、と自分に言い聞かせながら。なにげなく窓から外を見た。まだ夕方の五時だったが、外はもうほとんど暗闇だった。雨に濡れた窓ガラスに部屋のなかが映っている。大きなテーブルの前に座る孤独な男が見える。妻がたくさんのお客を迎えたいと選んだテーブルだった。妻は自分の周りに人を集めるのが好きだった。彼らに料理を振る舞い、夜更けまで語り合い、笑い合うのが好きだった……実際、彼女との暮らしは楽しかった。彼女を追い払ったのは自分だ。彼女はある日、あっさり出ていった。夫のアルコール問題にもう耐えられなくなって。ケイレブには妻の気持ちがよく理解できた。それ以来、ケイレブは独りだ。もう訪ねてくる客もいない。誰かが来たとしても、どうつき合っていいのかさっぱりわからないだろう。

また関係のないことを考えている。ケイレブはこのすっかり行き詰まった事件へと無理やり思索を戻した。目の前には一枚の紙が置かれており、手にはペンを握っている。

「アレックス・バーンズ」と、紙には書いてある。

ケイレブはその名前の後ろに大きな疑問符を書き加えた。バーンズからは離れるしかないのかもしれない。あの男のことは好きではないし、デボラ・ゴールズビーの感謝の念を利用するあの男のやり方には我慢ならない――ドクター・ゴールズビーはそのせいで毎日のようにケイレブに電話をかけてくる――が、バーンズに不利な事実はなにひとつ見つかっていない。あの男が犯罪を犯したという疑いを強めるような事実は。バーンズは本当にたまたま海辺を通りかかっただけなのかもしれない。働いていたピッツェリアからの帰り道、あの悪天候のなか、本当にクリーヴランド・ウェイという馬鹿ばかしいほどの回り道を選んだのかもしれない。それが日課の運動だからという理由で。本当にすべては本人が言うとおりなのかもしれない。

じゃあどうして俺はこんな妙な感覚を抱くんだ？　ケイレブは自分にそう問いかけた。

おそらくアレックス・バーンズ以外に誰もいないからだろう。バーンズを諦めれば、近いうちにこの事件全体に光が射すはずだという最後の希望を捨てることになるからだ。バーンズ以外には有力な手掛かりはなにひとつない。誘拐犯につながるものも、アメリー・ゴールズビーが乗って逃げた車を運転していたという謎の二人目の男につながるものも。どん詰まりだった。

ケイレブは紙に三つの名前を書いた。ハナ・キャスウェル、サスキア・モリス、アメリー・ゴールズビー。

ケイト・リンヴィルは、ハナ・キャスウェル失踪がほかのふたりの少女の事件と関係があるかもしれないと言っていた。ハナもまた公共の通りで姿を消したし、年齢もほかのふたりと一致する。それでもケイレブには疑念があった。ハナ・キャスウェル事件を当時指揮したのは自分だ。捜査はやがて行き詰まってしまった。なにひとつ痕跡がなかったのだ。サスキア・モリスやアメリー・ゴールズビーの場合のような、捨てられた携帯電話やバッグはなかった。それに死体も発見されなかった。とにかくなにひとつなかった。だからといって、最近のふたつの事件とハナ・キャスウェル失踪との結びつきが完全に否定されるわけではない。それでもケイレブは疑わしいと思っていた。ほかのふたつの事件との時間的間隔があまりに大きすぎるような気がするのだ。

残るのはサスキア・モリスとアメリー・ゴールズビー。ひとりが死体で発見された同じ日に、もうひとりが失踪した。すぐに次の犠牲者を求めた同一犯なのか？

依存症だな、とケイレブは思い、即座にまたウィスキーのことが頭に浮かんだ。

なぜ犯人はサスキア・モリスを飢えと渇きで死なせたのか？　人を殺すには非常に消極的なやり方だ。血を見ることもなく、直接の肉体的暴力を振るう必要もない。サスキアが死ぬと、犯人は死体をムーアに捨てた。それまで何か月ものあいだ、サスキアは犯人のもとで生きていた。犯人と一緒に暮らしていたのか？　人をそれほど長いあいだ、誰にも気づかれずに隠しておける場所とはどこだろう？

先例はたくさんある。地下に隠れ家を作ったサイコパスたち。プリクロピル（オーストリアで一九九八年に当時十歳だったナターシャ・カンプッシュを誘拐、八年間監禁した）、フリッツル（オーストリアで実の娘を一九八四年から二〇〇八年まで地下室に監禁、性的虐待を繰り返した）。性犯罪で何度も判決を受けたフィリップ・ガリドーは、アメリカでジェイシー・リー・デュガードを十八年間も監禁した。

我々が追っているのもこういった性倒錯者なのだろうか？

サスキアは強姦されてはいなかった。だが、だからといって犯人がサスキアになんらかの形で性的な暴力を加えなかったとは言い切れない。なぜ犯人はサスキアを死なせたのか？　あまりに反抗的になったから？　それとも年齢が行きすぎた？　誘拐されたときサスキアは十四歳だった。死んだときは十五歳。犯人の欲望の対象となる年齢は、そこまで限定的なのだろうか？　犯人が欲するのは、子供と若い女性のはざまのほんの短い時期にいる少女のみなのだろうか？

そんな少女たちに、犯人はなにをするのか？

児童に対する性的虐待者と関わった経験は豊富にある。彼らのこだわりは、よくわかっていた。彼らの性癖も犯行も、それぞれ非常に独特だ。

もちろん彼らは暴力を行使する。だがその暴力を暴力と見なしていないことも多い。つまり、彼らは必ずしも平気で被害者を殺すわけではない。

そう考えると、飢え死にさせるというのは、彼らの犯罪パターンに合致している。犯人はサスキアのことが鬱陶しくなった。だが自分の手で殺すことはどうしてもできなかった。そこで、単にサスキアとの接触を断ったのだ。サスキアの存在を無視し、抑圧した。

サスキアはきっと叫び、わめき、自分に注意を向けさせようとしたに違いない、とケイレブは考えた。それは、サスキアが誰にも声の聞こえない場所に監禁されていたことを意味する。おそらく犯人にさえ、彼女の声は聞こえなかったのだろう。声が聞こえれば、犯人はきっと耐えられなかったはずだ。

サスキアの死体はムーアで発見された。それにアメリーのバッグも。

ムーア。無限に広がる広大な土地。無数の丘と谷と台地がある。そして無数の孤立した農家が。

藁《わら》の山のなかで一本の針を探すようなものだ、とケイレブは思った。だが、ムーアに監禁されていたのなら、逃亡の際、長い時間車に乗っていたというアメリーの証言とも合致する。犯人は犠牲者を町で誘拐する。当然だ。寂しい田舎道や郊外を若い女の子がふらふらしていることなど滅多にないのだから。だが、誘拐したあと、犯人は少女を遠くへ連れていく。人のいない寂しい場所へ。周りに犯人以外誰もいない場所へ。犯人がいなければ少女が生きていけず、犯人のなすがままになる場所へ。

もし逃げていなければ、アメリーをどんな運命が待ち受けていたかと考えて、ケイレブの背筋が寒くなった。

実のところ、アメリーはケイレブの手のなかにあるただひとつの切り札だ。彼女は犯人の顔を知っている。監禁されていた場所を、少なくともなかの様子を描写することができる。アメリーは奇跡的に逃亡に成功した。そのおかげで共犯者がいた可能性が明らかになった。アメリーはあらゆる捜査員にとって夢のような存在だ。理論上は。残念ながらアメリーはいまだに、話が決定的な点に近づいていくと心を閉ざしてしまう。ヘレン・ベネット巡査部長はいまも毎日アメリーのもとに通っている。

「とにかく海のことしか話さないんです」と、ベネット巡査部長は報告する。「何度も何度も何度も。海のなかで死にかけて怖かったという話ばかり」

その場面にとらわれているんだ、とケイレブは思う。我々にとっては困ったことだ。

捜査チームには犯人の特徴の描写とモンタージュ画像がある。それを悲嘆のどん底にいるサスキア・モリスの両親に見せたが、ふたりとも画像の男は見たことがないと言った。アレックス・バーンズの写真を見せても、彼らは首を振るばかりだった。

「見たことがありません。申し訳ない。こういう男は私たちの知り合いにはいません」

最初から予測できたことだった。多くの事実が、犠牲者が偶然の法則によって選ばれていることを示している。犯人は通りを車で流し、獲物を探す。そして好機をとらえて襲いかかる。

それはつまり、いつまた次の事件が起こっても不思議ではないということだった。とはいえ、おそらくいまこの瞬間には、犯人はアメリーに逃げられてショックを受けていることだろう。アメリーがなにも話していないことを、犯人は知らない。アメリーになにを見られたかさえ知らないかもしれない。そのため、しばらくおとなしくしている可能性はある。

アメリーの証言に従って作られたモンタージュは地域の新聞のほぼ全紙に掲載されたし、いまでもネット上で見ることができる。市民からの通報はいくつもあったが、警察が調べたもののなかで結果につながったものはひとつもなかった。そもそもトラウマを抱えたアメリーの証言は、どこまで信用できるものだろうか？　ケイレブの印象では、アメリーは一所懸命に証言してくれた。だが、アメリーは事件の多くの部分を抑圧することでのみ精神の均衡を保っている状態だ。自分を誘拐した男の特徴を現実的に描写できたかどうかは誰にもわからない。

手がかりが少なすぎる、とケイレブは思った。あまりに少なすぎる。

遅くとも〈ムーアの殺人鬼〉が新たな犯行に及んだ時点で、ケイレブも部下たちも圧力にさらされることになる。そしてアメリーの場合のような幸運にもう一度恵まれることは、おそらくない。犯人は一度獲物を逃がしている。明らかに注意が足らず、軽率だったからだ。次から誘拐される少女たちには、逃亡のチャンスはまったくないだろう。

よく知る感覚が襲ってくる……パニックに近い感覚が。すべてが頭のなかでもつれ、絡まっている。巨大な毛糸玉のように。そしてケイレブは毛糸の先端を見つけることができないでいる。捜査を前進させるなにかがどこかで見つかるはずだ。その点には確信を持っている。これまでも常にそうだったのだから。だが、ケイレブの目にはそのなにかが見えない。そのなにかを探しながら、毛糸のもつれをひどくするばかりのような気がする。

背後の棚にあるウィスキーへの渇望がどんどん強くなる。

素晴らしいアイディアと捜査を真に進展させる思いつきをもたらしてくれる一定量のアルコールがある。かつてのケイレブは自身をうまく制御してその一定量を保つことができた。確かに大量のアルコールだった。ケイレブ以外の人間なら、とうに意識を失ってテーブルの下に倒れていただろう。だがケイレブは、それだけの量の酒が入ると自信を感じた。自分がとても強く、明晰になったと感じられた。目の前の世界も、頭の中の思索の世界も、ともに明確で鋭い輪郭を獲得し、混乱はほぐれ、ものごとがよりくっきりと見えた。それまでは隠されていたことがらが見えるようになった。突然のようにすべてを一変させる視点で事件捜査にあたり、チーム全体を驚かせたことも数え切れない。

「ボスの天才的瞬間」と呼ばれたものだった。だがいつだったか、ケイレブ本人のいないところでは「ボスのへべれけの瞬間」と呼ばれていることを教えてくれた者がいた。ということは、ケイレブはそれほど明晰にものが見えていたわけでもなかったのだ。なぜなら、周りの人間は誰も自分のアルコール問題を知らないと本気で信じていたのだから。だが実のところ、誰もが知っていた。それを悟ったことは、ケイレブにとって人生における最もショッキングな出来事のひとつだった。

何週間もアルコール断ちをして過ごして以来、ケイレブの酒に対する許容量は落ちていた。いまではウィスキーをほんのわずか飲んだだけで、以前なら一晩じゅう飲み続けたときのような状態になることがある。それが事態を複雑にしていた。だがだからといって昔の習慣に戻って、かつての酒への耐性を取り戻す訓練をするわけにはいかない。アルコール断ちをしたのは、医者にピストルを突きつけられたからだった。「飲むのをやめるか、近いうちに肝臓を捨てるかですよ。運がよくてもあと二年。そのあとは体がもうもちません」

ケイレブは立ち上がり、キッチンに行った。一杯だけ。問題はやめ時だ。だが、もしかしたらうまく行くかもしれない。やめられるかもしれない。一杯だけ飲んだあとに。

うまく行ったことなどないだろう。一度たりと。

頭のなかの不愉快な声は懸命に無視して、戸棚を開けた。瓶のなかのウィスキーが柔らかな黄金のように輝いていた。または液状の琥珀《こはく》のように。

すでににおいが漂ってくる。ああ、もしいま俺が瓶に手を伸ばすのを邪魔する奴がいたら、どんな目に遭わせてしまうかわからない。

そのとき、ダイニングテーブルの上の携帯電話が鳴りだした。

ケイレブは罵り言葉を吐いたが、なんときびすを返してテーブルに戻るという離れ業をやってのけた。常に連絡が取れる状態でいなければならない。電話を無視するわけにはいかない。両手が激しく震えて、通話ボタンをスクロールするのに一度失敗した。

かけてきたのはロバート・スチュワート巡査部長だった。「新情報です、ボス」

「いい情報か?」ケイレブは訊いた。声がかすれていた。咳払いをして、続けた。「いい知らせなのか?」

「見方によりますね」ロバートが言った。「これまでスカボロー周辺のレンタカー店すべてに問い合わせをしましたが、アレックス・バーンズの痕跡はどこにもありませんでした。ところが、十分前に〈ISYレント〉から連絡があったんです。バーンズの名前が記録に見つかったといって。なんでもウィリアム・ブラウンとかいう男が——たぶんアレックス・バーンズの友人でしょうが——〈ISYレント〉で車を借りたんだそうです。その書類にバーンズの免許証も登録されているんですよ。つまり、バーンズもその車を運転できたってことです。それに

――心の準備をしてくださいよ――その車がレンタルされたのは、なんと十月十四日なんです」

ケイレブは即座に理解した。「アメリー・ゴールズビーが誘拐された日じゃないか！　ということは……」

「問題は」ロバートがケイレブの言葉を遮った。「車がレンタルされたのは夜だってことです。ウィリアム・ブラウンは午後早くにオンラインで予約して、夜にスカボローの支店で車を受け取っています。アメリーが誘拐されてから何時間もあとです」

「そのブラウンというのが犯人かもしれない。バーンズは協力者で」

「でも時刻が合いません」

ケイレブのこめかみがドクドクと脈打ち始めた。「それでもだ。偶然のはずがない。ふたりはいつまで車を借りていたんだ？」

「翌日の夜までです。十月十五日日曜日の」

「どんな車だった？」

「ワンボックスカーです」

「それは犯行には最適な……」

「白いワンボックスカーです。アメリーは大きな暗い色の車だと言っていました。確かに彼女は混乱してはいますが、そこまで大きくは間違えないでしょう」

「アメリーが逃げた日はどうなんだ？　十月二十日の金曜日。ブラウンかバーンズが車を借りていないか？」

「借りてません。その前日も同じです」

「少なくとも同じ店では借りなかったということだな」

「レンタカー店には全てあたったんですよ。もうこれ以上あたれる店はありません」

「プライベートで車を借りたのかもしれない。そのウィリアム・ブラウンとかいう男をすぐに見つけて、調べてみるんだ。ちくしょう、かなりの時間がたってしまった。もっとレンタカー店に力を入れていれば……」

「これだけ時間がたったあとでも、店は電話をくれたんですから」

ケイレブは考えた。「偶然のはずがない」もう一度そう言った。「偶然が多すぎるんだ。バーンズは偶然、あの夜アメリーが防波堤にしがみついて助けを求めていた場所を通りかかった。アメリーが誘拐された日、偶然にも別の男と一緒に車をレンタルしていた。私が信じないものがあるとしたら、偶然だ。少なくとも偶然が重なる場合には絶対に信じない」

スチュワート巡査部長の考えは少々違った。人生にはときに驚くほど多くの偶然が重なるものだと思っている。それでも〈ISYレント〉からの知らせには興奮を覚えた。

「レンタルされた車は鑑識に調査してもらいます」ロバートは言った。「とはいえ、通常の手順どおり、返還されたあとにもう清掃済みですけどね。それにそのあとも何度も貸し出されて、そのたびに清掃されています。だからなにかが見つかるという期待はあまりしてません。もちろんやってはみますけど」

ケイレブはため息をついた。フラットは改装された。車は清掃された。バーンズにはとてつもない幸運の女神がついているようだ。

「バーンズには明日の朝、署に来るように伝えました」ロバートが続けた。「すごく協力的な返事でしたよ」

「それが一番賢い方法だからな」ケイレブは言った。「ブラウンとかいう男のほうはどうなんだ？」

「住所はもうわかってます。チームからふたり、いまそこに向かってます」

「よし、よくやった」

「もうひとつ、ちょっと」ロバートが言った。

「なんだ？」

「重要かどうかはわからないんですが……行方不明になった女の子がもうひとりいるんです。マンディ・アラードという名前です。かなり前から姿を消しています」

そういえば、通常なら決してケイレブの部署に持ち込まれることなどない失踪届が、現在の状況に鑑《かんが》みて回されてきていた。記憶がよみがえった。「ああ。だがあれは家庭内暴力の話だったよな？　母親が娘に怪我をさせて、その結果娘が出ていった。我々の事件とは関係ないだろう」

「だから僕も慎重なんですけどね。でも青少年局でその少女を担当しているっていう人が、土曜日の早朝に交番に行って、女の子が最近までどこにいたかわかったって報告しているんです。どこかの廃屋に住んでるホームレスのところだとか。パトロール警官がそこへ行ったんですが、女の子はいませんでした」

「我々の管轄だとは思えないが……」

「それが」と、ロバートがケイレブを遮った。「今日の昼に、年配の女性が警察に通報してきたんですよ。十月三十日の午前中に、彼女の住んでいるフラットがある建物から女の子が逃げるように出ていくのを見たって。その建物の最上階には、目撃者の証言によればずいぶん変わった男が住んでいて、女の子はそこから出てきたって言うんです。男の名前はブレンダン・ソーンダース。で、その女の子の特徴がマンディ・アラードに一致するんですよ」

「その目撃者は、どうしていまさら通報してきたんだ？　一週間もたってるのに？」

「自分が見たのが重要なことかどうかわからなかったそうです。それに、もめごとを起こしたくなかったと。そのソーンダースっていう妙な男と同じ建物に住んでいるわけだし……でもどうしても気になったんだと言っています」

「なるほどな」ケイレブは言った。それほど有力な手がかりとは思えなかった。

「そのソーンダースという男を調べてみるべきです」ロバートが言った。「なんと、うちの記録に名前があるんですよ」

「どうして？」

「二〇〇五年に、廃業した工場の建物で数時間にわたって少女をレイプした少年グループのひとりなんです。記録ではその日犯行現場には居合わせなかったとありますが、犯人たちの仲間ではありました。そのグループの一員だったんです。変だと思いませんか？」

十一月七日火曜日

「自分の車さえあればなあ」アレックスが言った。「そうすれば、いつもお宅のをお借りしなくても済むのに。申し訳ない！」

ふたりはいまハルのカフェにいて、熱いお茶で多少なりとも体を温めようとしているところだ。いままで一時間にわたって風の吹き抜けるショッピングストリートを歩き回り、アレックスの服を上から下まで新調した。すべてを支払ったデボラは、良心が咎《とが》めていた。今晩またかんかんに怒ったジェイソンに非難されることは間違いない。けれどデボラは、もう少し小ぎれいな格好をすることでアレックスが仕事を見つける可能性が高まるし、彼が就職することが私たちにとって最高の利益になるんだと自分に言い聞かせ、落ち着こうとした。とにかくアレックスには自立してもらわなければ。でなければいつまでも私たちに食いついて離れない。

今日、アレックスは昼頃デボラに電話をかけてきて、夕方にハルで面接があると言った。建設会社での事務仕事だという。どうしてもやりたい類の仕事ではないけれど、選り好みできるような余裕は自分にはないから、とアレックスは言った。

「ハルはスカボローからかなり離れていますけど」と、アレックスは付け加えたのだった。

その言葉がデボラを突き動かした。もしアレックスがその仕事を得られれば、ハルに引っ越すことになる。スカボローから毎日通うことは考えづらい。たとえなんとか車を手に入れたとしても、だ。いまのデボラは、ただただアレックスに消えてもらいたい一心だった。できれば世界の果てまで行ってほしいが、ハルでもその第一歩ではある。

そういうわけでデボラは、アレックスを車で送っていくと申し出たのだった。そして、彼をさらに美容院とさまざまな店の紳士服売り場にも引っ張っていった。そのあいだずっと、アレックスはそんな親切を受けるわけにはいかない、と言い続けたが、最後にはもちろんすべてを受け入れた。デボラはずっと、より大きな目標のことを考えていた。一方アレックスのほうは……そう、デボラの印象では、アレックスはずっとにやにや笑っていたように見えた。あからさまに目に見えるにやけ方ではない。むしろ逆で、アレックスはずっとしかめっ面だった。だがそれでも彼は心のなかで笑っていた。この状況を楽しんでいた。新しいお洒落な服を手に入れながら一ペニーも支払う必要がないのを嬉しく思っていた。やはりジェイソンの言うとおりだったのだ。アレックス・バーンズは、ゴールズビー家が彼に恩を感じていることを千載一遇のチャンスだととらえている。そして、そのチャンスをできる限り利用し尽くそうと決めているのだ。

つまり、私たちが好きにさせる限りということだ、とデボラは思った。

テーブルの向こうのアレックスを観察してみた。ティーカップを包むかじかんだ指がピリピリ痺れるような感覚とともにゆっくり温まり、血が通っていくのを楽しみながら。手袋を忘れたのは失敗だった。

新しいヘアスタイルで新しい服を着たアレックスは、以前よりずっとまともに見えた。そもそも彼のような人は精一杯頑張ってもこの程度だろう。アレックスという人間にはどこかいびつなところがあると、デボラは思った。だがそれも気のせいかもしれないし、考えすぎかもしれない。ほかの人たちにとってはごく普通の親切な男なのだろう。人生はあまりうまく行っていないが、善良で人助けのできる人間。そう、最初の頃にデボラが思っていたような人間。感謝のあまり彼の足元に世界のすべてを差し出したいくらいだった頃に。

「今日の朝、また警察に呼び出されたんですよ」アレックスがそう言って、小さくため息をついた。「いつまでたっても終わらない。あのヘイルって警部は、どうやら僕のことを疑っているみたいです」

「今回はなんだったんですか?」デボラは訊いた。アレックスという人間には我慢がならないが、それでもヘイル警部の疑念には賛成できなかった。はっきりと理屈では説明できないものの、アレックスは犯罪を犯す人間にはどうしても見えなかった。たかり屋ではある。自分の利益のことばかり考える男ではある。けれど犯罪者ではない。

「友達が十月十四日に車を借りたんですよ」アレックスが説明する。「〈ISYレント〉って店で。ワンボックスカーなんですけど、僕も運転手として登録されてるんです」

「十月十四日って……」

「そうなんですよ。それでヘイル警部が張り切っちゃって。霧のなかを手探りしているみたいな状態だから、藁にもすがる思いなんでしょうけどね。で、いまのところ警部の一番お気に入りの藁が僕ってことみたいです。いや、もしかしたら僕は一本きりの藁なのかも」アレックスはここで間を置いた。「ヘイル警部がアル中なの、気づきましたか？」

「まさか」デボラはショックを受けた。ヘイルがアルコール依存症？　そんなふうにはまったく見えない。アレックスが警部を悪く言いたいだけではないのか。

「依存症の人間がいると、僕、わかるんです。特にアルコール依存症は」アレックスが言った。「瞳孔でわかるんですよ。それに肌の色と。それから行動でもわかります。あの警部、もちろん勤務中に飲んでろれつが回らなくなるとか、そんなんじゃありませんよ。でも酒なしで一日過ごすのは難しそうだな。僕が見るところ、少なくとも二日に一回は夜にウィスキーでへべれけになってるんじゃないかな」

デボラはヘイル警部のことが好きだった。「他人のことでそんな噂を触れ回ったりしちゃだめですよ」怒りがこみ上げてきて、そう言った。「根も葉もないことかもしれないのに、そんな噂が立ったらその人の人生を壊してしまうことだってあるんですからね」

「僕の言うとおりだったって、いつかわかりますよ」アレックスは言った。

「それで、その車の件はなんだったんですか？」

「その友達は、月曜日に引っ越しする予定だったんで、車を借りたんです。で、僕たちはふたりで、前日の日曜日からもうずっと細かいものを新しい家に運んでたんですよ。ウィリアム――っていうのが友達の名前なんですけど――も、警察で何時間も事情聴取されたんですよ。

いまだにショックを受けてます。まあ運よく解放されましたけどね。近所の人たちが、段ボール箱を運んでる僕たちを見たって証言してくれたんで。ヘイルはすごく不満そうでしたよ」アレックスは忍び笑いを漏らした。「やっと成果が出たとでも思ってたんでしょうね」

「ワンボックスカーって……」

「白いワンボックスカーです。アメリーは大きな黒っぽい車に引っ張り込まれたって言ったんですよね。それに犯人像も僕にはまったく当てはまりませんし。だいたい、もしアメリーが僕に誘拐されたんなら、その後おとなしく僕に助けられて黙っていたはずがないですよ」

「あなたが例の二人目の男だったのかもしれない」デボラは言った。「アメリーが逃げるために隠れた車を運転していた男」そこでデボラは慌てて付け加えた。「いえ、私がそう思ってるんじゃなくて……」

「ご主人はきっと、僕がその男だったらいいと思ってるんでしょうね」アレックスは言った。「でも幸い、アメリーが車で逃げていた時間には僕はピッツェリアで働いてたんです。これは否定しようがありませんよ」すでにお茶を飲み終えたアレックスは、ウェイターを探してきょろきょろした。「なにかもっと強いものがいるな。デボラさんは？」

「いいえ、結構です。アレックスさんも面接の前にお酒を飲むのはやめたほうがいいですよ」

「蒸留酒一杯くらいじゃ酔っぱらいませんよ。逆にリラックスできていい」アレックスはそう言って、グラッパを注文した。グラッパが運ばれてくると、話を続けた。「僕が二人目の男だったらいいとご主人が思っているのは、そうだったら僕から解放されるからですよね」

「いいえ、そんなこと。私たち、アレックスさんには感謝していますから。ジェイソンも私も」

アレックスは笑った。「もちろん感謝はしてくれてますよね。でも、その感謝の念から解放されるための理由があればいいと思ってるんじゃないですか。誰かに借りを作ったままでいたい人なんていませんから。ただ残念ながら、あのヘイルは僕に罪を着せることはできない。あの時間に僕は仕事をしていただけじゃない。アメリーが逃げた日には、僕は車を借りてないんですから。どこからも」

少なくとも記録に残る形では、とデボラは思った。

「アメリーの調子はどうですか?」アレックスが訊いた。

そのとたん自分の気分が沈み込むのをデボラは感じた。「あまりよくありません。一日じゅう部屋に閉じこもって、窓から外を見てばかり。家のなかを歩くことさえないんですよ。私たちと一緒に食事をすることもないし」

とはいえ、その点は誘拐事件の前から似たようなものだった。九か月ほど前から、アメリーはどんどん家族と距離を取るようになった。両親と、特に母親と一緒に時間を過ごすことが、まるで世界で最悪の出来事であるかのように。ただ以前は、両親ともに娘のそんな態度をいまのように受け入れたりはしなかったというだけだ。ジェイソンは家族そろって夕食を取ることにこだわった。だがアメリーはたいていの場合一言も話さなかった。

いまはジェイソンもデボラも娘をそっとしておいている。娘は、なにか意に染まないことを無理やり押し付けられたら壊れてしまいそうに見えるからだ。

「あの子はとても……自分の殻に閉じこもっていて。ずっと上の空なんです」

「きっとまた学校に行ったほうがいいんじゃないかな」アレックスが言った。「なんだか考え込む時間が長すぎるみたいだから」

「そうなんです。でもあの子、学校に行くのを嫌がるんですよ。カウンセラーさんに向かって、まるでなにもなかったみたいにもとの生活に戻ることなんてできないって言ったらしいんです。なんだか、あの子はもう簡単には普通の生活に戻れないような気がします。普通の生活をまだ受け入れられないんです」

「まあ気持ちはわかりますよ」アレックスは考え込みながら言った。

「私もです」デボラは言った。「ただ……このままじゃ、あの子はいまの状態からいつまでたっても抜け出せないでしょう。誘拐事件のことも、決定的な話はなにもしないし。代わりに海のなかでのことばかり、何度も何度も。死ぬかと思った、溺れ死ぬと思ったって。いったん動きだしたら何時間も止まらないメリーゴーランドみたい。本当は肩をつかんで揺さぶってやりたいくらい……」

「いつかはすべてを話してくれますよ」アレックスが言った。

「ときどき、そういう希望を持つことさえできなくなりそう」

「アメリーには連絡を取っている友達はいないんですか?」

「それもおかしな点なんですよ。あの子にはいつも友達がたくさんいました。特に女友達が。以前はもうずっとチャットしてばかりだったんですよ。私はいつも、スマートフォンがあの子の体の一部だって言ってたくらい」

「アメリーのスマホは、たしかなくなったんじゃなかったですか？」

「新しいのを買ってあげたんです。外の世界とまたコンタクトを取れるようにって。なのにあの子は全然反応しなくて。スマホなんてほとんど触りもしないんです。ほんとに、なんてことかしら」デボラは苦笑いした。「あの子にまた四六時中メッセージアプリを使ってちょうだいなんて懇願する日が来るなんて、思ってもみなかったわ。昔は、少しはスマホから離れなさいって言ってばかりだったのに。いまはまたスマホを触ってくれますようにって祈ってるなんて。だってそれが普通の生活への最初の一歩だもの。でも、あの子は全然そうしない」

「そのうちまた元気を取り戻しますよ」アレックスは言ったが、その言葉には無関心な響きがあった。

　そりゃこの人にとってはどうでもいいことよね、とデボラは内心で思った。そして声に出してこう言った。「そろそろ行かないと。私はここで待ってますから」

「ほんとですか。ありがとうございます。じゃあ、幸運を祈っててください！」アレックスは立ち上がった。

　神様、どうかこの人がこの仕事に就けますように、とデボラは思った。神様、どうかこの人も普通の生活を送れるようになりますように。

　けれど、いい予感はしなかった。

あの娘の名前はマンディ。それはもう知っていた。先週の金曜日、彼女に会ったとき、これがその子に違いないとすぐにわかった。マンディは暗い通りを歩いていた。肩をすくめ、細い体に腕を巻き付ける姿を見れば……かわいそうなほど凍えているのがわかった。とても寒い晩ではあったけれど、それでもマンディの凍え方は尋常ではなかった。体の芯から冷えているようだった。気の毒な有様だった。絶望して、孤独で、希望もなさそうだった。あの年頃の若い娘のなかには、自信たっぷりに通りを歩く子も多い。たとえひどい天気でも。自分がどれほど美しく、どれほど人の欲望をかきたてるかをよくわかっているのだ。わかっているから、自信満々で余裕たっぷりに見える。あり余る力と若さと美しさがあるのに、ときにそんなことに無頓着。まるで人生のこの一時期が決して終わらないとでも思っているかのように。それこそが彼女たちの魅力の源泉だ。終わりを考えないことが。自分は永遠に若いと信じていることが。

けれど、マンディからはそんな無頓着さも自信も感じられなかった。サスキアもそうだった。マンディほど打ちのめされた惨めな様子ではなかったとはいえ……輝くような自信に満ちていたとは言えなかった。サスキアは内気で、なかなか口を開くこともできなかった。あの娘と話をするのはとても難しかった。最初は、それも無理はない、まずはこちらに慣れてもらわねば、と思った。でも……まあ、以前言ったとおり。状況は良くなるどころか、どんどん悪化するばかりだった。がっかりしたなんてものじゃない。

マンディがこちらの車に乗り込むやいなや、この娘は本来はおとなしいタイプではないと気づいた。ただ、いま現在あまりにひどい境遇にいるだけだと。寒くてたまらないうえ、もう何日もまともに食べていないと本人が言った。けれどその声は大きくはっきりしていたし、口調は生意気だった。いい家庭で育ったわけではないのが、そのしゃべり方からはっきりとわかった。この娘はほかの子たちとは違う。

車のなかでずっと、この娘は自分に合っているだろうかと考え続けた。マンディはもうずいぶん長いあいだ外で暮らしていると話した。それはすでに知っていたし、たとえ知らなくても一目でわかっただろう。なにしろ恐ろしいほど汚れていたし、臭かったのだから。汗と、洗濯していない衣類と、脂じみた髪のにおい。まず最初にバケツ何杯もの水を汲んできて沸かし、体を石鹼で洗ってやらねばならないことは明白だった。それから清潔な服も用意しなければ。ほかの子たちの服は合わないだろう。マンディは彼女たちより背が高く、ずっと痩せている。食べさせて、少し太らせることもできるかもしれない。本当に病的なほど痩せているから。まあ、今日ではかなりの若い娘がそうだ。絶食して、サイズ・ゼロのジーンズに無理やり脚を押し込んで、体重日記を書いたりする。気が遠くなるほど細かく食事に気をつける。テレビで見て知ったことだ。

車のなかにクッキーが一パックあった。激しい空腹を抱えていたマンディは、それをむさぼるように食べた。食べながら、家出をしたこと、十月初旬からずっとひとりでやってきたことを話してくれた。ここ最近は男友達のところにいたけれど、その恋人だという女と喧嘩をして、そこを出るしかなかったのだとか。

「もう諦めるしかないと思った」とマンディは言った。「こんなに寒いんじゃ……」

それからマンディは左腕を見せてくれた。本当におぞましい怪我で、ショックだった。母親に沸騰したお湯をかけられたという。むき出しの真っ赤な肉……感染症にかからなかったのは運がよかったとしか言いようがない。

「家に火傷のいい薬があるから」と、私は言った。「それに包帯も。ちゃんと治そう」

「家にはもう帰りたくない」マンディが言った。「母さんとうまく行ってないから。父さんはなんの力にもならないし。姉さんは私のことなんかかまってくれないし。青少年局の奴らに施設に入れられちゃうんじゃないかって心配」

「心配しなくてもいい」私はマンディを慰めた。「しばらくうちにいればいいんだから。もしよければ」

内心は小躍りするほど嬉しかった。マンディはそれほど好みのタイプではないものの、家に帰りたくないというはっきりした意思を持っている。ということは、もとの生活に戻りたがって四六時中めそめそ文句を言ったり、泣きわめいたりすることはないだろう。マンディには私が必要だ。きっと居場所が見つかって、幸せになれるだろう。誰にも沸騰したお湯をかけられることのない場所で。それに青少年局の危険に怯える必要もない。

もしかしたら、最初からこの子だったのかもしれない。これが運命の出会いなのかもしれない。だからこそほかの娘たちとはうまく行かなかったのかもしれない。

「どこに住んでんの?」車が北へ向かってスカボローの町を出たところで、マンディが訊いた。ほかの娘たちのときは、遅くともここでいつも話が難しくなった。いや、正確に言えば、この瞬間から先はずっと難しい問題ばかりだった。どれほど遠くまで行くのか彼女たちが気づいた瞬間から。これからふたり一緒にどこで暮らすことになろうと、本来ならどうでもいいではないか。けれど、娘たちがしじゅう「自分の家」だとか「なじんだ生活」だとか名付けるものからの距離の大きさが、彼女たちをパニックに陥れたようだった。そしてそのパニックはその後二度と収まらなかった。

でもこればかりはどうしようもない。

さすがのマンディも答えを聞けば落ち込むだろうと覚悟していた。

「少し遠いところに住んでるから」曖昧にそう言った。

一瞬マンディは不安を感じたようだった。けれど取り乱したりはしなかった。マンディがパニックに陥るとしたら、再び路上に放り出された場合だろう。マンディはそれを怖がっていた。再び路上で暮らすこと、寒さになすすべもなく震えること、飢えることに比べれば、どんなことでもましだったのだ。

マンディには失うものがなかった。

マンディは車で眠り込みさえした。疲れ切っていたのだ。頭が横に倒れていき、窓にぶつかった。彼女の深く規則正しい息遣いが聞こえた。素晴らしい。これこそ天からの贈りものだ。どんどん車を走らせて……あたりの景色はどんどん寂しくなっていき……すれ違う車は一台もない。なのにマンディはなにひとつ気づかない。

このままマンディと一緒に世界の果てまでだって運転していけそうだった。

いまだに地下室へは行っていない。たぶんもう終わっているだろう。

十一月八日水曜日

1

この家に来たときには、まだ前向きな気分だった。あれからほんの数日しかたっていないというのに、ケイトはもうこの空っぽの家での自ら選んだ孤独に耐えられなくなっていた。静寂が殴りかかってくるようだ。いろいろなことがあったとはいえ、それでも消えないさまざまな思い出がのしかかってくるようだ。

空っぽの家はケイトを憂鬱に陥れた。

メッシーがいなければ、きっと正気を失っていただろう。猫は夜には寝袋のなかに入ってきてケイトに体を擦りつけ、昼にはケイトのあとをどこまでもついてくる。

火曜日、不動産業者がやって来て、非常に楽観的な調子で、すぐに買い手が見つかりますよと言った。

「若い家族はまさにこういう家を探してるんですよ」業者の男は感激の面持ちだった。「理想的な間取りだ。一階にキッチンとリビングとダイニング。二階に寝室が三つとバスルーム。それにかわいらしい小さな庭。完璧ですよ！」

確かに、とケイトは思った。私たち家族にとっても完璧だった。

そして水曜日の今朝、業者は早速この家に興味を持っているという一組の夫婦を連れてきた。妻のほうは妊娠していて機嫌が悪く、夫はまるであばら家を案内されているかのような態度で、あらゆるものにケチをつけた。ケイトは買い手候補のこういった態度をあらかじめ予想していた。彼らはもちろん購入価格をできる限り下げたいと思っているのだから、あまり感激した態度を見せるわけにはいかないのだ。とはいえ、そういう態度がこれほど耐え難いものだとは、ケイトも考えていなかった。

「ま、なんとかすることはできるかもね」内覧のあと、全員がリビングルームにそろったとき、妻のほうがそう言った。「でもそれにはかなりのお金と時間がかかりそう」

「現代の標準を考えると、理想的とは言えない家だな」夫が言った。

「じゃあ別の家を探してください」ケイトはぶっきらぼうに言った。

夫婦は啞然としてケイトを見つめた。

「もちろん誰にでも好みや理想がありますからね」不動産会社の男が慌てて言った。「リンヴィルさんはお客様に個人的におっしゃったわけでは……」

「いえ、この人たちに個人的に言ったんです」ケイトは言った。「あなた方には売りません。どうぞほかを当たってください」

夫婦は首を振りながら出ていき――「変なおばさんだな、独身だろうな」と夫のほうが妻に囁きかけるのを聞いて、ケイトの胸に針で刺されたような痛みが走った――不動産会社の男は、なにに対するものか不明の謝罪を全員に何百回となく繰り返した。その後ケイトはコートとマフラーとブーツを身につけて、海まで長い散歩に出た。

海岸には人気《ひとけ》がなかった。散歩がしたくなるような日ではないのだ。ケイトは夏のあいだの混雑した浜辺のことを考えた。ケイトも昔、ここにはよく海水浴に来たものだ。夏のあいだいつも我慢がならなかったのは、ロバの姿を見ることだった。疲れ切ってぼんやりした目をしたロバたちが、海岸をあっちへこっちへと引っ張り回されていたのだ。たいていはぎらぎらした太陽のもと、絶え間なく叫び、わめき、歓声をあげる子供たちを背中に乗せて。ロバはスカボロー名物だとされている。子供たちはロバの背中に乗り、親たちはあらゆる知性をかなぐり捨てたにやけ顔でその隣を歩きながら我が子を撮影し、ロバたちが疲れ切っていることには気づきもしない。そんな光景を見るたびに、ケイトはいつもふたつのことを思ったものだった。滅多なことではロバを子供の手に委ねてはならないこと。そして、親というのは自分の子供のことになると理性を捨ててしまうらしいこと。

少し疲れて、寄る辺ない気分のまま散歩から家に戻ると、スマートフォンにメッセージが来ていた。コリンからだ。彼は驚くほどの持久力を見せている。ケイトがスカボローに来る前に、ふたりはさらに二回会っていた。これまでケイトが会ったどの男性も打ち立てられなかった大記録だ。なにしろ合計で三回もデートしたのだから。ケイトは結局コリンに携帯電話の番号を教え、自分の職業も伝えた。コリンは「ロンドン警視庁」の一言にとてつもない畏敬の念を示し、感銘を受けていた。だからケイトは、コリンは彼女の職業に魅力を感じているのであって、女性としての彼女に魅かれているのではないとほぼ確信していた。本当にコリンは——そんな様子を見せるのはきっと例外中の例外だろうが――深く感銘を受けていたのだ。コリンはきっと誰に対しても、ケイトの前でするのと同じように自慢話をするのだろうから、おそらくいまはスコットランド・ヤードの刑事と知り合いであるという事実を自分という人間の重要さを描写する道具のひとつとして利用しているだろうと、ケイトは推測していた。きっとほかの人たちの耳には、まるでコリン自身がスコットランド・ヤードで働いているかのように聞こえることだろう。だがケイトにはそんなことはどうでもよかった。少なくともコリンは、メッセージを送ってきたり、ときどき会おうと誘ってくれたり、ケイトの仕事に大きな興味を示したりすることで、ケイトの孤独を少し和らげてくれる。だが、ふたりのあいだに恋愛の火が灯ることはなかった。ケイトのほうには絶対にないし、たぶんコリンのほうもそうだろう。コリンはケイトが愛情を抱ける男性ではない。けれど、残念なことに彼以外には誰もいない。

「やあ、ケイト」と、メッセージは始まっていた。「元気？　スカボローはどう？　我慢できてる？　それともロンドンに帰りたくてしょうがないとか？　家を買いたいって人はもういる？　値段であんまり譲歩しすぎちゃだめだよ、忘れないで。助けが必要なら、僕がいつでもそっちに行くから！　また連絡してね！　コリン」

その下には自撮り写真があった。コリンは自撮りが大好きで、生活のほぼあらゆる場面で自分の姿を撮っては、フェイスブックやインスタグラムにアップし、世界じゅうに披露している。今回の自撮り写真は、ロンドンのどこかにある非常に賑やかな通りの、車やバスや速足で行きかう人たちの真っただ中で撮ったものだった。コリンは〈セインズベリー〉の小さな袋を手に持っていた。首には分厚いマフラーを巻いていて、頬と鼻は寒さで赤くなっている。どことなく間抜けな笑顔を浮かべているが、きっと自分ではとてつもなく魅力的だと思っているのだろう。ケイトは思わず微笑んだ。最初の頃はコリンに苛立ちを覚えたが、いまでは彼のことをほとんど母親のような思いやりの目で見てしまう。大きな体をした子供。実際のところ、耐え難い男ではあるが、決して悪い人間ではない。大人になる道のりのどこかで立ち止まったまま、そこから前に進めていないように見える。

「ハイ、コリン、ちょうど海岸から戻ってきたところ。正直言ってロンドンに帰りたいとはあんまり思わない。ここは本当にいいところだから。家は、もう見に来た人たちがいるんだけど、すごく傲慢な連中だったから追い出しちゃった。不動産業者に見捨てられなきゃいいんだけど。じゃあまたね。ケイト」

コリンはケイトのメッセージを一秒で開け、即座に返信してきた。「ロンドンに戻りたいとは思わなくても、僕に会いたいとは思ってくれる？　少しくらいは？」

その隣に泣いている顔の絵文字が添えられていた。

コリンは私を口説いているんだろうか？　ケイトにはよくわからなかった。男性に口説かれた経験など一度もないからだ。経験があまりに不足しているのが腹立たしかった。

「もちろん会いたいと思うよ」ケイトはそう返信した。「少しね」

今回、コリンはメッセージをすぐには読まず、返信もしてこなかった。ケイトはしばらく待ったが、やがて肩をすくめて、スマートフォンを手から離した。まだ昼を食べていない。午後になったばかりだと思っていたら、もう暗くなり始めている。暗い季節……ケイトは電気式暖炉のスイッチを入れて、ロンドンから持ってきた蠟燭を取り出し、空の缶詰をひっくり返してその上に固定すると、出窓の前に置いた。きっと外からなら素敵に見えるだろう。すっかり空っぽの家に女がたったひとりで猫とともに暮らしていて、この先の人生をどうすればいいかわからずにいるなんて、誰にも想像がつかないはずだ。

ケイトはキッチンに行って、次の缶詰――ミートボール入りパスタ――を開け、コンロで温めた。もう何日も缶詰ばかり……買い物に行かなくては。果物と野菜が必要だ。そろそろ新鮮な材料で料理しなくては。とはいえ、このキッチンにはほとんどなにもない。料理に必要なまともな包丁、まな板、フライパン、ボウルといったものがなにひとつない。ロンドンからは必要最小限のものしか持ってこなかったから、出来合いのものを温めることくらいしかできない。

「さっさと決めなくちゃ」ケイトはつぶやいた。「どう考えても、さっさと決めるしかない」

メッシーのボウルに餌を入れて、水を取り替えたあと、ケイトは居間の暖炉の前に置いたキャンピングチェアに腰を下ろして食事をした。

それから食器を洗って、お茶を淹れた。窓際に置いた蠟燭はまだ燃えていた。午後はまだ終わっていない。コリンからの返信はない。

ジェイソンが訪ねてきたときのことを考えた。少しあの事件を調べてみたくてうずうずした。だがそれでも、それが危うい綱渡りであることはわかっていた。おそらくどうしたって、一度ならず足を滑らせて危険地帯に着地することになるだろう。つまりケイレブ・ヘイルの捜査に首を突っ込むことになってしまう。ケイトはこの事件とはなにひとつ関わりがないのだ。ここにいて、この空っぽの家の静寂に窒息しそうになっているのは、ケイト個人の問題だ。買い手候補を追い返し、いまになってまたしても本当に家を売りたいのかどうかわからなくなっているのも、堂々巡りしているのも、海に散歩に行くのも、実のところあまり興味の持てないロンドンの男性とメッセージアプリでやりとりするのも、憂鬱なのも、壁がこちらに倒れてくるような気がするのも、空っぽの部屋の窓際に置いた蠟燭がなんだか幽霊のように不気味に見えるのも、体に悪い食事をかき込むのも、リンゴ一袋を買いに行く元気さえないのも、猫のほかには周りに生き物の気配がないのも……そんなすべてを足し合わせても、もしケイトが自分に関係のないことがらを嗅ぎ回っていることを知られた場合、ケイレブ・ヘイルの理解を得る役には立たないだろう。

とはいえ……嗅ぎ回ると一口に言っても、いろいろなやり方がある。そこここで慎重に質問するのもそのひとつ。ケイトにはこの地域での捜査権はないが、今回の事件全体においてまったくの部外者というわけでもない。なにしろあの不幸な事件が起きたとき、ゴールズビー家に宿泊していたのだから。ケイトは、ケイレブ・ヘイルがまだ事件のことを知りもしないうちから、すでに巻き込まれていたのだ。ドクター・ジェイソン・ゴールズビーはケイトを訪ねてきて、アレックス・バーンズのことで悩みがあると打ち明けた。そしてアメリーの逃亡の詳細を語り、警察がアレックスを、なんらかの形で——アメリーを海から救い出したこと以外にも——誘拐に関係しているのではないかと疑っていると報告した。

警察がなにか見つけてくれたらと思いますよ。なんでもいいんです。あいつが高貴な騎士なんかじゃないことを証明するものなら。あいつに恩返しをしなければという義務を感じずに済むようになりたいんです。このままでは、あの男はもう我々を放しません。力になっていただけませんか? スコットランド・ヤードの刑事さんじゃないですか!

アレックス・バーンズに関しては、ケイレブ・ヘイルが発見する以上のものは見つけ出せないと、ケイトは確信していた。ケイレブのことはよく知っていたから、アレックスは彼にとって単なる容疑者のひとりではなく、本命の容疑者なのだろうと容易に推測できた。ケイレブは狙いを定めた相手に食いつく。そして一度彼が食いついたら、相手の人生でケイレブの知らないこと、あらゆる側面から照らし出されないことなど存在しなくなる。アレックス・バーンズが自分で主張するとおりの単なる無害な通行人でも最後の瞬間の救出者でもないとしたら、ケイレブ・ヘイルはその正体を見つけ出すだろう。だからこの点ではケイトがわざわざ調査に乗り出しても得るものはなにもない。ケイレブとかち合う危険が増すだけだ。

ケイトはノートパソコンを開いて、新しいファイルにこう書き込んだ。「ライアン・キャスウェル、デイヴィッド・チャップランド」。

捜査の進捗状況はほとんど知らないが、もし賭けろと言われたら、このふたりの人物周辺にはまだ調べる余地があるほうに賭けただろう。数週間前、アメリーが誘拐された直後にケイレブと話したとき、ケイトはハナ・キャスウェルをサスキア・モリスとアメリーと同列に並べ、彼女もまた同一犯の被害者なのではないかという懸念を伝えた。ケイレブはあまり納得したようではなかった。ほかのふたつの事件とは時間的間隔が開きすぎているというのが彼の意見だった。確かにそのとおりかもしれない。でも……ケイトの勘は、別の意見を告げていた。その可能性を排除するべきではないと。もしケイトの思うとおりで、ハナ・キャスウェルも被害者のひとりならば、彼女が一連の事件の始まりだということになる。少なくとも現在わかっている限りでは。ケイトは事件の捜査をする際、常に始まりまで遡《さかのぼ》るようにしている。それは、捜査員としての自身の行動にひとつの型を与えるだけの場合もあるが、ときには始まりにこそ犯行の根底にある動機を読み解く唯一の可能性が隠されていることもある。

　ケイトはさらにふたつの名前を書き込んだ。「ケヴィン・ベント、マーヴィン・ベント」。特にケヴィン・ベントは、ハナ・キャスウェルの失踪事件当時、徹底的に調べられた。ハナに最後に会ったことが判明している人物だったからだ。ハナはケヴィンの車に乗った。けれどケヴィンは、誓ってハナをスカボロー駅で降ろしたと主張した。ハナが駅から即座に電話をかけた友人のシェイラの証言もまた、その主張を裏付けた。ケヴィンはその後、目的地へ向かったが、途中で気が変わって引き返し、あらためてハナの姿を探した。この件では、ケヴィンは当初警察に嘘をついた。いずれにせよ、ケヴィンは駅でハナを見つけることができず、そのまま家に帰ったという。実際、ケヴィンの不利になる証拠はなにも見つからなかったようだった。ケヴィン・ベントと、すでに一度性犯罪で捜査の対象になったことがあるその兄マーヴィンは、サスキア・モリスとアメリー・ゴールズビーの事件であらためて捜査の対象になったのだろうかと、ケイトは考えた。そして、ふたりの名前のあとに疑問符を書き入れた。おそらく彼らは調べられたことだろう。だが、捜査はそれほど徹底していなかったのでは。

次に、デイヴィッド・チャップランド。

あの嵐の夜、あれほど遅い時刻に、やはりクリーヴランド・ウェイを歩いていた男。アメリーを岸に引っ張り上げるのを手伝い、警察と救急車を呼んだ男。アメリーが乗って逃げた車の運転手が彼女を追っていたのなら、理論的にはチャップランドがその男であってもおかしくない。だがチャップランドはアメリーに手を出せなかった。アレックス・バーンズがその場にいたからだ。チャップランドは一度姿を現わしたからには、手助けをするしかなかった。そうでなければ奇妙に見えただろう。

チャップランドもやはり調べられたはずだ。だが、ケイレブがバーンズを追いかけるほどの熱意をもってではなかっただろう。

始まりに戻る……ケイトは立ち上がり、窓際の蠟燭の炎を吹き消した。時計を見ると、四時を過ぎたところだ。ハナ・キャスウェルの父親ライアンを訪ねるのに、まだ遅すぎることはない。コートを着て、ブーツを履いた。ライアン・キャスウェルはおそらくほかの二件の事件とはまったく関係がないだろう。ケイレブ自身がそう言っていた。だから現在進行中の捜査にケイトが首を突っ込むことにはならない。チャップランドの場合は話が別だが、そのことはあとから考えようと思った。

それも「あとから」があればの話だ。だがそれもまた、いま決断しなくてもいい。

ケイトは家を出た。

2

ライアン・キャスウェルのステイントンデールの住所はわからない。グーグルの電話帳でも見つからなかった。けれどケイトはステイントンデールをよく知っていたので、あそこなら誰もが誰もを知っているだろうと、かなりの確信を持っていた。どこかで車を停めて、キャスウェルのことを訊けばいい。ケイトはこの地方の出身だ。ここの人たちの話す方言を話せる。きっと住所を教えてもらえるだろう。

ステイントンデールは、郵便局の窓口を兼ねた小さな雑貨店と、田舎道の端にぽつんと立つバス停と、野原や畑のなかにぽつぽつと散らばる家や農場から成る村だった。高原からの眺めは海を望む素晴らしいものだ。そこここに岩だらけの小さな入り江があって、直接下りていって泳ぐことができる。ケイトも子供の頃、よくそうやって泳いだものだった。砂浜はなく、鋭利な岩の上をバランスを取って歩いていかねばならないので、足が痛くなるが、昔はそんなことは気にならなかった。ためらいが生じるのは大人になってからだ。

ケイトが着いたときにはすっかり日が暮れて、海の姿はもう見えず、気配が感じられるのみだった。ケイトの車のヘッドライトが照らし出すのは細い田舎道の左右を縁取る生垣《いけがき》や石壁。やがてバス停にたどり着くと、ひとりの女性がバスを待っているのが見えた。ケイトは急ブレーキを踏んで、車の窓を下ろした。

「すみません、ライアン・キャスウェルさんのお宅に行きたいんですけど」ケイトは言った。

「どこにお住まいか、ご存じですか?」

女性が近寄ってきた。寒さで凍えているように見える。「もうここには住んでませんよ」女性が言った。「もう三年も前にスカボローに引っ越しましたから」

「そうなんですか……じゃあ、スカボローのどこにお住まいかご存じじゃないですか?」

女性は長々と複雑な説明を始めた。キャスウェル家への道順は知っているが、住所を思い出せないからだ。

ケイトは彼女の説明を遮って言った。「もしよろしければ、乗っていかれませんか。道順を指示していただければ。それに、そちらもスカボローまで行けますし。スカボローからのほうがバスの路線も多いでしょう」

女性はすぐに承知した。見知らぬ女の車に乗ることを特に危険だとは思っていないようだ。ケイトは、バスが来ているとはいえ決して本数が多いわけではないこのステイントンデールのような辺鄙《へんぴ》な場所では、人は必然的に不用心になるのだろうかと考えた。秋の日の暗い夕方にバス停に立っているとき、突然、別の移動手段が現われたら、人は慎重さを捨てるものかもしれない。

特に十代の子供たちならなおさらだ。彼らはいつも急いでいる。常にどこかでなにかが催されていて、それにどうしても参加しなければならないからだ。どんなことをしてでも仲間に加わりたいから。ハナ・キャスウェルは十一月の雨の夕方、スカボローで車を降りたものの、どうやって家に帰ればいいかわからなかった。父に電話してもつながらず、きっと途方に暮れていただろう。知らない人の車に乗ってはいけないと何百回言われていたとしても、今回だけはリスクを取ってみようと考える状況だったかもしれない。

ハナの場合、結局それは致命的な間違いだった。なにしろそれ以来ハナは行方不明だからだ。彼女が自分の意思で姿を消したわけでないのは間違いないだろう。

ケイトが拾った女性はおしゃべり好きだった。「ライアンはもうここの家で暮らすのは辛すぎたのよ、ほら……ハナにあんなことがあったから。娘さんの。あの話はご存じ?」

「私、記者なんです」ケイトは言った。「だから知っています」

女性は感激したようだった。「記者って……あの事件の記事を書いてるの?」

「この地域では何度も女の子が行方不明になってますよね。ここまで重なるのはちょっと変です。そのことを書きたいと思ってるんです」

「ええ、そのとおりね。サスキア・モリスのこと、ひどい話だったわね。ハナはあれから見つかってないのよ。まだ生きてるとは限らない。でももちろん、ここのみんながハナの無事を祈ってますよ。でもね……時間がたてばたつほど……」

「ライアン・キャスウェルはなにがあったと考えているんでしょう?」

「あの人はいまも昔も自説を曲げませんよ。ケヴィン・ベントが引き返してきて、ハナを連れ去ったんだって信じてるの。ケヴィンっていうのはね……」

「知っています。ハナをハルからスカボローまで車に乗せた男性ですよね」

女性はため息をついた。「ケヴィンは悪い子じゃないのよ。ハナになにかしたなんて、私は絶対に思わない。本人の言うとおりに決まってるわ。ハナを駅で降ろしたあと会っていないって。でもライアンには罪を着せられる人が必要なのよ。でないと憎しみと心の痛みでどうかなっちゃうんでしょうね。だからケヴィンはちょうどいい生贄《いけにえ》ってわけ。ほら、昔、お兄さんのこともあったから」

「知ってます。そのお兄さんのことはどう思われますか?」

「マーヴィン? 無害な人よ。昔は悪い友達とつき合ってて、不良グループに入っちゃったけど、あのひどいレイプ事件のときにはその場にいなかったのよ。もちろん私は信じてるわ。だってそんなことができる子じゃないもの。兄弟ふたりともそうよ」

「ふたりはいまなにをしてるんですか? どんなふうに暮らしているんでしょう?」

「まだステイントンデールのお母さんの家に暮らしてるわよ。お母さんが二年前に亡くなって、あの子たち、かなり荒れていた家をとっても素敵に整えたのよ。それにパブを買ったの。スカボローの港にある店。いい雰囲気の店よ。食事は簡単なものだけで、儲けは主に飲み物ね。経営はかなり大変みたい。難しい時代だものね。ここではみんな、イギリスがEUを離脱したら観光客がいなくなって、もっと大変になるんじゃないかって不安なのよ。まあ、それはともかく、ライアンはもちろんどんな機会も逃さないから……」

「どういうことですか?」

「あちこちでケヴィンのことを悪く言って回ったのよ。娘を殺したとも言ったわ。まあ、みんなライアンのことはよく知ってるから、そんなに真剣には受け取らなかったけど。それでも、もちろん当時ケヴィンにはよくない印象がついてしまった。ライアンは、誰もそれを忘れないようにしつこく触れ回ってた。ケヴィンは、もしライアンが悪口をやめてくれたら店にはもっと客が来るはずだって言ってるわ。本当にそうかどうかは……難しいところだけど」

「実際にはなにがあったんだと思いますか？」

「ハナのこと？　たぶん、どうやって家に帰ればいいかわからなかったんだと思うわ。お父さんには電話がつながらなくて、たぶん見るからに途方に暮れて駅前に突っ立ってたんでしょうね。そこに例の……連続殺人犯が──まあ、もしいればだけど、その男は通りで女の子をさらうんでしょう？　サスキア・モリスのときはそうだったものね。それにゴールズビーって女の子も。若い女の子が好きな変態よ。機会を逃さずに襲いかかるんでしょうね。で、女の子をつかまえたら、なんだかわからないけど、とにかくひどいことをする。そして殺す」女性は首を振った。「この世界はひどいところだわ。そう思いません？」

「つまり同一犯だと思われるんですか？　三つの事件すべて？」

「警察はそう思ってないんですか？」

ケイトはその問いには答えなかった。

「ハナってどんな子でした？」ケイトは代わりにそう訊いた。「まだ子供っぽかったんでしょうか？　それとも、もう大人びていましたか？」

「まだ子供だったわ。ぼんやりしてて。目立たない子だった。友達のシェイラとは正反対。シエイラはもう化粧をして、きわどい服を着て歩き回って、男の子を誘惑しようとしてたもの。でもライアンはそんなこと絶対に許さなかったでしょうね。ハナのことを厳しく見張ってたわ。手綱《たづな》をぐっと握ってね――とっても厳しく」

「ライアンはどういう人ですか？」

「うーん、なんて言ったらいいかしら？」女性はため息をついた。「根は悪い人じゃないのよ、ええ。でもつき合うのは楽じゃない。奥さんに逃げられてから、いっそう気難しい人になっちゃって。実際、夜逃げみたいなものだったのよ。ライアンと四歳だったハナを置いて逃げちゃったの。ライアンはそれですっかり参ってしまった」

「奥さんがどうして逃げたかはご存じですか？」

「まあ、なんていうか、あの夫婦は合わなかったのよ。奥さんのリンダは、結婚したときまだすごく若かったの。十八歳よ。ライアンのほうはもう四十手前で、おまけにかなり気難しい人だって、近所のみんなもすぐにわかった。ライアンは以前はニューカッスルのあたりに住んでたの。で、たぶんかなり高額のローンを組んで、ここに小さな農場を買って、スカボローの清掃会社に仕事を見つけた。どうしても必要じゃない限りは誰とも話さなかったわ。でも隣人としては頼りになるし、信頼できる人だった。ただ、すごく無口で、絶対に笑わないってだけ。ライアン・キャスウェルのこと、私は信頼してるわ。でも一緒に暮らす相手としては……絶対あり得ない！」

女性は芝居がかったおおげさな仕草で片手を胸に当て、「絶対あり得ない！」と繰り返した。

ついにライアン・キャスウェルと向かい合って座ったとき、ケイトは車に同乗したあの女性の言っていたことを理解した。女性がケイトに道順を指示して向かった先はクイーンズ・パレードだった。スカボローのノース・ベイにある、海沿いを走る通りだ。仰々しい名前から連想されるイメージとは違い、老朽化したみすぼらしい集合住宅が立ち並ぶ。ほとんどの住居には人が住んでいないようだ。

ケイトが曖昧に「記者」だと名乗り、「行方不明になったたくさんの少女たちのことで取材をしている」と言うと、ライアンはあっさり住居に通してくれた。

「それなら、なによりまずケヴィン・ベントのことを書いてもらわないと」ライアンは即座にそう言った。

ふたりはちっぽけなキッチンに続く狭いリビングルームに腰を下ろした。ソファとテーブルとテレビ、壁一面を覆う作り付けの戸棚。壁にかかった絵も、窓際に置かれた植物もない。リノリウムの床には絨毯も敷かれていない。ケイトは、電気式暖炉の前にキャンピングチェアが置かれただけの空っぽの自分の家さえ、ライアン・キャスウェルが暮らすこの殺風景な部屋よりはずっと快適だと思った。こっそり部屋を見回すと、写真もやはり一枚もなかった。ハナの写真も、妻の写真も。ライアンは過去にけりをつけたようだ。

だが、ケヴィン・ベントへの憎しみにはけりがついていないようだった。

「もちろんあいつだよ。警察がどうしてあそこまで無能なのか、理解できんね。いまになってそのツケがまわってきたんだ。あいつがまたひとり女の子を殺して、もうひとりを誘拐したんだよ。誘拐された子が逃げられたのは、とんでもなく運がよかったな。でもあいつはまたやるよ。あの獣はいくら食っても食い足りないんだ」

「アメリー・ゴールズビー——逃げるのに成功した女の子です——が、誘拐犯の人相風体を証言しています」ケイトは慎重に言った。「彼女の証言はケヴィン・ベントには当てはまりません。アメリーはケヴィンの写真も見せられたんですよ。でも、犯人はこの人ではないと言いました。誘拐犯はもっとずっと年上だったそうです」

ライアンはケイトの反論を一蹴した。「十四歳の子供だろ。しかも事件ですごいショックを受けてる。そんな子の証言をそこまで信用すべきじゃないね！」

「でも、完全に無視することもできません」

ライアンはケイトをじっと見つめた。「あんたも、ケヴィン・ベントはかわいそうな無実の男で、私につけ回されてるっていう一派の仲間なのか？」

「一派？　それは、キャスウェルさんの周りではほとんどの人がケヴィン・ベントが犯人ではないと考えているという意味ですか？」

ライアンは蔑むように鼻を鳴らした。「あいつは若い男で、見た目がいいからな。女はみんな崇《あが》め奉《たてまつ》ってるよ。本当に、みんなだ。若いのも、年寄りも、中年も。なんともいえん魅力があるんだ。親切そうで礼儀正しそうで。男だってほとんどがあいつのことを好きになる。ところがあいつの正体はといえば……」

「なんですか？」

「あんまりいい噂がないんだ。つき合う女をしょっちゅう替える。そのなかには人妻もいる。つき合う相手が結婚してるかどうかは、あんまり気にしないみたいだ。だから本当なら、男はあいつのことをよく思わないはずなんだがな。ところが、女房があいつと寝たっていう男はもちろん別にして、ほとんどの男があいつにうまく丸め込まれちまうんだ。人好きのする奴だからな」

「でも、キャスウェルさんはケヴィン・ベントを信用していなかったんですね？　あの……あのことがある前から？」

「あいつのことは最初から好きになれなかった。ハンサムすぎるし……なんていうか、自信満々なところが。自分が人にどう見えるか知っていて、他人を味方につけるのにその魅力を利用するんだ。残念ながら、周りの人間はあいつの思うままにころっと騙される」

つまりケヴィン・ベントはあなたとは正反対の人間というわけね、とケイトは思ったが、なにも言わなかった。この人は微笑むことができるのだろうか、これまで一度でも微笑んだことがあるのだろうか。人に歩み寄ることが。人に心を開くことが。人に共感することが。

「隣人としては頼りになるし、信頼できる人」と、スティントンデールのあの女性は言った。きっと彼女の言うとおりなのだろう。ライアンは真面目でまっすぐで、助けてほしいと頼んできた人を見殺しにするような人間ではない。だが、思いやりや温かさといったものを彼のなかに探しても無駄だ。

「あの十一月の夕方、なにがあったんだと思われますか?」ケイトは質問した。

「警察にもう何千回も話したよ。それに世界じゅうの奴らにも。聞く耳を持つ奴にも、そうでない奴にも」と、ライアンは言った。

ケヴィン・ベントのように、それほど大きくはない町でパブの経営を軌道に乗せようとしている人間には、確かに厄介な状況だ、とケイトは思った。ケヴィンには人気があるからなんとか助かっているのだろう。ほかの人間なら、あんなことがあったあと、しかもライアン・キャスウェルのような敵に食いつかれたら、おしまいだっただろう。

「ベントは娘をハルで拾った。あの子は電車に乗り遅れてね。次の電車に乗ってくることになった。私は怒ったよ。あの日は昼間スカボローで仕事をしていたんだ。当時はまだステイントンデールに住んでいたんで、家とスカボロー駅を何度も往復するのは気が進まなかった。だからスカボローで時間をつぶさなきゃならなくなって。海岸のどこかに車を停めて、なかで待ったんだ。すごく寒い日だった。パブに行けば暖かかっただろうが……パブに入ったら食べ物や飲み物を注文しなきゃならないだろ。金がかかりすぎる。私は外食は絶対にしないんだ」

「お父さんが怒っていることを、娘さんはご存じでしたか?」

「はっきり言ったからな、ああ、知ってたよ」

「そしてハナさんは、ケヴィン・ベントに会って、スカボローまで車に乗せてもらったんですね?」

「そうだ。あの子は私がベント一家をどう思っているか、よく知ってた。あの男の車に乗るなんて私が絶対に許さないだろうと、ちゃんとわかってた」

「でも、ケヴィン・ベントのなにがそんなにお気に触ったんですか？　女性関係が少し奔放だということ以外に」

「あいつのなにが気に食わなかったか？」ライアンはそう言って笑った。その声は嘲るようでありながら、同時に彼の傷ついた心を表わしてもいた。「ベント一家はいまも昔もならず者なんだ。本物のならず者一家さ。父親はいつの間にかいなくなって、母親は多発性硬化症で農場経営ができなくなって、生活保護で暮らしてた」

それは犯罪でもなんでもないけど、とケイトは思った。

「上の息子は十代のとき、とんでもない不良グループの仲間だった。十五歳の女の子をレイプしたんだぞ」

「ちょっと待ってください」ケイトは言った。「その事件のことは読みました。私が手に入れた情報によれば、マーヴィン・ベントはそのレイプ事件に関わっていません。事件があった日の午後には、仲間たちとは一緒にいなかったとか」

「でもあの日の午後にほかのことをしていたっていうアリバイもない」

「でも被害者の少女はマーヴィンを犯人のひとりだと特定できませんでしたよね」

「その子はほかにもふたり、特定できなかった。ところがそのすぐあとに、そのふたりは犯行に加わったと自白したんだ。私がさっき言ったのはそういうことだよ」ライアンは苛立たしげに腕を振り回した。「若い女の子が、または大人の女性だって、そういう目に遭えば、つまり引きずっていかれて、殴られて、レイプされれば——その後の一生トラウマを抱えて生きていくだろうことは、しょうもない心理学者じゃなくたってわかる。その後の一生ずっとだ。被害者はなんとか生き残っても、数週間後、数か月後にもっとひどい体験をするんだ。ほら、あの子……なんて言ったっけ？　そう、アメリー・ゴールズビー、あの子に起こったのもそれだよ。一週間もあの危険な性犯罪者のもとにいたんだぞ。それなのにあんたがたは、彼女が正しい犯人像を証言できるなんて本気で信じてるのか？　もしかしたらいまだに怖くて怖くて、本当のことが言えないのかもしれないとは、考えてみたこともないのか？　犯人に、もし逃げて俺の正体をバラしたらどうなるかって脅されていたかもしれないじゃないか。おまえを世界の果てまで追いかけてやる、必ず捕まえてやる、そうしたらどうなるか憶えてろって！　いったいアメリー・ゴールズビーが本当のことを言っていると、どうしてあんたらにわかるんだ？」

それは実際、当然と言えば当然だった。少なくともケイトにとっては。ケイレブ・ヘイルもこの考えに至ったかどうかはわからない。アメリーは、事件について多くのことを、特に決定的に重要なことを話していない。誰もが、アメリーの心のなかにはバリアがあって、それが証言することで恐ろしい出来事を思い出すのを妨げているのだ、と疑っていないように見える。けれど、事態がもっと複雑だとしたら？——または、見方によってはもっと単純だとしたら？もしアメリーの心のなかにあるのがバリアではなく、知っていることをすべて話すことに対する大きな恐怖心だとしたら？　犯人に脅されたのだとしたら？　もしそうだとしたら、犯人の偽の特徴を証言することさえいとわないのではないか？　もしアメリーの協力で犯人が捕まって裁判になれば、犯人は刑務所に行くだろうから、アメリーはひとまず安心できる。だが、いつかは出所してくる。おそらくは、罪にふさわしい歳月を刑務所で過ごすのではなく、それよりずっと早くに出てくる。司法というのは加害者に非常に配慮しながら、一方で被害者のことはほとんど気にかけないことが多い。それだけではない。犯人はもしかしたら、自分には友人たちがいるのだとアメリーに言ったかもしれない。その友人たちは、犯人が捕まっても自由の身のままだ。

もしケイトが捜査チームの一員ならば、この観点をケイレブと話し合ってみたかった。だが現実にそんなことをすれば、ケイレブはケイトをでしゃばりだと思うだろう。

「オーケイ」ケイトは話題をもとに戻すことにした。「ケヴィンのお兄さんの話でしたね。当時の事件の。でも、ケヴィンのことはどうして犯人だと？」

「嫌な奴だからだ」ライアンは答えた。

「嫌な奴と、誘拐犯にしてレイプ犯の可能性のある男のあいだには大きな違いがあります。非常に大きな違いです」

ライアンの目がすっと細められた。「あんた、そもそもどこの新聞の記者なんだ？　罪のないかわいそうな犯罪者の権利を擁護するような左巻きの新聞か？」

「フリーの記者です」と、ケイトは答えた。「記事を書いてから、どこに持ち込むかを考えます。でも、なんらかの陣営の味方をする記事にならないことだけは確かです。私はただ、なにがあったのか、関わった人たちがその後どう生きているのかを書きたいだけです」

記者だという嘘は、あらかじめじっくり練ったものではなかった。車に乗せたあの女性に、なぜライアン・キャスウェルとその娘ハナについて多くの質問をするのかを説明するために、とっさに思いついただけだ。あの瞬間ケイトは、人に話を聞く際に自分をどんな立場の人間だと紹介すればいいかを自分は考えていなかったと痛感した。ロンドン警視庁という言葉は口にできない。ほとんどの場合はこの一言であっという間にあらゆるドアが開くとはいえ、ケイレブ・ヘイルが直後に同じ人たちと話をする可能性は排除しきれない。もし彼らがケイレブに、ついこのあいだロンドンの刑事が話を聞きに来ましたよと報告しようものなら、ケイレブは即座にその刑事が誰だかを悟るだろう。そう考えただけで、ケイトは思わず縮み上がった。

こうしてケイトはフリーの記者ということになってしまった。記者の仕事のことなどなにひとつ知らないのに。この嘘をどこまで押し通せるかは怪しい。だが少なくともライアン・キャスウェルは、ケイトが記者だと信じて疑っていないようだった。ただ自分の思うとおりの記事を書いてくれないのではないかと心配しているだけだ。

「とにかく」ライアンは言った。「あんたは、あの日なにがあったのか、私の意見が聞きたいんだったな。ケヴィン・ベントは偶然ハルの駅でハナに会ったんだ。そして車で送ってやると言った。ハナをスカボローで降ろして、その後クロプトンへ向かった。ところが途中で、ハナ・キャスウェルって子はなんとも可愛らしいなと考えて、この機会を逃す手はないと思ったんだ。そこで引き返して、まだ駅前にいたハナを見つけた。そしてハナに、やっぱりステイントンデールまで送ってやると申し出た。ハナはなにも考えずに車に乗った。ベントはハナを乗せてどこか寂しいところへ行った。そしてハナにちょっかいを出し始めた。ハナにはその気がなかったから、抵抗した。そこでベントはハナをレイプした。その後、当然ながらハナの口をふさがなきゃならない。そこでハナを殺した。ムーアのどこかの沼に死体を沈めた。絶対に見つからない場所に。それで終わりだ」ライアン・キャスウェルは立ち上がった。「もう帰ってくれ。これで全部わかっただろ。そうそう、この地方の人間が事件のあとどんなふうに暮らしてるかも書きたいって言ってたな。私には自分の話しかできんが」

キャスウェルの表情が歪んだ。やはり立ち上がっていたケイトは、これほど大きな心痛が表われた顔は滅多に見たことがないと思った。

「私はすべてを奪われた。人生に意味を与えてくれていたすべてだ。ハナが育った家ではもう暮らせなかった。だからこんな穴倉みたいな家で、人生が終わるのを待ってるんだ。それ以外にはもうなにもしてない。すべてが終わるのを待ってるだけだ。私はもう終わった人間だ。そう書いといてくれ！」

苛立たしげに手を振って、ライアン・キャスウェルはケイトをドアのほうへと追い払った。

彼は語るべきことはもうすべて語ったのだ。

3

キティ・ウェントワース巡査は、以前は自分の仕事をまったく違ったふうに思い描いていた。

警部に——最低でも、だ！　むしろ警視に——なった自分を想像していたが、そこにいたるまでの道のりについては、あまり具体的には考えていなかったのだ。難しいだろうとは思っていた。キティだってもちろん、人生においてただで手に入るものなどないことはよく知っていた。だが、具体的にどのような困難があるのかまでは考えていなかった。もしかしたらそれが間違いだったのかもしれない。だが一方では、いまキティの仕事についてまわるうんざりするような退屈さや、寒さと疲労を伴う単調さは、かつてどれほどひどい将来を想像したとしても、とても思いつかなかっただろう。誰にも思いつくことなどできなかったはずだ。世の中には想像力の及ばないこともある。

二週間半前から、キティ・ウェントワース巡査は同僚のジャック・オドネル巡査とともに、スカボローの静かでなにひとつ起こらない住宅街に停めた警察車のなかからゴールズビー家の家を見張って過ごしている。もちろん、交替で勤務から解放される時間はある。けれど、家に帰り、シャワーを浴びて、眠って、自宅で再びゆっくり過ごす時間は、キティの心の目にはぼんやりにじんで見えるし、実際そう感じる。まるでもう何か月も、何年も、一日じゅう休みなくここにいるような気がする。まるで自分の生活のすべてが、この通りと立ち並ぶ家々とから成り立っているような気がする。それに、この車とから。隣には同僚のジャック。あり得ないほど感じが悪い男だとキティは思っているし、ジャックのほうも自分をあまり好きではないとわかっている。お互いを嫌うきっかけになる具体的な出来事などない。単に気が合わないというだけだ。

でも、とキティは思った。いまとなってはたとえジョージ・クルーニーが隣にいたってうんざりするんじゃないかしら。この状況では、おそらく恋人同士でさえ危機を迎えるに違いない。

見張りを始めたのは十月だった。その頃、家々の庭の木々はまだ葉をつけており、茶、赤、金色に輝いていた。キティはきちんと清掃された歩道にどんどん葉が落ちていくのを見守ってきた。ときには風に吹かれて舞うように、ときには暴風雨によって枝から引きちぎられて。それに、家から出てきて落ち葉を掃き、歩道をもとどおりにきれいにする住民たちの姿も見てきた。十月が過ぎ、いまはもう十一月。木々に残った葉は少なく、家々の窓の向こうでは蠟燭が燃えていて、なかにはもうクリスマス用に星形に切り抜いた金色の紙が貼られた窓もある。ゴールズビー家の隣の家はクリスマス好きらしく、すでに庭じゅうにピカピカ光るトナカイやサンタクロースや天使の像を飾っている。木にも茂みにも電飾ケーブルが張り巡らされている。その庭に毎日のように新しいなにかが加わっていくのを、キティはわくわくしながら見守ってきた。毎晩七時になると自動点灯装置が作動して、庭じゅうが一斉に輝く。あたりが突然昼間のように明るくなると、キティとジャックはいまだにびくりと跳び上がるのだった。

「クソめが」ジャックは毎回そう言う。さらなるトナカイたちが庭に置かれたのを見た今日、ジャックはこう付け加えた。「そのうちあそこに忍び込んで、あのいまいましい電飾ケーブルを切ってやる。あの家、ほんとに頭がどうかしてるとしか思えんぞ！」

「警察官でしょ」キティは言った。「そんなことしちゃだめよ」

「あいつのやってることはほとんど傷害罪だぞ」ジャックが言い返した。「隣人がなにも言わないのが不思議だよ。みんなムカついてるはずなのに」

「みんなきれいだと思ってるのかもよ」

「イカレた地域だな」ジャックはそうつぶやき、あくびをした。「コーヒーが飲めるなら死んでもいいって気分だ。おまえのポットにまだ残ってる？」

キティは肩をすくめた。「空っぽ」

ふたりは以前にも見張りをしたことがあったが、もっと賑やかな地域でのことだった。いまになってみれば、そのおかげで同じ仕事でもずいぶん楽だったのだとわかる。周りには店や軽食のスタンドがたくさんあって、ときどき急いでコーヒーや食べ物を買うことができた。だがこの純粋なる住宅街には、もちろんなにもない。コーヒーを買える一番近い場所はバーニストン・ロードの〈テスコ・エクスプレス〉だが、どう考えても遠すぎる。考え得る最良の条件がそろったとしても――駐車場の問題も、レジでの待ち時間もなかったとしても――少なくとも十分間は対象、つまりゴールズビー家から離れることになる。それは重大な規則違反だった。

「コーヒーがないと寝ちまう」ジャックが言った。「交替要員はいつ来るんだっけ？」

「二十二時にならないと来ないよ」キティは言った。キティだって疲れている。最悪なのは、退屈だ。恐るべき単調さ。この地域では、とにかくなにも起こらないのだ。朝には仕事に行く人たちが家を出て、夕方になると帰ってくる。午後には子供たちが学校から帰ってくる。夏には子供たちが通りで遊ぶのかもしれない。ケンケンのための線を描いたり、縄跳びをしたり、サッカーボールを蹴り合ったり。だが十一月のいまは暗くなるのが早すぎて、そんな遊びもできない。それに寒い。本当に寒い。それがとどめだ。車のなかから虚無をにらんでいるだけでなく、寒さに震えてもいる。分厚い上着とマフラーと裏地付きのブーツにもかかわらず。キティは自宅のバスタブへの憧れが抑え切れなくなるのを感じた。

アメリーと母親は、一日じゅう家から出ていない。父親のドクター・ゴールズビーは朝早く仕事に出かけていったと、ひとつ前のシフトの同僚から報告を受けている。昼には心理カウンセラーの資格を持つ警察官、ヘレン・ベネットがやって来た。少しのあいだ車のなかに座って、キティとジャックと話していった。だからふたりはいま、アメリーに関してはなんの進展もないこと、アレックス・バーンズが長い事情聴取の末にまた元気に家へ帰ったことを知っていた。

「ヘイル警部の機嫌は最悪よ」ヘレンが言った。「今回のレンタカーの件でバーンズを落とせると思ってたの。でもどうしようもなかった。バーンズは私たち全員よりもずる賢いか、それとも本当に無実かね」

それからヘレンは、いつものようにアメリーとの会話を試みるために家に入った。

どうやらジャックも同じように今日一日の出来事とヘレン・ベネットのことを考えていたようで、急にこうつぶやいた。「心理学なんてくだらないたわごとだ。なんの役にも立ちゃしない。ヘレンはもう何週間もあの子に延々としゃべりかけてるってのに、それでどうなった？どうにもなってない。まったく！」

「もっといい方法を知ってるとか？」

「俺が知ってるのは、あのアメリーって子がいつか口を開かない限り、犯人は永遠に捕まらないってことだよ。つまり、アメリーが話さない限り、俺たちはここに居続けるんだ。俺、警官になろうと決めたとき、いったいどんな悪魔に取り憑かれてたんだろう？」

キティも最近はある意味同じようなことを何度も考えていた。「で？」とジャックに訊いてみた。「どんな悪魔だったわけ？」

ジャックはにやりと笑った。「テレビでアメリカのサスペンスを見すぎたんだ。たったひとりで危険な犯罪者集団に立ち向かう強い男、みたいな。ピストルを使って絶体絶命のピンチから抜け出す！　そして最後には一番の美女を手に入れる」

「現実のあんたは私なんかとここに座ってるだけだっていうのにね！」キティは言った。

ジャックは女性にモテる魅力的な男とはとても言えない。もしモテる男なら、この皮肉に気の利いたコメントを返すこともできただろう。

「ああ、まったくだよ」ジャックは一言そう言った。「俺はおまえとこのしょうもない車のなかにいて、もっとしょうもないこの通りを見張りながら、脳みそが凍るんじゃないかって思ってる」決意を固めたように、ジャックはここでドアを開けた。すぐに車内はますます寒くなった。「〈テスコ〉に行ってコーヒー買ってくる。なに買ってきてほしい？」

キティ自身はこの場に残るとはいえ、ジャックが持ち場を離れるのなら、これもまた明らかな規則違反だった。歩いていくなら、戻ってくるまでかなりの時間がかかるだろう。とはいえ、コーヒーを飲めるという想像はあまりに魅力的だった。〈テスコ〉にはいろいろな種類のコーヒーと温かいココアを買える自動販売機がある。あそこのコーヒーは本当においしいとキティは思っている。

「〈ホワイト・アメリカーノ〉を買ってきて」キティは頼んだ。「それに、なにか食べるものも」

「なにがいいんだ？」

「卵サンドをお願い」

〈テスコ〉のサンドイッチもまた悪くない。ジャックはうなずくと、歩み去った。キティは少しばかり嫌な予感を抱えつつ、その後ろ姿を見送った。警視への道のりにあまり規則違反が重なってはならないことはわかっていたが、キティはこれまで規則を破ったことが一度もなかった。一度くらい、誰が気づくというのだろう？　ここはいつものとおり、しごく穏やかだ。ジェイソン・ゴールズビーは三十分前に帰宅した。車から降りて玄関ドアへ向かうあいだに、ジェイソンはふたりの警官ににこやかにうなずきかけてくれた。キティはジェイソンが好きだった。いつも親切で、キティたちが彼の家族のために遂行している任務を当然だと受け取ってはいないように見える。しょっちゅうお礼を言ってくれるし、あなたたちの時間をこんなに奪って申し訳ないとさえ言ってくれる。あの人ぼろぼろだわ、とキティは思った。十月以来痩せて、顔色も悪い。疲れているように見える。今回のことすべてが大きなストレスなのだろう。

キティは座席の背にもたれかかって、しばらくのあいだ目を閉じた。コーヒーとサンドイッチのことを思い描くと、それだけでもう生き返ったような気持ちになる。十時には勤務が終わる。そうしたらなにがあろうと絶対に家でお風呂に入りながら、ワインを一杯飲もう。蠟燭も灯して。

目を開けると、アレックス・バーンズの姿が見えた。ゴールズビー家のほうへと歩いていく。

キティは即座に跳び起きて、背筋を伸ばした。あっという間に目が覚めた。

バーンズは明らかに通りを歩いてきたのではなく、庭のほうから来た。つまり、崖と高台の上の、立ち並ぶ家々と海に挟まれた道を通ってきたということだ。妙なルートだが、禁じられているわけではない。そしていま、バーンズはゴールズビー家の玄関前に立っている。彼の腕の動きをキティが正しく解釈したなら、呼び鈴を鳴らしたところだ。

思わず「クソッ」と罵った。よりによっていま、ひとりだなんて。

ヘイル警部が本当はバーンズに対して、ゴールズビー家に近づくことさえ禁じる命令を出したかったことを、キティは知っていた。だが判事にそんな命令に署名してもらうだけの充分な理由がなかった。そういうわけで、アレックス・バーンズはいましていることができるというわけだ。つまり、ゴールズビー家に足を踏み入れることが。見張りであるキティたちは、もしそんな事態になったら注意深く対処するようにと指示を受けていた。ヘイル警部は、遅くとも十分後には呼び鈴を鳴らして家のなかの様子を確かめろと言った。ヘイル警部がゴールズビー夫妻に、できればバーンズを最初から家に入れないようにと頼んだことも、キティは知っている。だがもう何週間もバーンズは顔を見せなかったため、そもそも問題は起きなかったのだ。

ゴールズビー家のドアが開いた。バーンズがなかに入った。ドアが閉まった。

キティは絶望的な思いで通りを見回した。ジャックはどこ？　もちろん、まだまだ戻ってこない。おそらくまだ店についてもいないだろう。

キティは携帯を取り出して、ジャックにかけた。呼び出し音を聞きながら待った。だがジャックは電話に出ない。電波の届かないところにいるか、なんらかの理由で携帯の呼び出し音が聞こえないのだろう。キティは悪態をついた。いまはただ、なにも起きないことを祈るしかない。バーンズが既定の十分を超える前にさっさと帰り、その後キティがゴールズビー一家の無事を見届けられることを。クソ。もしここでなにかまずいことが起これば、ジャックが禁じられているにもかかわらず〈テスコ〉に行ったことがバレてしまう。そうなればふたりとも譴責《けんせき》を受けることになる。

「クソ、クソ、クソ！」キティは声に出して言った。そしてゴールズビー家を一心に見つめた。穏やかで、静まり返っている。

それでも、やはり呼び鈴を鳴らすべきだろうか？

「なにか飲み物はいかがですか、ミスター・バーンズ？」ジェイソンは礼儀正しく訊いた。本当は、ジェイソンとデボラはちょうど夕食のためにキッチンのテーブルの準備をするところだった。だが一瞬視線を合わせて、夫婦は合意に達した――アレックス・バーンズを一緒に夕食を取ろうと誘ったりはしない。オーブンにはラザニアが入っている。一番上のチーズの層が熱で膨れ上がっている。デボラは目盛りを下げた。なるべく早く帰ってくれるといいんだけど。アレックス・バーンズはソファの角にどっかりと座り、勧められたシェリーを喜んで受け取った。新しい髪型のおかげで若返って見え、なかなか魅力的だと、リビングに戻ったデボラは思った。だが、今日のアレックスはかつての古い服を着ていた。染みだらけのジーンズに、肘が擦り切れて穴が開きかけたセーター。アレックスは外はとても寒いと言ったが、上機嫌のようだった。

「来る途中、鼻がもげそうになりましたよ。でもここは暖かくて気持ちがいいですね。暖炉にも火を入れたらどうですか。そう言えば素敵な暖炉ですよね。いやもう、この家全体が素敵です」

「どうもありがとう」デボラはぼそぼそと言った。アレックスの口から出ると、褒め言葉でさえなんだか厚かましく聞こえるのはなぜだろう？　まるでなにかを要求しているような。そう、まるで自分が素敵だと思うものすべては実のところ自分のものだと心のなかで確信しているかのような。

彼のことを悪く取りすぎよ、とデボラは思った。彼が永遠にうちに住みつく寄生虫になるんじゃないかと心配だから。それとも、もうすでになっているのだろうか？　アレックスはすでに寄生虫だろうか？　どうして私はアメリーの命を救ってくれたこの男を嫌な奴だなんて思えるんだろう？

「面接には合格なさった？」デボラは訊いてみた。なんといっても午後をまるまる犠牲にしたのだ。彼の新しい服のためのお金は言うまでもなく。

アレックスは残念そうに首を振ったが、実のところ少しも落ち込んでいるようには見えなかった。「いえ、残念ながら。今日の朝、電話があって、別の人に決めたと言われました。いま労働市場は厳しい状況ですからね」

特になんの資格もないんじゃね、とデボラは思った。敵意が湧き上がってくる。

「そうですか」ジェイソンが言った。ジェイソンもデボラも腰を下ろしていない。それにシェリーも飲んでいない。

「アメリーの調子はどうですか？」アレックスが訊いた。

「あまりよくありません」デボラは答えた。ごまかす理由などあるだろうか？「あんまりなにもかもに無関心なので、心配です。それに、なにひとつ進歩がないことも。部屋にこもって、窓から外を見てばかり。カウンセラーと話してもなんにもなりません。少なくとも目に見える変化はなにも。もしかしたらあの子の心のなかでは進歩があるのかもしれないけど」

「また学校に行くべきなんだ」ジェイソンが言った。「なにもしないでだらだらしていたら、どんなに健康な人間でも病気になるよ」

「でもあの子は行きたくないと言ってるのよ。いまのところ、私たちはあの子になにひとつ強制できない。強制するべきでもないわ」デボラの口調は意図したよりもきつくなった。だがこれこそが、デボラとジェイソンのあいだにくすぶる論点なのだ。ジェイソンは、アメリーは人生に、つまり通常の生活に戻るべきだ、そうして初めてわが身に降りかかったことを忘れることも乗り越えることも可能になる、という意見だ。デボラはそれはまったく間違った方法だと考えている。アメリーは、十月十四日にいったん終わった生活をそのままあっさりと再開することなどできない。アメリーの人生は、いずれにせよもう二度と元どおりにはならないのだ。なぜジェイソンにはそれがわからないのだろう？　トラウマの克服は、号令をかけられて簡単にできるようなものではないのに。時間がかかる。忍耐と精神力が必要になる。ジェイソンはできれば、まるでなにひとつ起こらなかったかのように暮らしたいと思っている。けれどそれではうまく行くはずがない。

「少しは記憶が戻ってきましたか？」アレックスが訊いた。「犯人のこととか？　誘拐されてたあいだになにがあったかとか？」

「いや」とジェイソンが答えた。「なにも。残念ながらね」

ジェイソンはこの男が嫌でたまらなかった。ときどき、一家全員の恩人であるこの男に不信感と拒絶感を感じる自分は彼に対して公正でないのかもしれないと思うと、心が引き裂かれそうになる。アレックス・バーンズを嫌うのは自由だ。だが、もしこの男が行動を起こしてくれなければ、アメリーはいま頃暖かくて安全な自宅の部屋にはいなかっただろう。きっと溺れ死んでしまっただろう。同情の目をした警察官が家にやって来て、慎重に言葉を選びながら、サウス・ベイの南の岩場に少女の死体が打ち上げられましたと告げられたらどんな気がしたかと想像すると、激しい震えが全身に走る。

「でも不思議ですよね」アレックスが言った。「完全に忘れちゃうなんて……」

「あの子みたいな場合には」デボラは言った。「ちっとも不思議なことじゃないらしいんですよ。人は耐えられないことからは目を逸らすものですから。アメリーがどんな目に遭ったかを……」デボラは最後まで言えなかった。デボラとてアメリーに負けず劣らず参っているのだ。デボラでさえ事件のことは話せないというのに、アメリーがどうして話せるというのだろう。

ジェイソンのほうは、アレックスはいま現状をチェックしているのか、それとも彼の質問は、自分も浅からず関わった事件に対する通常の興味の範囲内なのだろうかと考えていた。この男は犯人を知っているのだろうか？　それどころか、犯人の友人でさえあるのだろうか？　アメリーが自分たちにとってどれほど危険な存在かを探ろうとしているのだろうか？　犯人にとってアメリーは時限爆弾のようなものだ。彼女が記憶を取り戻せば、そして話し出せば、犯人にとって致命的な存在になる。

アレックスはシェリーを一息に飲み干すと、唐突に立ち上がった。「実は、今日うかがったのは……」

「はい？」

アレックスは言葉を探しているようだった。その様子さえ、ジェイソンにはわざとらしく感じられた。まるで、なにを言いたいか正確にわかっているにもかかわらず、ためらっていると見せかける芝居のようだ。「僕たち、お互いに正直になるべきだと思うんです。僕の印象では、おふたりは僕のことを鬱陶しいと思っていますよね」

「いや、アレックス、私は……」ジェイソンはそう言いかけたが、バーンズは手をひらりと振って遮った。「いや、そうですよ。僕はお嬢さんの命を救った。だからおふたりは僕に恩を感じている。でもなんとなく僕のことが重たい。だって僕はうまく自立することができなくて

「……」

「あら、きっとすぐに……」デボラもそう言いかけたが、またしてもアレックスが遮った。

「デボラさん、ちゃんと顔に書いてあるのを見ましたよ。僕が仕事に就けなかったって言ったとき。ちくしょうって思ったでしょう？　こいつはこれからもずっとこのままだって。あんなにいろいろしてやったのに、ハルまで送ってやって、買い物もしてやって、この男がいままで着たこともないような服を買ってやって……」

ジェイソンがデボラに鋭い視線を送った。デボラは服のことをまだジェイソンに打ち明けていなかったのだ。デボラは夫の視線を、それがなによ、という強気で受け止めた。

「それにこのカッコいい髪型！」アレックスはにやりと笑って、ふさふさした髪を指でかき回した。そんなアレックスはまるで大きな子供のようだった。すっかりリラックスしていて、自分と自分の人生とに満足し切っている。「いや、正直ショーウィンドーの前を通るたびに自分の姿を見て、カッコいい！　って思っちゃうんですよね」

「それはよかった」ジェイソンが言った。

アレックスの笑顔がすっと消えた。またたく間に、少年のような無邪気な表情が緊張でこわばった。口の脇の皺が深くなった。「おふたりは僕を好きじゃない。僕たち、もう芝居はやめるべきだと思うんです。僕がなにを必要としているか、はっきり言わせてください。とにかく三万ポンド必要なんです。僕、娘さんの命を救ったんですから、ご両親は最低限でも経済的な謝礼を申し出てくれるんじゃないかと思ってました。でもどうやらお宅の場合は違うみたいですね。代わりに美容院に連れていってもらったり、面接に車で送ってもらったりはしたけど……それ以外では僕から距離を置きたいと思ってるでしょう。できるだけ大きな距離を」

「ちょっと待ってくれ」ジェイソンは抗議の声をあげた。この場の空気がこれほど突然変わったことに戸惑いながら。「君が住んでる家の家賃はうちが払ってるじゃないか！」

「あんなの家とは呼べません。ボロ小屋ですよ。それに来月の家賃を払ってもらえるかどうかわからないまま、毎月ぎりぎりの生活をするのは嫌です。おふたりでなにをさんざん話し合っているのか、わかっているつもりですよ。あとどれだけ尽くしたら済むんだ、あいつはいつまでうちに顔を出す気なんだ、いつになったらこんなことをやめられるんだ、そもそもいつかやめていいものなのか、だってあの男は我々の最愛の娘を救ってくれたんだから、でも鬱陶しいにもほどがあるだろう、あの負け犬が……あなたがたはそう考えているし、そう話してもいる。そして僕がそれを知らないと思ってる！」

デボラは顔がかっかとほてっているのを感じた。なにより、アレックスの言うとおりだからだ。まさに彼の言うとおりのことを、自分たちは考え、話し合ってきた。そして彼は気づいていないと本当に思っていた。

「三万ポンド」アレックス・バーンズが言った。「娘さんの命を助けた謝礼として。そうすれば僕は二度とおふたりの前には現われません」

「とんでもない大金じゃないか」ジェイソンが言った。

その瞬間、明かりが消えた。デボラは驚愕の叫び声をあげた。真っ暗闇だ。恐ろしいほどの闇。部屋の電灯が消えただけではない。廊下からもキッチンからも、わずかな光さえ射し込まない。外の通りの街灯ももう一本も灯っておらず、窓から見える限りでは、ほかの家々もまた空虚な黒い壁になってしまった。月は雲に隠れている。これほどの暗闇を、デボラは体験したことがなかった。

「いったいなんだ？」デボラの隣で灰色の影のように見えるジェイソンが言った。

上階から叫び声が聞こえてきた。「ダッド！　ダッド！」アメリーの声だ。同時に、玄関ドアが激しく叩かれる音がした。「開けてください！　警察です！　すぐに開けてください！」

なぜ呼び鈴を鳴らさないのだろう？　デボラは一瞬そう考えたが、すぐに、呼び鈴は電動だから鳴らないのだと気づいた。ジェイソンが娘の部屋を目指して手探りで階段を上る一方、デボラは玄関へ向かった。どこかに足をぶつけて、痛みの叫び声をなんとかこらえながら、ドアを開けた。いつも外で見張りをしている親切なキティ・ウェントワース巡査が家に駆け込んできた。

「大丈夫ですか？」

「ええ、大丈夫です」デボラは巡査の背後の暗闇に目を凝らした。「同僚の方はどちらに？」

「すぐに来ます」キティは曖昧に言った。そして懐中電灯で家の廊下を照らした。「ミスター・バーンズはどこに？」

アレックスがリビングから出てきて、懐中電灯の光の輪のなかで立ち止まると、芝居がかった仕草で両手を上げた。「ここにいます。武器は持っていません。なにかするつもりもありません」

「アメリーはどこですか？」アレックスの言葉には反応せず、キティが訊いた。

「ここです、二階で私と一緒にいます！」ジェイソンの声が階段の上から響いた。

「なにがあったんですか？」デボラは苛立ちながら訊いた。「どこも真っ暗だなんて！」

「いや、僕は関係ありませんよ」アレックスが言った。「デボラさんとジェイソンさんが証言してくれるはずです。僕はずっとここのリビングでおとなしくしてたんですからね。ビジネスの話をしてたんです」

「ビジネスの話？」キティが混乱した様子で尋ねた。

そうとも言える、とデボラは思った。そこまで好意的に表現するんでなければ、ほとんど脅迫とも言えるけど。

キティは懐中電灯の光をアレックスに向け続けていた。「この地域一帯で電気がショートしたみたいですね」キティはその姿勢のまま言った。「お隣の庭のど派手なイルミネーションのせいで。今日、トナカイがまた追加されましたからね。回線がもたなかったんでしょう」

アレックスが激しくまばたきした。「巡査、その尋問用ランプ、少し下げてもらえませんか？　なんにも見えないんですけど」

「どちらにしても、もう帰るところだったんですよね、ミスター・バーンズ？」キティがそう返した。

「真っ暗ななか、帰り道が見えればですけど……そういえば、親切な同僚の方はどこですか？」

「さようなら、ミスター・バーンズ」キティが冷たく言った。

アレックスがにやりと笑った。「じゃあ、僕から同僚の方によろしく！」暗い階段のほうを見上げて、アレックスは「さようなら、ジェイソンさん！　僕の提案、考えておいてくれますね？」と呼びかけた。

「さようなら」形式的な答えが返ってきた。

アレックスはキティの脇を通り過ぎてドアから出ていき、「じゃあまた、デボラさん！」と言って、暗闇に消えていった。

キティはしっかりとドアを閉めた。「ビジネスってどういうことなんですか？」

「あれは……説明するのはちょっと難しいわ」デボラはもごもごと言った。アレックスが提案した取引について、誰かに話したいかどうかわからなかった。なんとなく、人に話してしまえば、ジェイソンとデボラだけが知っている場合より、行動が制限されるような気がした。根本的には恥ずかしい話でもある。我が子の命の恩人にお金を渡して、もう関わらないでくれと言うのだから。デボラは、もし本当にこの話を実行に移した場合、それを人に話す必要はないと思った。特別な状況なのだ。デボラの気持ちを部外者にわかってもらうのは、おそらく不可能だろう。

キティの助けで、というより主にキティの持つ懐中電灯の助けで、デボラは一階のあちこちに蠟燭を灯し、暖炉にも火を入れて、炎が部屋を照らすようにした。ジェイソンはアメリーのもとに留まると言った。アメリーの泣き声が聞こえてきた。突然の停電で皆に容赦なく襲いかかった暗闇は、恐ろしい記憶と凄まじい恐怖を呼び起こしたに違いない。

私たちがまがりなりにも普通の生活に戻れるまで、あとどれくらいかかるのかしら？　デボラは絶望的な思いでそう考えた。

キティは玄関のほうに向かって歩きだした。「大丈夫ですか？　私は車に戻ります。それからデボラさん、ひとつ忠告させてください。彼はもう家に上げないで。ミスター・バーンズのことです。もしかしたら私たちみんな彼に偏見を持っているのかもしれませんけど、でもあの人、どうも気に入らないんですよ。なんだか……あまり誠実じゃないような」

「そのとおりね」デボラは言った。

ドアを開けると、まるで地面から湧いて出たかのように、目の前にジャック・オドネル巡査が立っていた。そして驚いた目でこちらを見ていた。

「どうしたんだよ？」ジャックが言った。

「どうして電話に出ないのよ？」キティが同時に言った。

「聞こえなかったんだよ」ジャックが言った。キティは怒りの目で彼をにらみつけた。

デボラは、庭の壁の上に置いてある持ち帰り用の背の高いコップとその隣のサンドイッチのパックに気づいた。そしてことの次第を理解した。オドネル巡査は持ち場についていなかったのだ。だからキティはひとりでこの家にやって来たのだ。あのコーヒーとサンドイッチは、バーニストン・ロードの〈テスコ〉で買ったものに違いない。つまりオドネル巡査はかなり長いあいだ持ち場を離れていたことになる。そのあいだにアレックスがやって来て、さらに停電があった。不幸にも偶然が重なったわけだが、そのせいでまずいことになったのだ。もしアレックスが本当に一家にとっての脅威だとしたら、非常に厄介で危険なことになるところだった。ふたりの警察官のバツの悪そうな顔を見れば、ふたりもデボラと同じように考えていること、それだけでなく、おそらくは自分たちの身の心配もしていることがわかった。ふたりはおそらく上司に叱責されることになるだろう。それは間違いない。デボラ自身はこのことは誰にも言わないでおこうと心に決めたが、おそらくふたりはいずれにせよ今晩のことを詳細に報告せねばならず、そうなればすべてを正直に打ち明けたほうが賢明だとわかっている。デボラは、ふたりにとって深刻な結果にならないことを祈るばかりだった。

同時に、もうひとつ痛感したことがあった。一家は本当に危険な状況にあるということだ。警察の護衛がついているとはいえ、ほんの一瞬で突然すべてが制御不能になる可能性もあるのだ。

あの男にお金をやろう、急にぐったりと疲れを覚えて、デボラは思った。お金をくれてやろう、そうすればもう二度と会わなくて済むかもしれない。そうすればこの絶え間ない不安も迷いもついに終わる。あの男に消え失せろと言いたいという望みと、そんなふうに彼を扱ってはならないという感情とのあいだで引き裂かれることもなくなる。

ジェイソンを説得するのは簡単ではないとわかっていた。彼はそもそもいつもお金の心配ばかりしている。けれど、これがアレックス・バーンズから逃れる——そして、あまり後ろめたく感じずに済む——唯一の道だと、ジェイソンにも理解してもらわなくては。もちろん、バーンズはいつまた現われて支援を求めてもおかしくない。でも――この点はデボラの頭に先ほど浮かんだ「脅迫」との違いだ――あの男にはこちらを脅すだけの材料がない。ただこちらの恩義の感情に訴えるしかない。そしてその恩義の感情は、三万ポンドを払ったあとなら薄らぐかもしれない。

いつか、もうこちらから搾り取れるものがないと理解すれば、アレックス・バーンズも諦めるだろう。

そうすれば、私たちはすべてを無事に乗り切ったことになる、とデボラは思った。

だが奇妙なことに、自分でも本当にはそれを信じられずにいた。

十一月九日木曜日

1

ブレンダン・ソーンダースは、ふたりの警察官に取調室へ連れてこられたときにはすでに激しく打ちひしがれていた。そしてケイレブ・ヘイルとロバート・スチュワートのふたりと五分間話したところで、いまにも泣き崩れそうになった。先ほど、ソーンダースはなんの抵抗もせずに、一緒に来てほしいという警官の頼みに従って署へとやって来た。弁護士を呼びたいとも言わなかったし、それ以外にもなんらかの権利を行使する意思も見せなかった。混乱して、怖がっているようで、非常に協力的だった。

警察が今日になるまでソーンダースから事情聴取ができなかったのは、彼が家を留守にしており、どこに行ったのか誰も知らなかったからだった。ソーンダースは今朝早くにエディンバラから列車で戻ってきた。本人によれば、数日のあいだエディンバラを旅行していたのだという。

「十一月に？」ケイレブは眉を上げた。「エディンバラを？　いまあそこは、およそ快適とは言えない季節でしょうに」

ソーンダースは即座に口ごもり始めた。「僕……僕、とにかくちょっと気分を変えたくて。

母がエディンバラの出身なので……なので、僕は……ええと……おわかりでしょう、作家として……インスピレーションが湧かないのは問題で……」

「ほう、小説家でいらっしゃる？」

「はい」

「どんな本を出版されました？」

ソーンダースはまだなにも出版してはいなかった。だが、小説の形式を取って英国社会の欧州連合との違いを描き出した作品を執筆中なのだという。「とある家族経営の大企業がブレグジットで没落していくさまを描いているんです」

「では、それまでは——つまり本が出版されるまでは、どうやって生活なさっているんですか？」ケイレブは訊いた。

ブレンダン・ソーンダースは、母方の祖母から三年前にエディンバラにある家を相続しており、その家を売った金を投資に回したので、ある程度の期間は生活していけるのだと言った。本人いわく「本が出版されて軌道に乗るまで」。だが現在スランプに陥っている。だから「頭をすっきりさせる」ためにスコットランドに小旅行に行った。エディンバラではあちこちのB&Bに泊まった。

「宿泊施設の領収書を見せていただけるでしょうか？」ケイレブは訊いた。

ブレンダン・ソーンダースはまたしても口ごもり始めた。「いや、それが、どこにやったか……探してみないと……」

「施設の名前と住所、まだ憶えていらっしゃいますか？　我々のほうで確認できるように。事前に予約はしましたか？」

ソーンダースは首を振った。「いえ。十一月だから大丈夫だろうと思って……つまり、満室なんてことはないと思って。たまたまそのときいる場所で、適当に探したんです。だから……でも、きっと名前は思い出せると……ちょっと考えれば……」

「わかりました、じゃあ思い出してみてください。それから、領収書を取ってきてください」

ケイレブは平然と言った。それから身を乗り出して、ブレンダンの前にマンディ・アラードの写真を置いた。失踪届を受け付けた警官から入手したものだ。

「この少女を知っていますか？」ケイレブは訊いた。

ブレンダン・ソーンダースから答えを聞く必要はなかった。その反応を見れば、彼がマンディを知っていることは明白だった。ソーンダースの顔から血の気が引き、目が飛び出した。驚愕の表情だった。「あの……これは……ええと、はい、知ってます」

「少なくとも否定なさらないのは賢明ですね。実はある人が、マンディ・アラードというこの少女が十月三十日にお宅から走り出ていくのを見ているんです。まるで逃げるようだったと」

「きっとヴァインのばあさんだ」ブレンダンは憎悪のこもった声で言った。「そうでしょう？　うちの下の階に住んでて、全部見張ってる人ですよ。全部、ありとあらゆることをです。他人を放っておくってことができないんだ！」

ケイレブはソーンダースの言葉には反応せず、続けた。「マンディ・アラードは十月初旬から行方不明です。青少年局が警察に失踪届を出しました。両親の家を出たきり姿を目撃されていません」

「理由なく両親の家を出たわけじゃない。虐待されたんですよ。母親に沸騰したお湯の入ったヤカンを投げつけられたんです。腕がひどいことになってました。本当に大変な火傷でしたよ。僕は手当てをしてあげたんです。火傷用のジェルと包帯を買って、感染症にならないようにしてあげたんです」

「それは大変いいことをなさいましたね。ただ教えていただきたいのは、どうして十四歳の少女を通りで拾って、何日もお宅に住まわせたのかです。そういうのはまずいんじゃないかとは思わなかったんですか？」

この質問は観測用気球だった。なにしろケイレブは、ブレンダン・ソーンダースがどこで、どのようにマンディと出会ったのかを知らないのだから。それどころか、ふたりは場合によっては以前から知り合いだった可能性さえある。それにマンディがどれほどの期間ソーンダースの家に暮らしていたのかも知らない。情報提供者——ソーンダースの言うとおりミセス・ヴァインだ——は、それについてはなんの証言もできず、見るからに悔しそうだった。

だが、ケイレブが撒いた餌にソーンダースは食いついた。「確かに僕はマンディに声をかけました。あの子は通りをとぼとぼ歩いていて……」

「どの通りを？」

「クロス・レインです」

ケイレブはメモを取った。「続けてください」

「とても……途方に暮れているようでした。惨めで、傷つきやすくて。そう、なにより傷つきやすく見えたんです」

「なるほど。あなたは車を運転していた？」

「自分の車は持っていないんですけど、知り合いの車を修理工場から引き取ってきたところでした。それでちょうどその車に乗っていたわけです」

「そのお知り合いの名前は？　それに修理工場の名前は？」

「ジョゼフ・マイドーズです。なんというか……それほど親しくはないんですけど、インフルエンザにかかってしまったので、僕が……修理工場はバーニストン・ロードにあります。〈スカルビー・ミルズ・サーヴィス・ステーション〉」

「こんなことをお訊きするのは、お話の裏を取らせていただくためですから」ケイレブはすべてをメモしてから、身を乗り出した。「さて、マンディ・アラードはすぐに車に乗ったんですか？　本人の意思で？」

ブレンダンは怒りの表情で言った。「もちろん本人の意思に決まってるでしょう。誘拐したわけじゃないんですから。僕はマンディに、ゆっくり休める場所と、食べ物と飲み物をあげると言ったんです。あの子はすぐに乗ってきましたよ」

ケイレブは首を振った。マンディの両親だってきっと、そんなことは絶対するなと、娘に言って聞かせてきたはずだ。しかしマンディは機能不全家庭で育った。そして家出をして、路上で暮らしているところだった。おそらく、それまで聞かされてきたどんな警告も一蹴するほど深く絶望していたのだろう。

「それで、マンディは……十日間お宅にいたんですね？」ケイレブはあてずっぽうに訊いてみた。

ブレンダンはあっさりと吐いた。ここまで恐怖で委縮していなければ、警察が実のところほぼなにひとつ知らないこと、隣人の証言さえ実際には証明不可能であることにとうに気づいていただろう。だからなにも話す必要などなかったのだ。そうであれば警察には手も足も出なかっただろう。

「一週間です。マンディは一週間うちにいました。腕のことを話してくれて、もう家で暮らすのは耐えられないって言ってました。母親はひどい人ですよ、本当にひどい。とてもじゃないけど、あの子を家に送り返すなんてできませんでした」

「マンディが家出したことはご存じでしたね。彼女が未成年であることも。警察か青少年局に連絡なさるべきでした。その点はわかっておられますか？」

「あの子は僕を信頼してくれたんですよ。ふたりでたくさん話をしました。僕はあの子の力になろうとしたんです。ポジティブなものの見方を教えてやろうと」

「なるほど。確かにね、ミスター・ソーンダース、大変親切で思いやりのある話に聞こえます。ただ言わせてもらえば、三十歳近い独身の男性が、自宅で十四歳の少女と何日も同居すると想像すると、正直なところあまりいい印象はありませんね。特にあなたの場合は」ケイレブは脇に置かれた書類に目をやって続けた。「二〇〇五年にすでに一度、かなり大きな事件に巻き込まれていますね。間違いないですか?」

もともと蒼白だったブレンダンの顔からさらに血の気が引いた。この男は、自分の過去の話がどこかの書類保管庫で忘れ去られたまま、二度と持ち出されることはないとでも思っていたのかと、ケイレブは自問した。「あなたは当時十七歳で、ちょうど学校を卒業して〈ヨークシャー・ポスト〉紙で実習生として働き始めたところだった」

「はい」ブレンダンの声はかすれていた。咳ばらいをしてから、「はい」とやや大きな声で繰り返した。

「当時はここスカボローで、お母様と一緒に暮らしていたんですね?」

「はい」

「しょっちゅう悪さをしでかす不良少年グループの一員でしたね。このグループのメンバーには車両窃盗の前科もあった。それに、公共の場所での嫌がらせや暴力沙汰も多かった。それから万引きも一、二回。こういう犯罪はグループのメンバーのあいだでは度胸試しとされていた」

「でも僕はそんなこと一度もやってません」ブレンダンは言った。

ケイレブはブレンダンのその言葉を信じるほうに傾きかけていた。なにしろブレンダン・ソーンダースは自分の影にさえ驚いて震え上がるような男だ。そもそもこういった不良グループの仲間だったのが不思議なくらいだ。おそらく、ほかのメンバーたちの奔放さや度胸の後ろに隠れて、そうすることで少し強くなったような気がしたのだろう。

「二〇〇五年九月二十二日」ケイレブは続けた。「当時十五歳だったサラ・フィッシャーが学校からの帰り道、グループのメンバーたちに声をかけられました。どこかで一緒にジョイントを吸ったり、酒を飲んだりしないかと誘われたんです。サラ・フィッシャーは冒険好きの少女で、彼らについていきました。スカボローの町はずれの寂しい場所にある廃工場に」

「知ってます」ブレンダンは小声で言った。「でも僕はその場にいませんでした」

「廃工場での雰囲気は、サラ・フィッシャーの証言によると、ほぼ一時間半後、非常に緊迫した。おそらく酒とドラッグが果たした役割も大きいでしょうね。サラは少年たちに最初は言葉で性的嫌がらせを受けた。嫌がらせはどんどんエスカレートした。そこで帰ろうとしたところ、力ずくで引き留められた。そして、ミスター・ソーンダース、あなたもご存じのとおり、レイプされました。その場にいた少年たち全員から。何時間にもわたって、何度も何度も」

「僕はそこにいませんでした。誓って」

ケイレブはうなずいた。当時の書類は読み込んでいた。「あなた自身の証言によれば、あの日あなたは体調が悪くて、新聞社を正午に早退した。なんでも胃腸ウィルスだったとか。これはあなたの当時の上司も証言しています。あなたは家に帰り、その日はずっとベッドにいた」

「そうです。僕の母も当時そう証言しています」

「知っています。ただ、母親というのは息子をこういった罪の訴えから守るためにどこまでやるものだろう、とは考えますがね」

「あの女の子は僕の顔を知らなかった。僕はその場にいなかったと、はっきり証言してくれたんですよ」

「知っています。ただ残念なことに、結局あとになってその場にいたと自白したメンバーについても、彼女は同じ証言をしたんです。サラ・フィッシャーは事件によって深い心の傷を受けていました。彼女の証言には混乱や矛盾が見られます。はっきりと間違いだと判明している証言もあります」

「でも僕は本当に……」ブレンダンはそう言いかけた。

ケイレブは彼の言葉を遮った。「あなたが当時起訴されなかったのは、犯罪を証明する証拠がなかったからです。お母様とサラ・フィッシャーの証言を覆すだけの証拠はなにもなかった。それでもあなたにとっては不愉快な体験だったでしょうね。自分の友人たちがどんな人間だったかを知っただけでも……それに、そのせいであんな非道な犯罪に加わったのではというもっともな疑いをかけられた。たとえあなた自身は無実だったとしても……きっと非常に辛い体験だっただろうと想像できます」

「はい、そのとおりです。だからあのあと、あのグループの仲間とは二度と会っていません。あの場にいなかった仲間たちとさえ。もうあの連中とは絶対に関わりたくなかった。あの事件には吐き気がします。嫌悪感しかない」

「では、なぜマンディ・アラードを連れ帰ったんですか?」ケイレブは訊いた。「当時、危ないところでなんとか無傷で逃れられたというのに、その体験にもかかわらず、どうしてそんな馬鹿なことをしでかしたんです?」

ブレンダンはケイレブの言葉を聞きながら、どんどん深くうなだれていった。「すごく寂しかったんです。二年前に〈ヨークシャー・ポスト〉の仕事をなくして。あれはとても辛い経験でした。その後いろいろ考えて、もう一度やり直そう、ずっと書きたかった小説を書こうって思いました。でもそれもあまりうまくは……よくわかりません」ブレンダンは涙をこらえていた。「ひとりぼっちなんです。寂しくてたまらないんですよ。刑事さん、この気持ち、想像できますか？　あのフラットに昼も夜もずっといて。いつか誰かが興味を持ってくれるかどうかわからない小説を書く以外には、なにもすることがなくて。あの朝、車に乗っていて、あの子を見かけて……あの子も僕と同じようにひとりぼっちに見えた。途方に暮れていて、助けを必要としているように見えた。それで、思ったんです……この子がしばらくのあいだ一緒にいてくれたら、それほど孤独を感じずに済むって。長い夜を一緒に過ごす人ができる。話相手ができる。食事をしたり、テレビを見たり、そういうこと全部を一緒にできる人が。でも僕はあの子に手を出したりしてません。一度だって。誓って言えます。それに、あの子は出ていきたければいつだって好きな時に出ていくことができた。僕は引き留めたりしなかったでしょうね。ドアに鍵なんかかけてなかったし。マンディはずっと自分の意思で僕の家にいたんです！」

「報告によれば、マンディはあなたの家から逃げるように走り出てきたとのことですが」

ブレンダンは肩をすくめた。「唯一考えられる理由は……」ここで口ごもる。

「どうぞ、続けて」ケイレブはうながした。

「あの朝、僕、電話をしていたんです。母と。ほかには電話で話せる人なんて誰もいません……」ブレンダンの声が再び震え始めた。

ケイレブはため息をついた。ブレンダン・ソーンダースは四六時中、自己憐憫の海で溺れているようだ。

「お母様と電話をしていたと……」

「そうです。そのときに、知らせたというか……マンディのことを話したんです。もちろん、あそこまで若い子だという話はしてません。ただ、その……見せかけたというか……」

「つき合っている女性がいるように見せかけたんですね」ケイレブは助け舟を出した。

「そうです。母は僕に決まった恋人ができないことでいつも悩んでいるので。僕……きちんと女の人とつき合ったこと、一度もないんです。それでちょっと誇張してみたんです。マンディはその前、バスルームにいました。だから僕が電話している声を聞いて、誰か別の人間に自分のことを話していると思ったのかもしれません。警察とか、青少年局の担当の人とかに。マンディはその担当の人のことをすごく怖がってました。その人に施設に入れられるとかなんとか」

「つまり、マンディはあなたの言葉の切れ端をいくつか耳にして、誤解して逃げ出したというんですか?」

「そうとしか考えられません。だって、まだ僕が電話しているあいだに出ていったんですから。持ち物だってほとんど全部置いていったくらいですよ。お金は僕から盗んでいきましたけど、ほかはほぼなにも持たずに逃げ出したんです」

そのとおりかもしれない。だがマンディはブレンダン・ソーンダースのしつこさや押しつけがましさに嫌気がさして逃げ出した可能性もある。とはいえ、ケイレブの目にはブレンダンは危険な性犯罪者には見えなかった。少女を次々に殺す殺人鬼にはなおさら見えない。それでもケイレブは経験から、第一印象が間違いであり得ることを知っていた。少なくともブレンダンは、明らかに女性との関係構築に問題を抱えている。

ケイレブは一枚の紙を手に取って、振って見せた。判事を説得してこれを手に入れるのに四十八時間かかった。「ここにあなたの住居を捜索する権利を我々に与えるという判事の命令書があります。これからすぐに警察官がお宅に向かいます。捜索のあいだ、あなたはここにいたほうがいいでしょう」

ブレンダンの瞳が揺れ始めた。「僕、逮捕されたんですか?」

この男は本当にここまで臆病なタイプなんだろうか、とケイレブは考えた。それとも怖がる理由があるのだろうか?

「いいえ、逮捕されてはいません。ただあなたの住居が捜索を受けるあいだ、ここにいたほうがいいのではないかと、私が考えるだけです」それからケイレブは、嫌々ながら義務に従って付け加えた。「あなたはいつでも親族に電話をかけることができます。それに、弁護士にも」

ブレンダンはさらに肩を落とした。「はい。じゃあ母に電話をかけます。どうも」

ひどく怖がり、絶望に打ちひしがれる様子からは、ブレンダン・ソーンダースを連続殺人犯だと想像するのは難しかった。それでもケイレブはまだ彼を容疑者リストから外す気にはなれなかった。いまはソーンダースの住居からなにが見つかるかにすべてがかかっている。もちろんマンディ・アラードの痕跡が見つかることは想定内だ。だが、もしサスキア・モリスとアメリー・ゴールズビーのDNAが見つかれば、ソーンダースは終わりだ。そうなれば彼を逮捕できる。

だがなぜかケイレブには、それほど簡単ではないだろうという暗い予感があった。

2

ケイトは朝早くにステイントンデールへ向かった。ケヴィンとマーヴィンのベント兄弟を訪ねるためだ。よく晴れたとても寒い日だった。周囲の野原では霜が光っていた。空は透明な青。雲はない。

昨日ケイトがバス停で拾った女性は、ケヴィンとマーヴィンが母の死後、ぼろぼろだった元農場に手を入れたと話していた。それでも、すべてがどれほど美しく整えられているかを目にして、ケイトは驚いた。家も、空っぽの家畜小屋も、状態はよさそうだ。私道は柵で放牧地と仕切られており、生垣はきれいに刈り込まれている。それに夏の終わりに誰かが草を刈ったようだ。農場はもうずいぶん昔に廃業しているが、放置されて錆びるがままの機械や、壊れた垣根や塀などはどこにも見当たらない。なにもかも、あまり金がかかっているようには見えないものの、こぎれいに整えられている。

家は見たところ一九五〇年代から改修されていないようだったが、外壁は新たに漆喰を塗り直され、窓枠も青いペンキで塗られていた。玄関ドアはぴかぴかの深い紺色だ。

ベント兄弟はライアン・キャスウェルが言うほど反社会的な人たちではなさそうだ。だが残念なことに、兄弟は留守だった。ケイトは何度もドアをノックしてみたが、なんの反応もなく、家のなかは静かで暗いままだった。家をぐるりと一周してみると、裏側に壁に囲まれた小さなベランダがあるのがわかった。庭用の家具がビニールシートで覆われている。ケイトはそこから海まで広がる野原と畑を眺めた。今日の海は空と同じ紺碧《こんぺき》だ。ベント家の土地は広い。でも、少女を何週間にもわたって閉じ込めておける場所はあるのだろうか？

ケイトは振り向いて、家を見上げた。もちろん彼らには自分の家がある。それに周りには納屋や家畜小屋がいくつも。でも、もし誰かが訪ねてきたら？　少女が叫んだら？

アメリー・ゴールズビーはここに囚われていたのだろうか？　そして、機会を逃さず勇敢に、訪ねてきた誰かの車に身を隠したのだろうか？

ケイトは家の正面側に戻って、納屋とふたつの家畜小屋のなかを見てみようとした。だがドアはしっかりと閉まっていた。窓からなかを覗いてみたが、ヒントになりそうなものはなにも見えなかった。空っぽの箱。床に散らばった藁。ここに人が住んでいたことを示す痕跡はなにもない。

ケイトは再び車に乗り込んでスカボローに戻り、ケヴィンとマーヴィンが経営する港のパブを訪ねた。〈セイラーズ・イン〉という名のそのパブは、白い漆喰塗りの小さな建物のなかにあった。一階には釣り道具店が入っていて、二階のパブには外階段を上って入る。店のなかには二十脚ほどのテーブルと大きなカウンターがあった。その奥には厨房に続くドア。

ケイトが店に入ると、年配の女性がちょうど床を拭いているところだった。女性はケイトに、ベント兄弟は買い出しに行っていると伝えた。「でも夜にはまた戻ってきますよ。そうすれば間違いなく会えます！」

ケイトは再び階段を下りて通りに戻り、心を決めかねて立ち尽くした。まだ家には――あの空っぽの家には――帰りたくない。だが海辺を散歩するには寒すぎるから、いったん家に戻って暖かい服に着替え、しっかりしたブーツを履かなければならない。ケイトはバッグからメモ用紙を引っ張り出した。デイヴィッド・チャップランドの住所をインターネットで調べてあった。チャップランドは崖の上のシー・クリフ・ロードに住んでいる。そこまで歩いていけば、少し運動になるだろう。いずれにせよ家でじっとしているよりはましだ。

ケイトは〈グランド・ホテル〉の下の通りを少し行って、エスプラネード・ガーデンズの端の階段を上った。歩きながら、やはり少し変だという気がした。デイヴィッド・チャップランドは、自身の供述によれば、あの晩、所有するヨットが無事かどうかを確かめに港まで行って帰る途中、アメリーと、最後の力を振り絞ってアメリーの手をつかんでいるアレックス・バーンズを目撃したという。だが、港から直接家に帰る道は、疑問の余地なくいまケイトが上っているこの階段だ。

なぜチャップランドは回り道になる海沿いのクリーヴランド・ウェイを選んだのだろう？　嵐の日に。

シー・クリフ・ロードのチャップランドの家の前に着いたときにはかなり息が切れていて、ケイトはいったん立ち止まって呼吸を整えねばならなかった。もっと運動をしなければ。体力が落ちている。ケイトはチャップランドの家を観察してみた。静かで手入れの行き届いた通りに並ぶ美しい一戸建ての家々のひとつだ。どの家にも小さな前庭があり、鮮やかな色に塗られたドアがあり、通りに面した大きな張り出し窓や屋根窓がついている。通りの一番端には海を望む駐車場がある。おそらくは、アメリー・ゴールズビーがあの晩車から飛び出した場所だ。

デイヴィッド・チャップランドが暮らす家は二世帯住宅に改築されているようで、呼び鈴がふたつに、別々の名前が書かれた表札がふたつあった。ケイトは呼び鈴を押した。頭上ではカモメが輪を描いて飛び、冷たい空気のなかで啼いている。十一月の太陽が海の上、水平線のすぐ近くで鈍く輝いている。

いい場所だ、とケイトは思った。ここに暮らすのはきっと素敵だろう。

デイヴィッド・チャップランドがドアを開けたのは、ケイトがもう諦めて戻ろうとしたときだった。チャップランドは裸足で、ジーンズの裾をくるぶしの上までたくし上げていた。両手にはなにか黒いものがこびりついている。問いかけるような目でケイトを見て、「なんでしょう？」と言った。

邪魔をしてしまったのは明らかだ。

「すみません……私……もしお忙しいようでしたら……」

「ご用件は？」

ケイトは握手のために手を差し出したが、チャップランドがいま誰とも握手できる状態ではないと気づいて、すぐに引っ込めた。私、どれだけ醜態をさらしたら気が済むんだろう？

「ケイト・リンヴィルといいます。事前に連絡もせずにおうかがいして、ご迷惑なのはわかっているんですが……」私の職業のせいだ、とケイトは考えた。そのせいで、こういう状況であたふたしてしまうんだ。警察官は事前に連絡などせず、人を訪ねることが多い。ただし、そんなときもしどろもどろになったりはしない。ただ警察証を見せて、話を聞かせてほしいと言うだけだ。礼儀正しく、だが決然と。ここで警察証を取り出してチャップランドの顔の前に突きつけることができたらどれほど楽だろう。そうできれば、すぐにもっと自信を感じられただろう。

「大丈夫ですよ」チャップランドが言った。「ただ、いまちょうど作業員が暖房を取り付けに来たあとで、汚されたところを片付けてるんです。あの会社にはもう二度と頼みませんよ。一昨日から暖房が効かなくて、どうしてもどこかに頼まないとならなくて。普段はこの時間にはもう会社にいるんですけどね」

「私、記者なんです」ケイトは言った。「ロンドンから来ました」今回は嘘も以前よりなめらかに口から出てきた。「いまちょうど記事を書いています。この地方で起こったあの恐ろしい連続犯罪について。行方不明になった少女たちの事件です。ひとりは死体で発見されて、もうひとりは生きて戻ってきた」

「なるほど。その生きて戻ってきた子のところで、私が登場するわけですね？　アメリー・ゴールズビーを海から引っ張り上げるのを手伝ったから」

「そうなんです。いくつか質問させていただきたいんです。でも、もちろん出直してきてもいいので。もしご都合が……」

「大丈夫ですよ。さあ、入って。ただし、うちはいま滅茶苦茶寒いですけど。いまさっき暖房がついたばかりなんで。熱いお茶でもどうですか？」


ふたりは裏の庭に面したキッチンに腰を下ろした。ここから庭へは急傾斜の階段がかかっている。キッチンの中央には大きな美しい木製テーブルが置かれており、その周りは適度に散らかっていて、居心地のよい雰囲気だった。チャップランドはケイトに椅子を勧めた。そして手を洗って、お茶を淹れ、カップふたつと砂糖とミルクをテーブルに置いた。ケイトはカップを両手で覆って暖を取った。家のなかは本当にひどく寒い。念のためにコートも着たままでいた。

「さて」チャップランドが言った。「特に目新しいことはなにもお話しできないんですけどね。ほとんどはもう新聞各紙に載ったと思うんで。あの晩、私はクリーヴランド・ウェイを歩いていて、あの人を見かけたんです……なんて名前でしたっけ？」

「アレックス・バーンズ」

「そうそう。ミスター・バーンズが防波堤の上で腹ばいになってるのを見かけたんです。近づいてみると、女の子の手をつかんでいるのがわかりました。彼女は海のなかにいて、もう力尽きる寸前でした。ミスター・バーンズひとりでは彼女を引っ張り上げることができないのは、見てすぐわかりました。だから私も彼女の腕をつかんだんです。そしてミスター・バーンズに、すぐに電話して助けを呼べって怒鳴りました。でも彼のスマホは海に落ちちゃったって言うんですよ。だから、ミスター・バーンズがかじかんだ手をある程度動かせるようになるまで、私がひとりでアメリーをつかんでいて、それからまたミスター・バーンズと交替して、私が警察と救急車を呼びました」

「アレックス・バーンズは……チャップランドさんが現われたことで、なんというか、怒ったり、不安な様子を見せたりしましたか？」

チャップランドは首を振った。「警察にも同じことを訊かれました。でもそんなことはありません。ほっとしたようでしたよ」

ケイトは慎重に切り出した。「きっと警察からも訊かれたとは思うんですけど……ミスター・チャップランド、どうしてあのとき、あの場所を通ったんですか？　港から帰る途中だったんですよね。この家へ帰る場合、あそこは一番の近道じゃありませんよね」

チャップランドは笑った。「警察もまったく同じことを訊きましたよ。本当に記者なんですか？」

「きっと誰でも同じ疑問を持つんじゃないでしょうか」ケイトはごまかした。「警察官だろうと、そうでなかろうと」

「確かにね。普通なら車を使ったところです。私はヨットの状態が不安で、きちんと係留してあるかを確かめたくて、港に行ったわけです。ただ残念なことに、もうビールを二杯飲んでたんですよ。だから車で行くリスクは冒せないと思って」

「立派ですね。でもちょっと立派すぎるんじゃありませんか？　そこまで模範的な人なんています？」

「いますよ。免許なしでしばらくのあいだ暮らさなきゃならなかった体験のある人間です。飲酒運転で捕まったことがあるんです」

「ああ、なるほど……」

「私は本来は飲んだあとに車を運転するような悪人じゃありませんけどね」チャップランドは言った。「あの日は大晦日で、年越しパーティーから帰る途中だったんです。私が馬鹿でしたよ。それ以来、異常なほど気をつけるようになったわけです」

彼の気持ちはわかった。ほとんどの人間は、免停になって初めて行ないをあらためるものだ。

「わかりました。だから車を使わなかった、と。でもあの道を選んだのはどうしてですか？　荒れた海のすぐ横の道を……それも雨のなか、あんなに遅い時間に」

チャップランドは微笑んだ。「海が好きなんです。特にあの晩みたいな海がね。だからわざわざあの道を選んだんです」

「なるほど」

「ねえ、私の話、ちっとも書き留めないんですね。それに録音もしてない」

「え？」

「ええと、この話を記事にするんですよね。でも全然メモを取っていらっしゃらないんで、不思議だなあと」

ケイトは頬がかっと熱くなるのを感じた。本当に準備が足りなかった。

「私、あの……いまのところ、もう知っていることばかりなので。これから……録音するかも……」チャップランドはきっとケイトのことを素人くさい記者だと思っているに違いない。

チャップランドがうなずいた。「もし私の話を記事で直接引用なさるんなら、事前に読ませてほしいんですが」

「もちろんです」

「どちらの新聞社にお勤めですか?」そう尋ねる声には少しばかり不信感がにじんでいた。

「フリーの記者です。ロンドンを拠点にしています。記事をどの社に持っていくかはまだ決めていません。ああいった事件がひとつの町に与える影響について書きたいと思っています。そこに暮らす人たちに与える影響について」

チャップランドは考え込むようにケイトをじっと見つめた。「なるほど、面白そうですね。ただ私が思うに、今回の事件は町にも住民にもなんの影響も与えないんじゃないですか。だいたい、しばらくのあいだはどの新聞も書きたてるし、みんなその話ばかりする。それに、親が自分の子供たちに、絶対に知らない人を信用しちゃいけないって、あらためて念押ししたりね。でも、なにもかも全部、あっという間に日常生活に埋もれて忘れ去られるんですよ。まるでなにもなかったみたいに。マンチェスターのテロのこと、考えてみてくださいよ。ロンドンのテロのことも。グレンフェル・タワー火災のこと。もう大騒ぎだった。ところが、しばらくしたらもうすっかり過去のことになってる。みんなすぐに自分の生活に直接関わる悩みとか問題のほうが重要になってくる。仕事とか、金とか、子供の学校のこととか、そういういろいろが」

「それは人が毎日のように直面する課題ですから」ケイトは言った。「しかたありませんよ」

デイヴィッド・チャップランドにじっと見つめられているのを感じた。まるでケイトと話すことを本当に興味深いと思っているかのような目だ。「そうですね」とうなずいてから、チャップランドはケイトの言葉をゆっくりと繰り返した。「それはしかたない」

それからチャップランドは、たったいまはまり込んでいた思索から抜け出したようだった。

「お茶、もう一度淹れましょうか？」

「お時間を取らせるつもりはありません。お仕事に行かれるご予定だったんですし」

「確かに、そろそろ行かないと……」チャップランドは一瞬、考えるそぶりを見せた。「こうしたらどうでしょう。今晩、一緒に食事に行きませんか？　そこで話の続きをすればいい」

あまりに驚いて、ケイトはすでに冷たくなったお茶の最後の一口を飲みそこね、危うくむせるところだった。本当にいま男性から食事に誘われた？　不信感でいっぱいになって、ケイトはいまのチャップランドの言葉はほかの意味に解釈できるのではないかと、あれこれ考えた。恥をかきたくはない……誘われたことなど、これまで一度もないのだから。確かにコリンとは何度も会っている。でも、もともとコリンと知り合ったのはコンピューターのデータが互いのプロフィールを引き合わせたからで、最初のデートもそこから派生したものだ。〈パーシップ〉で知り合った男性たちとのデートはすべてそうだった。それとは別に、三年前に一度、ケイレブ・ヘイル警部から一緒にパブに行かないかと誘われたことがある。あのとき、ケイトは断わった。あの間違いを二度と繰り返してはならない。だが同時に、チャップランドの言葉を誤解してもいけない。

とはいえ……「一緒に食事に行く」は「一緒に食事に行く」という意味だ。解釈の余地はほとんどない。

「食事？」とケイトは尋ねた。きっと彼はいまケイトの知的能力に疑問を感じているに違いない。最初の数秒間、呆然と黙り込んだあと、まるで初めて耳にする単語であるかのように「食事？」とおうむ返しにするとは。

「そう、どこかのパブに行ったらどうかなと思って。もちろん、もしよければ、ですよ」チャップランドはそう付け加えた。

ケイトは気を引き締めた。自分にはものごとをぶち壊しにする才能がある。特に男性関係では。

「今日の晩は〈セイラーズ・イン〉に行こうと思ってたんです」そう説明した。「ケヴィンとマーヴィンのベント兄弟に話を聞きたいので。記事のためです。よければ、そこで会いませんか？」

「仕事熱心なんですね」チャップランドは楽しそうに言った。「でも、いいですよ、それで。あそこの食事はとてもおいしいですしね。七時半でかまいませんか？　迎えに行きましょうか？」

そんなことまで。迎えに行くなどと言ってくれた男性は、これまで皆無だった。コリンも言ったことはない。彼と会うときには、毎回ひとりで苦労して待ち合わせ場所まで行った。満員の地下鉄に乗ったり、ロンドンの渋滞のなかを車で行ったり。

「ありがとうございます。でも自分で行きます」ケイトは慌てて行った。ベント兄弟と話をするために、チャップランドより早く店に行きたかった。それに、ケイトが家具のひとつもない空っぽの家に住んでいることを、最初から彼に見せる必要はない。常識外れの借家人にめちゃくちゃにされた家を修復したという話には、誰もが納得してくれるだろう。だが、二週間ものあいだその家でキャンプ状態で暮らしているとなると、話は別だ。普通なら誰もがホテルやペンションを探すか、そもそもわざわざやって来たりせず、すべてを不動産業者に任せるだろう。ケイトは、親離れできず、亡くなった父にいまだにしがみついていることを、デイヴィッド・チャップランドに即座に見破られるのではと怖かった。そんな女性に彼が魅力を感じるとは、とても思えない。

「わかりました。じゃあ七時半に」チャップランドが言った。

彼はケイトを玄関ドアまで送ってくれた。そして別れ際にきれいに洗った手を差し出した。チャップランドの握手は心地よかった。それに笑顔が素敵だ、とケイトは思った。

通りに出ると、頬に当たる風が心地よかった。

いい？　と、自分に言い聞かせた。いい？　舞い上がっちゃだめ。私は記者だと名乗って、彼を訪ねた。そして話を聞かせてほしいと頼んだ。でも彼にはちゃんと話すだけの時間がなかった。だから今晩会おうと言ってくれたの。私という人間の魅力と関係があるとは限らないんだからね。

とはいえ——質問があると言われたからといって、誰もが記者と夕食に行くわけではないだろう。

クールでいなきゃ、とケイトは自分を戒めた。とにかく変な期待をしちゃだめ！

だが、家に帰る道すがら、ケイトはなにを着ようかと考えていた。

3

「なんにもなかった」ケイレブは言った。「こちらの助けになりそうなものは、なんにも」ロバート・スチュワート巡査部長の部屋に顔を出したところだ。ケイレブは、自分が入ってきた瞬間にロバートがコンピューターの画面に呼び出したばかりのプログラムを素早く閉じたのを見逃さなかった。おそらくまたデートサイトをさまよっていたのだろう。ロバート・スチュワートはもう何年も前からネットで人生を共にする女性を見つけようと頑張っているが、これまで知り合った女性たちとは二週間以上続く関係を築けたことがない。だが同僚たちの驚き——そこにはある種の尊敬の念も混じっている——をよそに、ロバートは倦むことなくパートナー探しを続けていた。

「なんにも？」ロバートがケイレブの言葉をおうむ返しにした。

ケイレブは椅子にどすんと腰を下ろすと、両足を投げ出した。疲労と焦燥を感じていた。

「ブレンダン・ソーンダースのフラットは徹底的に調べた。まだすべての結果が出たわけじゃないんだが、いまのところアメリー・ゴールズビーやサスキア・モリスの痕跡はひとつもない。少なくともいまの段階では、ふたりのうちどちらもあのフラットには足を踏み入れたことがないという認識だ」

「でも、マンディ・アラードって子の痕跡はあったんですか？」

「もちろん、それはいくらでもあった。しかもあからさまなものばかりだ。マンディのリュックサック、携帯電話。だが、マンディがフラットに滞在していたことはソーンダースも否定していない」

「ソーンダースの母親は……？」

「十月三十日の朝、ブレンダンが電話で新しい恋人のことを話したのを憶えていたよ。とはいえ、私が思うに、あの母親は息子を危機から救うためなら、どんなことでも憶えていると言うだろうな。それがどんなに些細な危機であってもね。あの日ソーンダースが乗っていた車の所有者であるジョゼフ・マイドーズのところには警官がふたり向かったんだが、どうも旅行にでも出ているらしい。だが、自動車修理工場の〈スカルビー・ミルズ・サーヴィス・ステーション〉は、マイドーズの車がブレーキの問題で運ばれてきたことと、修理後にブレンダン・ソーンダースが受け取りに来たことを認めたよ。つまりソーンダースの証言はおおかた正しかったわけだ。ああ、それにソーンダースが旅行中に泊まったと言ったエディンバラ周辺の宿のいくつかに電話をしてみたが、どこでもソーンダースは本当に泊まったと確認が取れた。宿の人間が奴を憶えていたのは、半日は寝ていて、残りの時間はずっとハイキングばかりしていたからだそうだ。あのあたりでは、こちらの事件と似たような状況での失踪届は出ていない。ソーンダースは本当に休暇であっちに行っただけのようだ」

「それに、ソーンダースの下の階の女性の証言から、マンディ・アラードは彼の家から逃げ出したということがわかっていますね。ということは、ソーンダースがマンディをどこか別の場所に移して監禁してるってことはあり得ませんね」

「もちろんあとからマンディをもう一度つかまえた可能性はあるがな」ケイレブは言った。

「だがマンディは、そのあとまた例の男友達のところに行ったらしい。キャットだかなんだかいう」

月曜日に複数の警察官があらためてキャットのもとに向かっていた。大麻でぼんやりした状態でマットレスに寝転んだキャットは、彼らに愛想よく微笑みかけたという。周囲には猫たちがうようよしていた。マンディ・アラードのことを訊かれると、キャットは、ここにいたが出ていったと答えた。マンディが滞在していたのがいつだったかは憶えていなかった。彼女がいつ出ていったかも。

「あの男は」と、警察官のひとりがケイレブに報告した。「十時間のうち九時間はなんらかのクスリの影響下にあるんですよ。少女を次々に誘拐して殺すなんてことができるとはとても思えません」

マンディはすでに何週間も行方不明であり、青少年局の職員の報告によればキャットのもとで暮らしていたため、彼の地下室のねぐらもまた家宅捜索の対象となった。だがこの捜索も、ブレンダン・ソーンダースのフラットの捜索同様の結果となった。つまりなんの発見もなかった。そのうちキャットの恋人だという若い女性も姿を見せ、警察官たちをひどく罵り、マンディ・アラードという名前を聞くと、かんしゃくを起こした。そして、自分がマンディを追い出したのだと語った。自分が見張っている限りあの子はもう二度とここに足を踏み入れることはない、と。マンディがいったいなにさ？　単なるキャットの知り合いじゃないか。あのふたりは、ほとんどメッセージアプリでやりとりするだけの間柄だったんだ。それだけだよ。それなのに家出なんかして、二回も――二回もだよ――キャットのところに何日も居座った。キャットが親切で、あの子に家と食べ物をあげたから。あたしのことをコケにしやがって、あたしはね、そういうことされて黙ってるような女じゃないんだ、それをマンディにもキャットにもはっきりわからせてやったんだ、だからマンディはもう二度とここには現われないよ、命が惜しいならね！

彼女の二度目のかんしゃくは、建物全体が倒壊する危険があるため、警察が彼らを地下のねぐらから立ち退かせること、彼女もキャットもしばらくのあいだ宿無しになることを知ったときだった。

「そんな馬鹿なことが通ると思ってんの！　たかがあのガキひとりのせいで。あのクソったれのガキのせいで！　のこのこやって来て、あたしの男に近づいて、そのうえ警察までよこしやがって。信じらんない。信じらんない！」

警官たちは、手足を振り回し、嚙みつき、唾を吐く彼女を抱えて外に出さねばならなかった。逆にキャットのほうは、自分からおとなしく地下室を出た。寒さにもかかわらず裸足で、ぼんやりした目をしたまま。警官たちは社会福祉局に電話をかけた。それから動物保護団体にも連絡して、猫たちを引き取ってもらう手はずを整えた。建物は立入禁止となった。もちろん、すぐにまた地下に誰かが勝手に住みつくことは避けられないだろうし、それは警察にもわかっていた。キャットがまた戻ってくる可能性だってある。

「じゃあ、そのキャットという男はリストから外していいんですか？」ロバート・スチュワートが訊いた。

ケイレブはうなずいた。「九九パーセントの確率で、奴は無害だと思う。本人とちょっと話してみようとしたんだが、ほとんどなにも聞き出せなかった。人のことも時間の流れも、頭のなかでぐちゃぐちゃになってるんだ。サスキア・モリスとアメリー・ゴールズビーの名前を出しても、なんの反応もなかった。私にはあれは芝居には見えなかった。あの男はクスリで脳のかなりの部分をやられちまってる。警官たちが言ってたとおり――人を何人も誘拐して監禁するなんて行為をやり遂げること自体、あの男には荷が重い。現実的にとても考えられない」

「何人も誘拐して、ですか」スチュワート巡査部長はケイレブの言葉を繰り返した。「ねえボス、これまでの事件すべてが同一犯の犯行だっていう証拠はいまのところなにひとつないことを、忘れちゃだめだと思うんです。我々は同一犯だと推測している。でも理論的には、それぞれの事件は互いに無関係である可能性もありますよね」

「これだけの奇妙な一致が偶然だっていうのか?」

「奇妙な一致なんて言えますか?」スチュワート巡査部長は言った。「行方不明になって数か月後に死体で発見された少女がひとり。サスキア・モリスです。それから、車に引っ張り込まれてさらわれたものの逃げ出した少女がひとり。アメリー・ゴールズビー。そして、荒れた家庭環境から逃げ出して、何週間も外をうろうろしつつ、一時的にどこかに身を寄せたりはしたものの、明らかに監禁されてはいない少女がひとり。マンディ・アラード。僕の意見を言わせてもらえれば、マンディ・アラードはいわゆる〈ムーアの殺人鬼〉の被害者リストから外していいと思います。マンディは、これからもっと寒くて嫌な季節になれば、しょんぼりと家族のもとに戻るか、残酷な話ではあるものの、統計上、家族に耐えられないとか、学校が嫌いだとか、冒険がしてみたいとか、そんなような理由で毎年のように家出をするたくさんのイギリスの若者のひとりになるか、ですよ。だからってマンディを探さなくていいということにはなりませんけどね。ただボスもご存じのとおり、うちは家出した少年少女の全員を探すにはとても人手が足りません。いずれにせよ、マンディの件はほかの事件と混ぜるべきじゃないと思います」

「なるほど」ケイレブはうなった。

「我々がマンディの件を捜査の対象にしたのは、警察に記録が残っている男の家から逃げ出したという報告があったからにすぎません」ロバート・スチュワートはそう付け加えた。「そしてその男はまず間違いなく無害です」

「確かにそう見えるな」ケイレブは認めた。

「僕に言わせれば、あの男は当時のサラ・フィッシャーのレイプ事件でも本当になにも罪を犯していませんよ、サー。あいつは被害者タイプです。加害者じゃなくて。それにあまり頭がいい人間でもない。若い頃に悪い友達とつき合った、それだけのことです。そしていまは、寂しいからって理由で未成年の家出少女に家を提供してやるような能天気な男になった。でも、それが事実だと考えるなら、僕たちはまたもとの場所に戻ってくることになりますね。つまり、マンディ・アラードが誘拐されてどこかに監禁されていると考える理由はなにひとつないっていう」

ケイレブは頭を抱えた。「もとの場所に戻ってきた。それがこの一連の事件の共通点だよ、巡査部長。もうどうにかなりそうだ。なにが起ころうと我々は少しも前進しない。ずっと同じところをぐるぐる回ってばかり。ときどき手がかりを見つけたと思っても、行き着く先は新しい虚無ときてる。なんだか、偶然なにか意味のあるものにぶつからないかと期待して、霧のなかをやみくもに手探りで歩いているような気分になってきたよ。なんのコンセプトも、アイディアもない。とにかくなにもないんだ」

スチュワート巡査部長は黙り込んだ。反論を思いつかない。ケイレブ・ヘイルの言葉は捜査チームの現実をかなり正確に言い当てていた。

「我々の希望は」ケイレブが続けた。「実際のところ、アメリー・ゴールズビーが心理的バリアを解いて、話ができるところまで回復してくれることだけだ。彼女が我々に欠けている決定的な情報を提供してくれれば。そこにすべてがかかってる。我々はトラウマを抱えた十代の女の子にすがるしかない。しかもその子がいつかトラウマを克服できるかどうかはさっぱりわからないときてる」

「ヘレン・ベネット巡査部長は、まだ定期的にアメリーのところに通ってるんですか?」ロバートは訊いた。

「ほぼ毎日な。彼女はまだ希望を捨てていない。実際、一度は思いがけない突破口が開いて、アメリーは逃亡の詳細を語ってくれたからな」

「まあ、それもたいして役には立ちませんでしたけどね」ロバートはぼそりとつぶやいた。

崖の上の住民全員への聞き取り調査も、なんの成果ももたらさなかった。駐車場に停まった車に気づいた者はいなかった。そもそも誰もなにかを見たり聞いたりしていなかった。それに、アメリーが乗って逃げた車の持ち主らしき人間もいなかった。つまり、逆に言えば――そしてそれこそが辛い点なのだが――理論的には誰もが車の持ち主であり得た。誰かをリストから排除できるだけの根拠もなければ、誰かを容疑者だと考える根拠もなかった。

とにかくなにもないのだ。

「でも、サスキア・モリスの事件とアメリー・ゴールズビーの事件は同一犯によるものだっていう線で、これからも行くんですね?」ロバート・スチュワートが念を押した。

ケイレブは一瞬考えてから、うなずいた。「その線で行く。少なくとも、どちらの事件でも被害者少女の持ち物が——携帯とバッグが——誘拐のすぐあとに人里離れた場所で見つかっている点は共通している。少なくとも、な」

「少なくとも、ですね」ロバート・スチュワートはぐったりと繰り返した。

「それに、もうひとつある」ケイレブは言った。

「なんですか？」

「サスキア・モリスは、餓死させられる前、数か月にわたってどこかに監禁されていたことがわかっている。アメリーのほうも、脱出に成功する前、一週間にわたって監禁されていた。この点がなんともおかしいんだ。少女が通りで車に引きずり込まれる事件というのは、ほとんどの場合、性犯罪者の仕業で、残念ながら犯罪はすぐに実行に移される。ほとんどの場合、誘拐から一、二時間以内に。ところが、我々の二件の事件では犯行のあり方が違っているんだ。皮肉な言い方をするなら、犯人は少女たちからより長くなんらかの楽しみを得たいと思っている。サスキア・モリスはレイプされてはいなかった。アメリー・ゴールズビーの場合も、両親が知らないだけで、誘拐の前からボーイフレンドと性的関係を持っていた可能性がある。この二件の誘拐の動機は一瞬のセックスじゃない。犯人は明らかにそれ以上のなにかを欲している。確かに、たまたま訪れた機会をとらえて犯行に及んではいるものの、その点を除けば非常によく準備を整えているんだ。たとえば、被害者を隠しておける場所を確保している。サスキア・モリスの場合は数か月、アメリー・ゴールズビーでも一週間。そういう場所を見つけて、なかを整え、管理維持するのはそれほど簡単じゃない。そういうことができる犯人がたまたまふたりいて、ふたりともこの地方をうろうろしているとは、私には思えない。おまけにふたりとも一瞬の快楽ではなく、もっと大きな、それゆえにより危険な目的を持っているとはね」

「確かにそうですね」ロバートは認めた。

ケイレブは、ロバートと話を始めたときよりも少しばかり自信を取り戻した。この会話がきっかけで現実的な解決策に近づいたわけではない。だが事件の見方が少し明確になった。少なくとも、事件にかかわる人間たちに関しては。

「それじゃあ、決まりだ」ケイレブは言った。「マンディ・アラードは誘拐被害者のリストから外す。彼女は別件だ。残るのはサスキア・モリスとアメリー・ゴールズビー」

「ハナ・キャスウェルは？」ロバート・スチュワートは訊いた。

ケイレブは首を振った。「時間がたちすぎてる。ほかの二件とは合わない」

「サー、それなら急がないと」ロバートは言った。「時間にそこまで大きな意味があると考えておられるんなら、犯人がサスキアの死後かなり迅速に次の少女――アメリー――を誘拐した事実を考えないと。アメリーが逃げ出したのはかれこれ三週間前です。ということは、犯人はまた次の被害者を探している可能性があります」

「そうだ」ケイレブは言った。「私が焦っているのも、そう思うからだよ。昼も夜も、その考えが頭を離れない」夜眠れていないことを証明するかのように、ケイレブは目をこすった。その目は真っ赤に充血していた。「おそらくいまこの瞬間にも、次の犠牲者が出る可能性がある」

検印
廃止

訳者紹介 1973年大阪府生まれ。京都大学大学院博士課程単位認定退学。訳書にJ・W・タシュラー『誕生日パーティー』、C・リンク『失踪者』、『裏切り』等多数あり。J・エルペンベック『行く、行った、行ってしまった』で2021年度日本翻訳家協会翻訳特別賞受賞。

誘拐犯 上

2023年10月6日 初版

著 者 シャルロッテ・リンク

訳 者 浅《あさ》 井《い》 晶《しよう》 子《こ》

発行所 (株) 東京創元社
代表者 渋谷健太郎

162-0814/東京都新宿区新小川町1-5
電 話 03・3268・8231-営業部
03・3268・8204-編集部
URL http://www.tsogen.co.jp
DTP キャップス
暁印刷・本間製本

ISBN978-4-488-21112-7 C0197